新知文库

書林叢談

杜澤逐 著

浙江大学出版社
ZHEJIANG UNIVERSITY PRESS

图书在版编目（CIP）数据

书林丛谈 / 杜泽逊著 .— 杭州 : 浙江大学出版社，
2018.9
（近思录）
ISBN 978-7-308-18367-3

Ⅰ. ①书… Ⅱ. ①杜… Ⅲ. ①随笔—作品集—中国
—当代 Ⅳ. ①I267.1

中国版本图书馆CIP数据核字（2018）第137270号

封面题签　刘元堂

书林丛谈

杜泽逊　著

责任编辑	王荣鑫
责任校对	宋旭华
封面设计	城色设计
出版发行	浙江大学出版社
	（杭州天目山路148号　邮政编码：310007）
	（网址：http://www.zjupress.com）
排　　版	浙江时代出版服务有限公司
印　　刷	浙江省邮电印刷股份有限公司
开　　本	880mm×1230mm　1/32
印　　张	7.25
字　　数	169千
印　　数	1—2000
版 印 次	2018年9月第1版　2018年9月第1次印刷
书　　号	ISBN 978-7-308-18367-3
定　　价	54.00元

前　记

　　浙江大学出版社王荣鑫同志来函相约，以近年文字编为一集。因嘱门生姚文昌检得三十篇，稍事排比，颜曰《书林丛谈》。读者诸君赐教是幸。

杜泽逊

二〇一八年一月十二日于校经处

目　录

司马迁《史记》是怎样"整齐其世传"的

　　司马迁《史记》在他本人看来是"成一家之言"。孔子宣称"述而不作",而司马迁在《史记·太史公自序》中则明确说"作三十世家","作七十列传"。不说"述",而说"作",其自负可见一斑。只有一位名叫壶遂的人夸奖他时,他才谦虚地说:"余所谓述故事,整齐其世传,非所谓作也。"实际情况是,《史记》主要的篇幅都是"述故事"、"整齐其世传"。《史记》是怎样"整齐其世传"的? 这是我们认识《史记》的一个重要角度。

　　《左传》成公二年(公元前589年)六月十七日,晋国军队与齐国军队打了一仗,晋军统帅为郤克,齐国统帅为齐顷公,地点在鞌(约在今山东济南市历城区),战争的结果是齐军失败,晋国军队追击齐国军队,"三周华不住",围着著名的华不住山转了三圈。这华不住山,在今天山东济南市北郊,一座孤山,元代赵孟頫的名画《鹊华秋色图》,鹊指鹊山、华指华不住山,当地人叫华山。这场战争叫"齐晋鞌之战"。这段对于战争的描写,是《左传》里的名篇,这个暂且不表。

　　鞌之战发生在齐国的地盘,晋国军队是主动前来讨伐的。那么讨伐的理由是什么呢?

　　齐国得罪郤克,起于郤克出使齐国,受到齐国不礼貌的接待。《左传》宣公十七年(公元前592年)有这样的记载:

　　　　十七年春,晋侯使郤克征会于齐。齐顷公帷妇人使观之。

　　郤子登,妇人笑于房。献子怒,出而誓曰:"所不此报,无

　　能涉河!"献子先归,使栾京庐待命于齐,曰:"不得齐事,

　　无复命矣。"郤子至,请伐齐。晋侯弗许。请以其私属。又弗许。

献子,即郤克。为什么郤克登台阶时,妇人笑呢?《左传》没有明确,但问题想必发生在腿脚上。郤克被躲在帷幔后面的妇人取笑,作为大国使者,是莫大的羞辱,所以他发誓:"所不此报,无能涉河。"大概如今天说"我要不报这个仇,过河淹死"之类诅咒之语。郤克的复仇计划,因晋国国君的阻止而暂时未能实现。直到鲁成公二年(公元前589年)才有了复仇的机会。按《春秋经》记载:"二年春,齐侯伐我北鄙。夏四月丙戌,卫孙良夫帅师及齐,战于新筑(卫地),卫师败绩。"齐国与鲁国、卫国先后发生战争,而且是齐国侵略鲁、卫两个小国。鲁、卫两国只好求救于晋国。《左传》说:"孙桓子(即孙良夫)还于新筑,不入,遂如晋乞师。臧宣孙(即臧孙许)亦如晋乞师。皆主郤献子。"卫国的大夫孙良夫、鲁国的大夫臧孙许都到晋国请求出兵伐齐,并且都求助于郤克。为什么求助于郤克呢?这固然由于郤克当时在晋国已大权在握,他们之间还有共同的不寻常经历,关于这一点,《左传》没有记载。鲁、卫两国向晋国求援,获得成功,《左传》说:"晋侯许之七百乘。"郤克进一步向晋侯"请八百乘",获得批准。于是"郤克将中军,士燮将上军,栾书将下军",浩浩荡荡开到齐国,六月十六日与齐顷公率领的齐军相遇于靡笄之下,就是今天济南南郊千佛山下。六月十七日在鞌这个地方摆开战场,进行了一场恶战,《左传》

对鞌之战进行了详细记载，可以说是《左传》描写战争的佳作。《春秋经》从鲁国的角度记述了这场战争："六月癸酉，季孙行父、臧孙许、叔孙侨如、公孙婴齐帅师会晋郤克、卫孙良夫、曹公子首，及齐侯战于鞌。齐师败绩。"可见《春秋经》十分简要。不过曹公子首率军参战，却是《左传》中没有记载的，更不明其原因了。齐国失败以后，作为惩罚条件之一，晋国要求齐国的"萧同叔子为质"。萧同叔子是谁呢？原来是齐顷公的母亲，郤克出使齐国时躲在帷幔后面笑话郤克的那位妇人。齐国当然无法答应，几经交涉，晋国才放弃了这一要求。其实晋国提出这一苛刻条件，也是为了出一口恶气。

前面说了，对于郤克出使齐国受辱的细节，《左传》记载过于简括了，以致不能明其就里。这一缺憾，在《公羊传》、《穀梁传》中就可以得到大大弥补了。先看《公羊传》：

> 晋郤克与臧孙许同时而聘于齐。萧同姪子者，齐君之母也，踊于棓而窥客。则客或跛，或眇。于是使跛者逆跛者，使眇者逆眇者。二大夫出，相与踦闾而语，移日然后相去。齐人皆曰："患之起，必自此始。"二大夫归，相与率师为鞌之战。齐师大败。

与《左传》相比，《公羊传》详于郤克使齐受辱，而略于鞌之战，颇有互补之处。我们可以发现，出使齐国的人多了一位鲁国大夫臧孙许。郤克的缺陷则大体可推知为跛。让我们理解了《左传》"郤子登，妇人笑于房"的原因。至于臧孙许，也有缺陷眇（miǎo，一只眼瞎）。齐国的无礼，让跛者迎跛者，眇者迎眇者，也到了极致。齐君的母亲萧同姪子（即《左传》的萧同叔子）偷看的办法也变成了"踊于棓而窥客"，登上踏板偷看客人。郤克和臧孙许出来的时候，曾站在大门口谈了很长时间，谈话的内容虽然听不到，但可以猜出七八分，那就是痛骂齐君，发誓报仇。

《穀梁传》对郤克使齐的记载更加详细：

> 季孙行父秃，晋郤克眇，卫孙良夫跛，曹公子手偻，同时而聘于齐。齐使秃者御秃者，使眇者御眇者，使跛者御跛者，使偻者御偻者。萧同姪子处台上而笑之，闻于客。客不说而去，相与立胥闾而语，移日不解。齐人有知之者，曰："齐之患，必自此始矣。"

在《穀梁传》中，出使齐国的使者变成了四位：鲁国大夫季孙行父、晋国大夫郤克、卫国大夫孙良夫、曹国公子手。鲁国不再是臧孙许，卫孙良夫、曹公子手（即《春秋经》的曹公子首）则是《左传》、《公羊传》没有的。至于他们四位使者的缺陷，也与《公羊传》不同。齐国迎接客人的无礼，则一如《公羊传》所述。而妇人萧同姪子（即萧同叔子）笑话的情形更加嚣张："处台上而笑之。"四位贵族在大门口议论许久，则一如《公羊传》。从《左传》至《公羊传》，再到《穀梁传》，我们可以发现细节越来越丰满，记载越来越完整，很有些顾颉刚先生所说的"层累"的效果。但其间的出入则显而易见，即相同的人物也多有差异。这让我们联想到《公羊传·隐公六年》里的话："所见异辞，所闻异辞，所传闻异辞。"就是说，《左传》、《公羊传》、《穀梁传》的作者当时已经面临这种记载的纷歧了，只是不得不选择他们认可的方案而已。当然，所见不同，有些材料也容有详略不同，比如《左传》对郤克使齐记载特别简，也许是材料不足所致。有了《穀梁传》，我们才明白《春秋经》中记载鞌之战，为什么曹公子首会率军参战——他们出使齐国，同时受到羞辱。也是由于《公羊传》、《穀梁传》的记载，我们才明白鲁、卫求救于晋国，为什么要通过郤克——他们早有约定。作为《春秋经》的"传"，我们不得不承认，《穀梁传》最为圆满，使《春秋经》"六月癸酉，季孙行父、臧孙许、叔孙侨如、公孙婴齐帅师会晋郤克、卫孙良夫、曹公子首，及齐侯战于鞌"这一场面涉及的五国齐、晋、鲁、卫、曹，都有了出兵的理由。而《左传》与《春秋经》的距离最远，这一点前人已经指出来了。不过像《穀梁传》这种近乎闹剧的记载，不能不令人想到小说家言。古代历史与小说的距离究竟有多远，也许从这里可以得到部分答案。

时间下移到西汉，司马迁从事着名山事业——撰修《史记》。他所见到的史料比今天要多十倍甚至百倍。面对这"传闻异辞"，他是如何处理的呢？"整齐其世传"，对于司马迁来说，成了繁重的任务。两个主要当事国齐国和晋国的历史，集中于《史记·齐世家》和《晋世家》两篇中。先看《晋世家》：

（晋景公）八年，使郤克于齐。齐顷公母从楼上观而笑之。所以然者，郤克偻，而鲁使蹇，卫使眇，故齐亦令人如之以导客。郤克怒，归至河上，曰："不报齐者，河伯视之！"至国，请君，欲伐齐。景公问知其故，曰："子之怨，安足以烦国。"弗听。魏文子请老休，辟郤克，克执政。

再看《齐世家》：

（齐顷公）六年春，晋使郤克于齐。齐使夫人帷中而观之。郤克上，夫人笑之。郤克曰："不是报，不复涉河！"归，请伐齐，晋侯弗许。齐使至晋，郤克执齐使者四人河内，杀之。……十年春，齐伐鲁、卫。鲁、卫大夫如晋请师，皆因郤克。晋使郤克以车八百乘为中军将，士燮将上军，栾书将下军，以救鲁、卫，伐齐。六月壬申，与齐侯兵合靡笄下。

对照《史记》的《晋世家》和《齐世家》，我们可以发现，关于郤克使齐的记载几乎完全不同。使者的人数，《齐世家》只有郤克一人，而《晋世家》有晋、鲁、卫三国使者。使者的缺陷，

《齐世家》不载，而《晋世家》说："郤克偻，而鲁使蹇，卫使眇。"妇人的表现不同，《齐世家》说"夫人帷中而观之"，《晋世家》则说"齐顷公母从楼上观而笑之"。郤克愤怒的话不同，《齐世家》为："不是报，不复涉河！"《晋世家》为："不报齐者，河伯视之！"很明显，《齐世家》接近于《左传》，而《晋世家》则综合了《公羊传》、《穀梁传》二家，其中使者的缺陷又与《公》、《穀》全都不同。至于郤克发誓，则《晋世家》也与《左传》相似。郤克回国要求报仇，晋侯的反应，《晋世家》也近于《左传》。还有郤克报仇不成，却在两年后劫杀齐国使者于河内，则是三传均没有记载的。其间的措辞、详略，又可见《史记》重新加工的痕迹。至此，我们不禁要问：历史到底是什么样的？郤克使齐，是一人，还是二人、三人、四人？《左传》、《史记·齐世家》是一人，《公羊传》是二人，《史记·晋世家》是三人，《穀梁传》是四人。至于使者的名字、使者的缺陷、萧同姪子的表现、齐国迎接的方式，可以说三传、《史记》各不相同，《史记》内部《晋世家》、《齐世家》也全然不同，我们究竟如何得知历史的真相呢？最不可理解的是《史记》的自相矛盾，非但不能"整齐其世传"，反而治丝欲棼、越发不可究诘了。从这条例子，也许我们可以稍稍减少一些对司马迁的神化和盲从，恢复他作为一名普通史学家的面目。二〇一五年九月十五日。

（原载于《读书》2015 年第 12 期）

怎样学习目录学

目录学，作为一门古老的学问，一般认为是西汉刘向、刘歆父子创立的，距今已有两千多年的历史，中间从没有间断过，然而也从没有成为普及性学科，至今还是少数人的学问，属于"冷门"，有人称之为"绝学"。

目录学是对图书进行分类编目的学问。人类有了文字，就有了文字记录，也就有了有形的文献。文献有什么用？文献是人类文明的记录。没有文献，历史就是传说。有了文献，历史就是信史。文献记录有伪的，历史学家、文献学家要进行辨别，但这不影响其主体部分是信史。一个国家、一个民族文献丰富，文献所记载的历史悠久，就是这个国家和民族的骄傲。人类根据历史文献认识过去，并由此展望未来。所以，文献是人类的宝贵财富。

历史上虽然出现过秦始皇焚书坑儒这样的悲剧，但总的看来，历朝历代基本上是爱护并保存文献的。秦始皇焚书坑儒，济南的经学家伏胜就把《书经》藏在屋壁之中。西汉建国，丞相萧何在首都长安建立了皇家藏书处"天禄阁"、"石渠阁"。于是伏胜又把《书经》取出来，在济南传授。中央政府派晁错到济南从伏胜学习，由于方言的原因，晁错也有领会不准确之处，但伏胜对典籍的传播功不可没。

既然历朝历代大都重视文献收藏，那就必然会有专人管理。老子曾经是周朝皇家藏书的管理者，史称"柱下史"。春秋时期晋国的大夫韩宣子到鲁国访问，曾经观书于太史氏，见《易象》与《鲁春秋》，赞叹说"周礼尽在鲁矣"。这与我们今天有国外学者来访，安排参观博物馆、图书馆，有相似之处。西汉采取保护文献的措施，在宫里专门设"写书之官"，还派专员"谒者陈农"访书天下。所以汉武帝时出现了"书积如丘山"的景象。当时的书是写在竹木简和帛上的，尤其以竹简为主。竹简是长条形的，一般一根简竖着写一行字，一篇文章要许多简，简与简用细绳编连起来，不读时就卷起来，所以古书数量单位之一是"卷"。时间长了或翻看多了，绳子会断。孔子晚年喜欢《易》，读《易》"韦编三绝"。韦编，据说是皮条，那就更高级。皮条都断了多次，可见用功之勤。汉武帝时，库房里书籍既多，又有一些编绳断了，汉武帝有"书阙简脱"的慨叹。所以成帝时就委派大学问家刘向、刘歆父子和几位专家如医学家李柱国、军事家尹咸等共同整理皇家藏书。他们用了二十几年才完成这一伟业。这是历史上有记载的第一次系统整理图书的活动，大量典籍如《战国策》、《楚辞》、《管子》、《晏子》、《荀子》等都是这时编定的，在文化史上有非常大的贡献。

刘向、刘歆他们首先对图书进行整理，对不同的文本进行校勘，取长补短，订正讹误，厘定篇目，排定次序，形成"定本"。每部书整理好了，就写一篇"书录"。这篇书录包括该书的篇目、次序、整理过程、作者生平、内容大要，最后要评论得失，也就是一篇高水平的内容提要。这篇书录附在该书的书后，很像后来人们说的"跋"。其实古人的"序"都在书后。后来"序"移到书前，才把书后的评介文字叫"跋"。二者是同源，没有太大的本质不同，所以经常连起来叫"序跋"。生活·读书·新知三联书店出版过一本《叶圣陶序跋集》，很耐读，各位不妨一观。刘向的书录当时也汇成了一个单行本，取名《别录》。"别"就是单行之义。刘向没有最后完成校书工作，他去世后，刘歆奉命继承父业。刘歆完成后，就把这项工作做了个总结。怎么总结法呢？他编了个总目录，叫《七略》。他把所有整理好的图书分为六类，每一类叫一略，还有一个总论性的"辑略"，加起来为"七略"。每一略又分若干类，共38类。每略、每类都有个概论。我们称每略的概论为大序，每类的概论为小序，合称大小序。每部书又有一篇提要。这篇提要是在先前各书书录的基础上写成的。应当说《七略》是第一部系统的群书目录，是中国目录学的创始之作。这是刘向、刘歆父子两代人的成就，所以我们把刘向、刘歆父子作为目录学的创始人。

刘向、刘歆父子的《七略》，第一次对先秦到西汉的典籍进行了系统整理与总结。就总体来看，《七略》是一部系统严密的先秦至西汉的文献史，具有学术史的性质。范文澜认为西汉最伟大的两部著作是《史记》和《七略》，不是没有道理的。

清代乾隆年间，统治者曾以纪昀、陆锡熊等为总纂官，仿刘向校书故事，进行了又一次更大规模的传世图书的整理。他们整理的图书编成了《四库全书》，收录图书3400余种。每部书都写了一篇提要，不同的是这些提要都放在书前。同时也仿《七略》编成一部二百卷的《四库全书总目》。张之洞在四川当学政时，有不少青年学子请教读什么书，他开了个书目叫《书目答问》，很受学术界重视，至今流行不衰。但是张之洞自己却认为真正的良师是《四库全书总目》。为什么呢？因为中国两千年的重要典籍大都收入了《四库全书》，而《四库全书总目》则为这些书作了提要，分为经、史、子、集四部，每部又分若干类，四部和各类都有一篇概论，讨论各部类的发展情况、利弊得失。这些大小序加上一万多篇提要(其中三分之一是《四库全书》收的，三分之二则是《存目》收的)，可以说是两千年中国学术文化的历史总结。似乎没有哪一部书比《四库总目》更为全面系统，所以张之洞才以它为良师。《四库全书总目》太大，当时又编了一部二十卷的《四库简明目录》，鲁迅先生为许寿裳的儿子许世瑛推荐的书目中就开列了《四库简明目录》，其性质与《四库总目》一样，其思路与张之洞也有一脉相承的轨迹。

后人把刘向、刘歆、纪昀、张之洞叫作目录学家，为什么？因为他们编著了优秀的书目。随着社会文化的发展，进入二十世纪以来，人们对学术研究有了更高的要求，要求总结每个学科的规律，作出理论性概括，于是出现了目录学理论。显然所谓目录学理论是来自目录学实践的，那些目录学实践家如刘氏父子、纪昀，也怀有理论，只是贯彻于实践当中，没有再专门写出理论著作而已。换句话说，专门从事目录学理论研究，未必就比刘向、纪昀他们高明，大家各有偏重而已。没有从事过编目实践，没有编出像样的书目，终究难成真正的目录学家。这是我个人的看法。

说了半天，仍没有说"怎样学习目录学"。我想明白人到此已经有了结论，那就是要研究目录学这门学问，首先要学习刘向、刘歆、纪昀、张之洞等人所编著的具有重要学术价值的书目，学会用这些书目指导治学。然后是学着从事编目工作，比如学着写序跋，学着为图书分类，学着为一些类写概论性的大小序。我们知道近人谢国桢是晚明史大家，他的代表作其实是一部书目《晚明史籍考》，至于佛学研究方面的陈垣先生，他的目录学著作《中国佛教史籍概论》也是久盛不衰的。如果你能编写出这个水平的目录，也就成为目录学家了。如果进一步做出理论总结，如清代章学诚的《校雠通义》或近人余嘉锡的《目录学发微》，那就更上一层楼，成为更全面更优秀的目录学家了。我说的方向，适合于各个学科，正如谢国桢、陈垣两位先生那样，各位研究生朋友不妨试试。

（原载于《山东大学研究生学志》2009年第四期;《中国研究生》2010年第一期，题《目录学表微》）

论古籍校勘中的"对校法"

全国古籍整理出版规划领导小组主办古籍编辑培训班，多次蒙邀讲课，内容又多与版本校勘有关，却没有很正式的讲稿。今年举办第十五期培训班，又承邀请，遂把校书的体会赶写成稿，供同道参考。论述校勘的书和文章已经很多，因时间关系，来不及一一学习，或许有的看法已先有发表，闭门造车，出门合辙，信无掠美之意也。

一、古籍校勘的基本内容是对校

古籍校勘最基本或者说最核心的内容是不同文本之间的对校。陈垣先生总结的"校法四例"，是"对校法"、"本校法"、"他校法"、"理校法"，后三种都是"对校法"的辅助手段。这里只讲对校法。

用于对校的不同文本，有的是印刷的本子，宋朝人叫"板本"（也作"版本"），因为印刷总要先制版，制版有雕刻木版，也有活字排版、清中期以来的石印版、玻璃版（珂罗版）等。套印本的版，有雕木版的，也有活字版、石印版、珂罗版。石刻书籍主要是历代石经。如儒家经典有东汉熹平石经、魏正始三体石经、唐开成石经、五代蜀石经等。佛教典籍以北京房山石经最了不起，从隋朝刻至清代康熙年间，有计划地刻了一千多种佛经，可以说是一部刻在石头上的《大藏经》，与开成石经——刻在石头上的《十二经》一样，影响巨大，价值很高。人们从石刻上拓印纸本，称为"拓本"，也是版本的一种类型，可叫"石本"。

非印刷的本子，主要是写本。例如简帛写本，主要有战国楚简、汉代的银雀山竹简、武威《仪礼》简、马王堆帛书等，其中的书籍较多。至于居延汉简、敦煌汉简、长沙三国吴简，则以非书籍的文书为主，校勘学上用途不大。简帛之后是影响巨大的敦煌写本，北朝、唐代至五代、北宋的产物，以唐代为主，内容以佛经为主，也有经、史、子、集及道教典籍，这些四部典籍的写本，校勘学上意义较大。宋、元、明、清都留下了不少抄本，傅增湘收藏的《洪范政鉴》就是宋代宫廷写本。但传世较多的还是明清至民国间的抄本。明代天一阁旧藏的抄本、山阴祁氏澹生堂抄本、常熟赵琦美脉望馆抄本以及明内府抄本《永乐大典》都很有名。清代抄本尤其丰富，明末清初毛晋汲古阁抄本很名贵，其中影抄宋本特别重要。其他如钱曾述古堂、朱彝尊曝书亭、赵氏小山堂、汪氏振绮堂、鲍氏知不足斋、孔继涵微波榭、刘喜海味经书屋、刘承幹嘉业堂抄本，都有一定数量传世，并且很受重视。而庞大的《四库全书》，也曾抄写了七份，在校勘上不可轻视。

近人把印刷的版本与非印刷的写本都叫"版本"，这个概念就变大了。不同文本的对校也就可以叫"版本校"。

校勘的基本内容是不同版本之间的对校，那么调查确认版本就成了校勘工作的第一步。

二、版本调查与研究

了解一部书的不同版本，主要手段是查书目和题跋。

要校勘一部书，总是要看过这部书，并初步认定其价值，也就是说至少见过一个本子。那么了解该书的版本，就从你手头的这个本子开始。一般说来，一本书有序言或者后记，你要把序言、后记看一遍，以确定这部书的作者、写作成书的年代。所谓版本，就不会早于写作年代。从写成的年代算起，最早的版本当然是稿本。稿本可以是作者亲笔的手稿本，也可以是作者请人誊清的本子，就是说，稿本不一定是作者亲笔。其中的关键是，稿本必须是一部书的原始文本，必须与作者有直接关系。如果作者的原稿是夹注在别的书上的，在作者去世之后，有人进行了过录整理，这个整理本就不算是稿本，而只能是整理者的整理稿本。如果说它具有原始性的话，也只能是整理者的原始文本。如果有人得到稿本，过录了一份，那这个过录本也不是稿本，只能是一个抄稿本。原因很简单，这些文本的产生已与作者无关了。比如，民国七、八年间，李之鼎根据《慈云楼藏书志》的稿本过录了一部，有几十册，这个过录本后归刘承幹嘉业堂，它就属于抄稿本。原稿本归叶景葵，现在上海图书馆。今天处于电子计算机时代，作者自己录入电脑的文本当然也是稿本，只是不能称为手稿本而已。之所以称为稿本，也是因为它是与作者直接相关的原始文本。

如果有正式的印本，那么稿本有时候是印本的前身。当然有的印本是根据传抄本印行的，有的则是根据更早的印本印行的。根据稿本印行的本子，如果印行于作者生前，由作者经办，或作者指导他人经办，那么这个最早的印本属于"初刻本"，是弥足珍贵的。鉴于在印行过程中，要根据稿本重新写样，刊刻并刷印清样，进行校对。写样以及校清样过程中，对形式或格式要调整，甚至对内容有修改。而出版过程中产生的这些写样和校样大都没有留存下来，因此，即使是初刻本，也往往与存世的稿本存在距离。我们无论影印古书，还是标点校勘古书，都应考虑用初刻本，而不用稿本，因为作者生前经办的初刻本，才可以认定为定本，其内容的最终锤炼、字句的斟酌、文字的校正，往往产生于正式刊印这一关。这一点，如果你发表过文章、出版过著作，看过自己的清样，应该不难体会。《四库全书总目》武英殿刻本，就是经过纪昀一再改订，版面反复改刻，最后印行的。留存于世的《四库全书总目》稿本有若干种，恐怕都不能取代武英殿刻印的《四库全书总目》作为定本的位置。

初刻本还有初印本和后印本之别。后印本有时经过作者的进一步改订，成为最终的定本。从著作权法角度说，这是作者个人意愿的最终表达，具有权威性。但也有的是迫于形势而不得已改订的，刘大杰的《中国文学发展史》在"文革"中改订的本子，学术界就不认为具有定本的性质。这要具体分析。初印本由于保存较原始的面貌，流传不广，而具有特殊的价值，受到收藏者和研究者的特别重视。

初刻本以外的版本，一般认为时代较早的版本更重要。宋刻本胜于元刻本，元刻本胜于明刻本，明刻本胜于清刻本。抄本也是这样。

同一时代的版本，又分官刻本、家刻本、坊刻本。一般情况下，官刻、家刻胜于坊刻。官刻书籍一般是正经、正史、佛教大藏经、道藏，以及官修书籍、御制诗文集等。家刻则往往是文人诗文别集、学者个人著述，以及学者校刻丛书等。坊刻则往往与科举有关，所以经书的坊刻本也颇多。至于有一定市场需求的正史、诸子、著名文学家的诗文集、戏曲、小说、日用工具书、医书等，也有数量很大的坊刻本。官刻、家刻、坊刻的区别，主要在于主持刊刻者和出资者的身份。而正是由于主持刊刻者身份不同，其财力和文化学术水平、品味追求有高下之别，因此版刻质量相去甚远。其中，坊刻本大都校勘不精，讹误较多，常用俗字，且开版较小，文字较密，墨色不佳，用纸低廉，印本纸张余幅狭小，几乎一展卷即可判断。官刻、家刻则恰恰不同，大都校勘不苟，刊刻整齐，纸墨精良。有的家刻本辗转修版刷印，纸墨不佳，但是风气仍与坊刻有雅俗之别。坊刻本也有白纸初印、刀法精熟的，但校勘不精、多用俗字则仍难改变。

《尚书》的早期版本，如宋王朋甫刻本、宋刊纂图互注本、李盛铎藏宋刻本、宋魏县尉宅刻《尚书注疏》、蒙古平水刻《尚书注疏》、元十行本《尚书注疏》、明永乐本《尚书注疏》，都是文物价值很高的"善本"，但全都是坊刻本。它们的共同特点是校勘不精、多用俗字。情况不同的则是南宋国子监刻单疏本《尚书正义》、南宋两浙东路茶盐司刻八行本《尚书正义》，都是典型的官刻本，校勘精审，用字规范。明代嘉靖间李元阳刻《尚书注疏》（《十三经注疏》之一），主持人李元阳为福建巡按、江以达为提学金事，属于地方官刻，由于刻书地点是坊刻盛行的福建，底本又是坊刻本元刊明修十行本，连刻工都是参与十行本嘉靖修版的一批人马，因此带有坊刻本的痕迹。比如俗字较多，有省简笔画的倾向，但在改正讹误方面仍有积极表现，呈现出官刻的特征。万历十七年北京国子监刻《尚书注疏》（《十三经注疏》之一），则是十足的官刻本，用字极为规范，刊刻精工。其底本为李元阳本，但改正了李本的某些讹误。监本避讳很严，从朱元璋的"璋"字，到朱常洛的"洛"字，都缺笔避讳。朱常洛是万历皇帝的儿子，万历二十九年立为太子，后来成为泰昌皇帝，在位一个月就死于红丸案。"洛"字缺笔可能是刊成后修版。总之，这是少有的谨严的表现。后来的乾隆武英殿刻本、嘉庆阮元南昌府学刻本，当然都是著名的官刻本。毛氏汲古阁本以北监本为底本，较北监本互有短长，仍不失为较好的家刻本。

前面说一般情况下年代早的版本优于晚的，官刻本、家刻本优于坊刻本。那么，不是一般情况呢？就会有刊刻、抄写年代晚，却胜于年代早的版本。例如明嘉靖时期出现覆刻宋本，清代至民国间更有覆刻宋元本的风气。这些本子比一般明刻本自然要好。例如南宋刘叔刚一经堂刻《附释音礼记注疏》，也就是宋十行本，是《十三经注疏》这套注疏本中《礼记注疏》的祖本，清代乾隆年间权臣和珅覆刻了这个本子，而宋刻原本不知下落了，那么这个清代的和珅本就优于更早的元十行本。元十行本我们看到的是明中期修版，有的版面缺字很多，嘉靖李元阳本、万历北监本，几乎都无法补上那些缺字，毛氏汲古阁本补了若干，却有臆补之处，受到批评。阮元的本子就是据元刊明修十行本刊刻的。因此，和珅覆刻的刘叔刚本自然优于元十行本以下各本。刘叔刚本是南宋福建坊刻本，当然也免不了坊刻本的不良习惯，但相对说，还是较好的本子。今天点校《礼记注疏》，可以考虑用和珅刻本为底本，而以宋刊八行本、宋刊单疏残本等为校本。

《十三经注疏》是一部丛书，这部丛书大约形成于南宋福建建阳书坊。刘叔刚一经堂刻十行本《附释音毛诗注疏》（日本足利学校藏，已影印精装本）、《附释音春秋左传注疏》（日本足利学校藏一部，另一部藏中国国家图书馆［卷一至二十九］、台北故宫博物馆［卷三十至六十］）、《监本附音春秋穀梁传注疏》（中国国家图书馆，已影印）、《附释音礼记注疏》（仅有和珅覆刻本）

以及宋魏县尉宅刻九行本《附释音尚书注疏》（台北故宫博物院，已影印）都是其残存部分。

南宋末年廖莹中曾计划开雕手节本《十三经注疏》，见南宋周密《癸辛杂识》后集《贾廖刊书》："又有《三礼节》、《左传节》、《诸史要略》及建宁所开《文选》诸书。其后又欲开手节《十三经注疏》、姚氏注《战国策》、《注坡诗》，皆未及入梓，而国事异矣。"南宋有刊刻节选本的风气，传世的《九经要义》《十七史详节》就是大部头节本，而廖莹中手节未及刊刻的《十三经注疏》当属《十七史详节》同类的节本。廖莹中据以节略的底本《十三经注疏》应当是当时业已存在的一套丛书，这套丛书应当就是《九经三传沿革例》所说的"建本有音释注疏"的本子。

《九经三传沿革例》是元相台岳氏重刊廖莹中《九经》（增加"三传"）时根据廖莹中旧有的《九经总例》稍加增补而成的。明代内府同时藏有元盱郡重刊廖莹中《九经总例》和元相台岳氏《九经三传沿革例》，明代张萱《内阁藏书目录》卷二说："《九经沿革》一册全，又一册全，宋相台岳珂家塾刊本，与《九经总例》相同。"这一例证是张政烺先生发现的。我们有理由推测，廖莹中手节的《十三经注疏》就是《九经三传沿革例》所说的"建本有音释注疏"的本子，也就是刘叔刚等刊刻的宋十行本。这是后来《十三经注疏》的祖本，特征是"有音释注疏"。就是说《十三经注疏》作为刊成于南宋末年福建书坊的一套丛书，其基本内容是十三部包含经、注、疏、释文的注疏。基于这样的考虑，《十三经注疏》之前的两大系列，单疏本、两浙东路茶盐司所刻八行本，只能视为《十三经注疏》的前身，而非《十三经注疏》的祖本。在今天整理校刊《十三经注疏》工作中，仍宜选用宋十行本及以下各《十三经注疏》本为宜。其中格式的分歧，释文的详略，《十三经注疏》都自成体系，难以与单疏、八行本合流。当然这不妨碍另外整理单疏本、八行本的行为，而整理单疏本、八行本的成果可冠以《诸经单疏本丛刊》、《诸经八行本丛刊》，不见得要冠以《十三经注疏》之名，否则真有张冠李戴之嫌，反不如各行其是来得科学。

我们从事校勘之前进行版本调查，不仅要了解有哪些版本、藏在何处，还要了解前人对这些版本的认识，这些认识包括版本的类型，各个版本之间的关系，以及校勘的质量。当然不见得都有结论，即使有，也不见得正确，但参考价值是不容小看的。

调查版本的办法，主要是查找各家书目的记载。就目前看，可以先查傅增湘的《藏园订补郘亭知见传本书目》、《藏园群书经眼录》、《中国古籍善本书目》、《中国丛书综录》、《中国古籍总目》、台北《"国家图书馆"善本书志初稿》、台北《故宫博物院善本旧籍总目》、《日藏汉籍善本书录》以及日本静嘉堂、宫内厅、内阁文库、东洋文库、京都大学人文科学研究所、东京大学东洋文化研究所、美国哈佛大学哈佛燕京图书馆、美国国会图书馆、加州大学柏克莱分校等藏书目录，加上网上信息，如全国古籍普查登记基本数据库、学苑汲古等，可以获得九成左右的版本线索。

在获得版本线索之后，还要进一步查找前人的有关著录和论述。传世的版本，尤其是善本，往往曾经前人收藏，因此顺着收藏印章、题记等线索，查找有关书志、题跋，是有效的途径。还可以通过《古籍版本题记索引》这样的工具书查找线索。总之，要把前人的有关记述、评价找出来参考。例如《毛诗注疏》宋刊八行本久已亡佚，日本涩江全善、森立之等《经籍访古志》著录："《毛诗注疏》零本八卷，旧抄本，求古楼藏。原二十卷，今存卷一上、卷四上下、卷五、卷六上下、卷十二上下，凡五册。有'多福文库'朱印。此本系影写宋本，其体裁正与足利学所藏宋本《易》、《书》、《礼记》注疏符。山井鼎作《七经考文》日，未得此种本，故于《诗》、《春秋》唯以南宋附释音本校之耳。则此本虽曰残缺，亦最可贵珍也。"求古楼是嘉庆道光时期日本最著名的藏书家狩谷望之的藏书楼，他收藏的这部五册旧抄残本，体裁与足利学所藏宋刊八行本《周易注疏》、《尚书正义》、《礼记正义》同，是宋刊八行本《毛诗注疏》的残抄本，弥足珍贵。杨守敬《观海堂书目》（中国国家图书馆藏抄本）著录："《毛诗注疏》五本，一、四、五、六、十二卷，影宋黄唐残本，日本古抄本。"观海堂藏书归故宫，迁往台湾。《故宫博物院善本旧籍总目》著录："《毛诗注疏》存五卷，汉毛亨传，郑玄笺，唐孔颖达疏。日本室町末期抄配江户中期抄本，五册，存卷一上、卷四、五、六、十二。"虽著录稍异，而此五册日本残抄《毛诗注疏》一脉相承，踪迹固清晰可考也。（经清华大学刘蔷教授、台北故宫博物院许媛婷女士大力帮助，我们终于获得校勘的机会，委托门生李寒光、许媛婷女史助理魏宏城分工校勘。台北故宫博物院考虑到该书已经耐不住翻阅，特别进行了装裱修复。这种精神值得大陆的同行学习。）版本调查就是要顺藤摸瓜。校勘学离不开目录学、版本学的支撑，从这里可以体会到。

三、确定校勘方案

整理古籍，因为有不同的目标，方案不尽一致。总体上说，有繁、简二路，姑且叫详校派、略校派。我们熟悉的阮元《十三经注疏校勘记》大抵属于详校一路，把主要的异文都列出来，有的作了是非判断，有的则不表态。阮元之前，日本山井鼎、物观

《七经孟子考文补遗》也算是详校派，但山井鼎重视的是宋本、古本的异文，至于元刊明修十行本、李元阳本、北监本的异文，山井鼎虽然校了，却很少列举其异文。阮元吸收山井鼎所校的宋本、古本等异文成果，加上十行本、李元阳本（闽本）、北监本、毛氏汲古阁本等版本的异文，就比山井鼎更详细了。俞樾赞扬阮本读一本如读数本，就是基于这个考虑。张元济《百衲本二十四史校勘记》也属于详校派。日本水泽利忠《史记会注考证校补》、加藤虎之亮《周礼经注疏音义校勘记》都是十分详细的校勘记，属于校记中的详校派。

校记比较简要的，如乾隆武英殿刻《相台五经》的"考证"，乾隆武英殿刻《二十四史》、《十三经注疏》的"考证"，大都是在涉及是非时才出校记，对一般异文就不出校记了。新中国成立后，中华书局点校的《二十四史》、《资治通鉴》的校勘记都是略校一路。王仲荦先生承担《宋书》点校，单独撰写了《宋书校勘记长编》，就是校记较繁的一路，而中华书局正式出版的点校本《宋书》，校记也是王仲荦写的，却是简要一路，那是中华书局体例使然。我们看王仲荦在《长编》中经常于考证之末加注："径改不出校。"读者可谓知其然，不知其所以然。在中华书局计划修订《二十四史》点校本时，徐俊等领导曾到王仲荦先生家拜访。仲荦先生夫人郑宜秀教授交出《长编》遗稿，中华书局马上影印出版了，精装16开三册，可谓传世佳作。这个《长编》属于详校。

为什么会出现繁、简两路校勘记呢？这是为了不同读者的需要。一般读者，阅读繁琐的校勘记，没有兴趣，而从事学术研究的读者，又希望异文信息尽量全，只有信息全了才能下出更正确的结论，这是科学研究的起码道理。1986至1987年，山东大学古籍所研究生班曾经在王绍曾、霍旭东先生指导下，点校《清人笔记丛刊》十几种，齐鲁书社计划出版。后来因出版形势困难，退了稿，还给了退稿费。陈新先生曾应邀审阅这批稿件。陈先生是古籍整理的名家，他明确反对繁琐校记，认为罗列异文，不判是非，是没有用的校勘记。他还明确批评关德栋先生的《贾凫西木皮词校注》校记过于繁琐。陈先生在主持《全宋诗》工作过程中，也曾对我说，傅增湘、缪荃孙的校本没有用。近数十年来，中华书局、人民文学出版社等主导的古籍点校模式，都是"底本不误而校本误的不出校记"。照这样的模式，繁琐校勘记就应当灭绝了。可事实并非如此。我想，应当是读者的不同需求使得繁、简两路校记都得以生存。持两种观点的专家没有必要相互批评，各行其是可也。

那么校勘记在什么情况下宜简，什么情况下宜繁，就不能不认真考虑了。我认为经典著作、文化要典，应当允许校勘上的繁、简二本存在。繁本供研究者参考，简本供一般读者阅读。繁本应采取清朝人说的"死校法"，对异文详加罗列，只把部分异形异体字排除在外。简本则对异文严加考察，底本不误而校本误的不出校记；底本误而据校本改的出校记；校记尽可能采用较早的祖本的异文，而不是罗列所有版本；明显的误字径改不出校。这样校记就大大简化了。

至于特殊文献，如出土文献、敦煌文献，其校记更应不厌其繁，异形异体字完全不能省略，而应细大不捐、一律罗列，必要时要摹写原样或复制截图，力求向读者传递准确信息。

一般文献，面向一般读者，就可以考虑首先整理校记简略的本子，以应读者需求。

四、选择底本

无论是校记繁的，还是校记简的，都有选择底本的问题。一般主张选择错误少的本子作底本。原因是底本不误而校本误的不必出校，底本错误少了，校记自然就少。所以选择错误少的本子作底本，可以配合略校派的主张。

至于详校，选择底本应考虑该本在传世版本中的兼容性。什么是兼容性？举例说，《尚书注疏》传世版本以十行本系统最通行，有宋刊九行本、元刊明修十行本、永乐本、李元阳本、北监本、毛本、阮本七个版本。不能兼容的版本则是单疏本、八行本、平水本、武英殿本、《四库全书》本。这几个不能兼容的版本主要是内容和结构差异。单疏本只有疏，没有经、注、释文。八行本有经、注、疏，没有释文。殿本大幅改变了十行本系统的结构，虽然具备经、注、疏、释文，也无法兼容。库本是殿本的过录本。平水本自成系统，与各本不兼容。所以底本应在十行本系统选一个。选什么本呢？应当是版面清楚、整齐、内容齐全的本子。宋刊九行本年代早，清朗，体例与十行本系统基本一致，但六册缺少一册，不适合作底本。元刊明修十行本，明版占了大半，明版部分简化字、俗体字非常多，而且有缺字。永乐本同样是俗体字、讹误字稍多。李元阳本以元刊明修十行本为底本，虽有改善，而仍留有元刊明修十行本的缺点：简笔字、俗体字稍多，且有缺字。符合条件的是北监本、汲古阁本、阮元本。三本之中监本较早，文字规范，适合作底本。当然用阮元本也可以。

选择底本，须亲自检看已知各本，加以比较，挑选内容完整、文字清晰者。不可震于盛名，盲目决定。我们校《十三经注疏》，曾考虑用《中华再造善本》影印之元刊明修本《十三经注疏》。原书北京市文物局收藏，钤"刘盼遂印"。阮元《重刊宋本十三经注疏》所据"宋十行本"实与此本同版，刷印微有早晚而已。及与门生张学谦、李寒光二君逐册检视，则大失所望，几不敢信为阮刻底本，明版抽换过半，俗字讹字甚多，且不乏墨丁缺字，甚至整片缺字。阮元重刊，文字已基本规范化，开版整饬，且附校勘记，已判若两本。学者能目验元刊明修十行本的，百不一二，只是就阮元《重刻宋板注疏总目录》所云"十行本为诸本最古之册"，后来闽、监、毛本"辗转翻刻，讹谬百出"之语，奉十行本若神明。实则元刊明正德嘉靖重修版之十行本为《十三经注疏》最劣下之本，其本经阮元重刻，真有脱胎换骨之感。因此，元刊明修十行本，作为校本，绝不可少，作为底本，则势所不能。古籍整理的底本，应以内容完整、文字规范、版面清朗，作为选择标准。当然，俗文学作品、民间文献，绝无官本、家刻传世，则又另当别论。

五、确定校本

底本既定，其他版本均可为校本。

对于校记简略一路，周祖谟先生《洛阳伽蓝记校释叙例》分析最透彻，受到黄永年先生推崇。《叙例》云："《伽蓝记》之传本虽多，惟如隐堂本及《古今逸史》本为古。后此传刻《伽蓝记》者皆不出此两本。故二者殆为后日一切刻本之祖本也。校《伽蓝记》，自当以此二者为主。如振裘挈领，余皆怡然理顺。苟侈陈众本，而不得其要，则览者瞀乱，劳而少功矣。"周祖谟先生的分析，可以说是对略校派主张的最好概括。按周先生的意见，《洛阳伽蓝记》的对校本是明代如隐堂本和《古今逸史》本。其余各本则作为参校本。所谓参校本，就是不需要全部通校的本子，只作为抽校参考而已。周祖谟先生的目的，显然是整理出一部错误较少、校勘记简明的《洛阳伽蓝记》读本来。周先生的这一目的达到了，其《洛阳伽蓝记校释》受到学术界的一致好评。

　　然而《洛阳伽蓝记校释》却不能认为终结了该书的校勘工作。这个姑且不论。1936 年到 1937 年，周祖谟先生曾完成了一部校勘名著《广韵校本》，1938 年商务印书馆出版。在《广韵校本》的校勘过程中，周先生就没有采用后来《洛阳伽蓝记校释》的校勘路子。总体上看，《广韵校本》走的是繁琐一路。1989 年周先生写了一篇《我和〈广韵〉》，回顾了这项工作。该文很有参考价值。周先生选用的底本是清代康熙年间张士俊泽存堂刻本。今天看，这个本子雕镂精工、印本清朗，可谓光彩照人，而又不难获得。另一个康熙本曹寅楝亭刻本同样精雅，而且讹误较少，但流传不广，不易获得。可见，选择底本固然要求具备基本条件，但也要考虑是否通行易得。周先生的校本则包括：曹寅楝亭重刊宋本、黎庶昌《古逸丛书》覆刻宋本、《四部丛刊》影印南宋巾箱本、傅增湘旧藏北宋本、日本金泽文库藏北宋本、王国维临黄丕烈过录段玉裁校本、王国维用巾箱本校泽存堂本、涵芬楼藏影写宋本、元泰定本、明经厂本等十种。周先生还认为，鉴于"《广韵》是依据由唐代流传下来的《切韵》、《唐韵》系统的韵书加以纂修的，校勘《广韵》应当尽量应用所能见到的唐代的《切韵》和《唐韵》的写本"，周先生掌握的这类写本有二十种之多。周先生描述其工作程序说："这十种都要往复一一对校，辨别异同。"他说："我在进行校勘的时候，先以张氏泽存堂初印本作为底本，与其他宋本和元明两代的刻本对校，凡有不同，都记在泽存堂本的书眉上。这是一道工夫。然后另取一本泽存堂本与上述的二十种唐五代韵书对校，同样把不同处记在书眉上，这又是一道工夫。有了这两个校本作基础，然后进行一字一行的校定。举凡文字的形体、反切的注音、注释的文句都一一审核，刊正谬误。凡板本上不能解决的，自然要去检书定其是非……凡是有校改，如误字、脱文、衍文，都书于泽存堂初印本书眉上，并按《广韵》卷次、韵部、叶数的次第写成校勘记。凡有不知，只有阙疑，不敢妄下雌黄。"又说："经过校订、摘录，最后写定《校本》，并写出三千四百七十七条校记清本。"其中"共校正讹误一千九百八十七处"。就是说还有约一千五百条校记是不能断其是非的。《广韵校本》出版的模式是：正文影印泽存堂本，而把《校勘记》附在书后。很明显，周祖谟先生的《广韵校本》在校勘上走的是详校一路。在从事《广韵》校勘工作中，周先生就没有顾忌"侈陈众本"、"览者瞀乱"的问题。

在确定校本的问题上，略校派要求确定版本系统，找出不同系统的祖本，以祖本与祖本详细对校，其余后来刻本则只作参校。而详校派则要把掌握的主要版本全部通校，细大不捐。校勘记则尽量全面，即使不能断是非的，也要写进校记。黄焯先生《经典释文汇校前言》说："今以宋本校徐本，凡遇宋本有疑似处，虽明知其误，亦录存之。"又说："凡清世诸师校语，其于《释文》字体音义不甚关切的，也都录存。因此类校语系经展转迻录，别无刻本，与其过而废之，不若过而存之。"从黄焯先生的《前言》看，也属于详校一路。不过详校也不是什么都记，不加别择，对常见的异形字，一般也不入校勘记。

六、分校与分校记

在确定底本和校本之后，先将底本复制成单页的复印本，拿底本的复印本与一个校本对校。为了尽量把异文都校出来，应当校二至三遍。如果初校、二校、三校换人办理，更有效。校本有多种，首先校哪个本子呢？不妨选择与底本关系较近的本子先校，由近及远，依次对校。我们校《尚书注疏》，以万历北京国子监刻本为底本，北监本的前身是李元阳本，北监本的后身是毛氏汲古阁本，可以考虑先校这两个本子。

校对时，底本和校本都摆在桌子上，往复对比，一字不遗。凡遇不同，即写在底本北监本上，天头、地脚、左右余幅，空间要精心安排，井井有条。异文要工楷照写，不可用行书，不可换字体。异文与底本对应字之间用线连接，明明白白，不必用其他符号。

初次校书，立即被异形异体字困扰。如真、眞，峰、峯，随处可见。又有"真"字内三横两横之别，"富"字上有点无点之异，以及异字同形，如己、已、巳之难分，不胜其繁。大型校书活动，需集体开会，逐步汇集《异形异体字表》，凡入表者，不再出校。我为《十三经注疏汇校》制订了确定两个字为异形异体字的四项原则：第一，在原字基础上的繁化、简化或重构；第二，音义全同；第三，不构成新字；第四，在一定范围内通用。就是说，两个字之间，无论字形、字音、字义都不会与别的字产生纠葛，并且要通用。偶尔出现的异体异形字，即使符合前三条，也不鼓励不出校记。因为每少出一条校记，就丧失一条信息。从事敦煌文献、出土文献整理的专家，不会同意排斥异形异体字。那是特殊文献，完全可以理解。而对传世文献，大量把异形异体字写入校勘记就极难操作了。我们把阮元本《尚书注疏》与它的底本元刊明修十行本对校，请非专业的大学生对校，告诉他们，凡有不同即划出来。结果满纸都是，难以想象。所以务实的办法，还是要剔除那些反复出现的异形异体字。

初校完成一卷，并且排除了那些常见的异形异体字，剩下的异文就要严格根据约定，写入《校勘记》。

一校之后交付二校。二校重复一校的工作，逐字逐句重复对校，发现初校漏校、误校的文字，用另一种颜色的笔勾画出来，写在北监本复印件的上下左右空白处。同时还要检查一校的校勘记，有没有摘句错误，卷、页、行错误，记录异文错误。如果有，予以改正。至于新发现的异文，则写成《二校记》。二校之后，用同样的方式付三校，形成《三校记》。

北监本与李元阳本所有的内容都校完三遍，每卷都写成了三份校记，那么对李元阳本的对校工作就结束了。

用同样的方法校毛氏汲古阁本、元刊明修十行本、宋魏县尉宅本、阮元本、武英殿本、库本、蒙古平水本、八行本、单疏本，把注疏系统的本子全部校完。再扩大到白文本唐开成石经本、经注本李盛铎旧藏宋本、经注释文本、纂图互注本、宋王朋甫本、元相台岳氏本等。都以同样的方式形成一对一的单本分校记，每个分校记同样包括一校记、二校记、三校记。

版本校完了，还要把前人已有的校记收集来，如日本山井鼎、物观《七经孟子考文补遗》、清人浦镗《十三经注疏正字》、卢文弨《群书拾补·尚书注疏考正》、阮元《十三经注疏校勘记》、孙诒让《十三经注疏校记》等等。把这些校记分头按北监本的卷几第几页第几行拆分成条目，格式与分版本的校勘记相同。

以上这些成果会有数十份，我们叫"分校记"。

七、汇校与汇校记

上面的分校记虽然份数很多，但有个共同点，那就是都按万历北监本第几卷第几页第几行哪句话哪个字分成了条目。

我们把所有的分校记复印下来，进行以下工作：

第一步，对所有的对校本按版本的年代排出顺序，给出序号。例如唐石经本序号 1，单疏本序号 2，八行本序号 3。对前人的成果，也按形成的年代排出顺序，接着版本排出顺序号。

第二步，为所有的版本确定简称。如唐石经本简称"石"，单疏本简称"单"，八行本简称"八"等。

第三步，在复印的分校记上，每一条分校记的下方，写上版本的序号。例如唐石经本分校记，每条下方都写上"1"。单疏本校记，每条下方都写上"2"。

第四步，用剪刀把分校记逐条剪开。按每条所记北监本卷、页、行、句重新分编。同一句话的分校记聚在一起，按版本序号排顺。例如监本卷二《尧典》第三页第十六行疏文"载孚在亳"，共有版本异文校勘记五条，为八行本、魏县尉宅本、十行本、永乐本、阮元本，均是"亳"作"毫"。另有前人校记二条，一条为卢文弨《拾补》，一条为张钧衡《校记》。这样在"载孚在亳"句下共汇集了七条分校记。我们根据编号的先后，汇为这样一条校勘记：

> 《尧典》卷二第三页十六行疏：载孚在亳。亳，八、魏、十、永、阮作毫。○卢文弨《拾补》：载俘在亳。毛本俘作孚。
>
> 孚当作俘。○张钧衡《校记》：伊训云：载孚在亳。阮本亳误毫。

从这条汇校校勘记，我们可以发现，"亳"字宋八行本、魏县尉宅本、元刊明修十行本、永乐本、阮元本作"毫"，而宋刊单疏本、平水本、明李元阳本、明北监本、毛氏汲古阁本、武英殿本作"亳"。张钧衡《校记》指出"阮本亳误亳"。

我们再看今人整理的本子。北京大学出版社《十三经注疏》本，用阮元本作底本，径改"亳"为"亳"，不出校勘记。上海古籍出版社黄怀信先生点校本，用八行本作底本，改"亳"为"亳"，其校勘记云："'亳'原误'亳'，阮本同。李本作'豪'。今据宋单疏本改正。今《伊训》有'朕哉自亳'。"总体上很好。不过存在两个小问题：一、李本（李元阳闽本）并不作"豪"，而是作"亳"。这是李元阳根据元刊明修十行本重刻时，改"亳"为"亳"，可见李元阳本在校勘方面的努力。二、张钧衡《校记》指出"阮本亳误亳"，是一种可采纳的成果，可考虑引用。北大《儒藏》本改"亳"为"亳"，校记云："'亳'，原作'亳'，据宋单疏本、阮刻本改。"根据《点校说明》，《儒藏》的底本是《中华再造善本》影印宋两浙东路茶盐司刊八行本，阮元本为校本，用的是中华书局重印世界书局本。我们核校中华书局的阮本，作"亳"，正如张钧衡指出的那样。那么校勘记所云"据宋单疏本、阮刻本改"就不符合实际了，因为阮刻本不作"亳"。校记应改为："据宋单疏本改。"

我们再从这条校勘记回看阮元《校勘记》。阮元《十三经注疏校勘记》有甲、乙二本。甲本有文选楼初刻本、《皇清经解》重刻本，内容全，是足本，其底本基本上是毛氏汲古阁本，而以十行、闽、监为校本。毛本作"亳"，十行本作"亳"，闽、监本作"亳"。阮元《校勘记》没有出校，应当理解为漏校。阮元《校勘记》乙本，即通行的南昌府学刊《十三经注疏》每卷附刻的《校勘记》，当然也没有这一条。北京大学出版社的标点本，校勘记主要取自阮元校勘记，没有作更多的校勘，阮元既未出校，所以北京大学出版社本也没有校记，对这个讹字采取了径改不出校的处理方式。事实上单疏本、平水本、闽本、北监本、毛本、殿本都作"亳"，可以出校记。况且张钧衡《校记》也已指出阮本误亳，可以引用。

我们的汇校中还提供了卢文弨的意见，那就是"孚"当作"俘"。卢氏未说明理由，可以认为是理校，具有参考价值，也是可以引用的。

从以上的分析比较，汇校的优越性是不难看出的。

八、校勘的功用

校勘的主要功用有四条：一、改正错误；二、探明版本源流；三、判断版本优劣；四、保存旧本面貌。对校勘的第一功用是改正错误，这是有统一认识的。而对第二、第三、第四功用，则不是人人都重视的。

关于探明版本源流，也就是考察版本之间的关系，我曾写过一篇《明永乐本〈尚书注疏〉跋》。永乐元年刊《尚书注疏》已知的有三部，一部是天一阁旧藏的，定为宋刻本，张钧衡获之，请缪荃孙、陶子麟影宋刊行，附《校勘记》一卷，是缪荃孙代撰的。天一阁的那部原本抗战中归了中央图书馆，中华人民共和国成立前夕被带到台湾，他们改定为明初刻本。一部是陆心源藏本，定为"明覆宋八行大字本"，后归日本静嘉堂文库。一部是卢址抱经楼藏本，傅增湘见过，但现在不知下落了。三部中只有卢址那一部有"永乐元年刊"小字一行，另二部无标志，所以鉴定困难。陆心源认为是明覆宋本，到底可信不可信呢？我拿《君奭》篇的释文作比对，该篇《经典释文》共52条，宋魏县尉宅刊本也是52条，到了元十行本，脱去24条又两半条。而永乐本同样脱去 24 条又两半条。加上其他例子，充分证明永乐本的前身是元十行本。非但天一阁定为宋刊本不可能，陆心源说它是"明覆宋八行大字本"也是悬揣之辞，不可信。不加校勘，我们用什么办法能知道永乐本源于元十行本呢？刘师培撰写的《敦煌新出唐写本提要》，王重民收入《敦煌古籍叙录》，我们看刘氏的跋文，罗列敦煌本与传世版本的不同，指出"经文多异唐石经"、"或与《释文》本合"、"或与《释文》所引或本、一本、俗本合"、"或与《释文》所引旧本合"（见《〈毛诗诂训传·国风〉残卷跋》），目的是揭示敦煌写本与陆德明所见南北朝时期写本的近缘关系，而不全是讨论经典文本的讹误问题。

关于判断版本优劣，我也曾写过一篇与《日知录》商榷的文章。前人对万历北监本评价很低。张尔岐用唐石经本《仪礼》校北监本，发现脱文讹文多条，写成《仪礼监本正误》一卷。顾炎武在《日知录》中参考张尔岐的成果指责北监本是"秦火未亡，亡于监刻"。《四库全书总目》在《仪礼注疏提要》中引用了顾炎武的《日知录》，阮元《十三经注疏》当中的《仪礼注疏》又把《四库提要》冠于前，学术界对于北监本的认识也就一边倒了。黄永年先生《古籍版本学》讲"明后期刻本的善本问题"的时候就说："有的确实未经很好的校勘，如北监本的《十三经注疏》、《二十一史》之类。"这是对顾炎武《日知录》的沿用，因为《日知录》该条的题目就是《监本二十一史》，而批评的是《十三经》、《二十一史》"校勘不精，讹舛弥甚"。然而顾炎武列举的北监本《仪礼注疏》的脱文在其前的李元阳本就没有，更早的陈凤梧本也没有，可见脱文由来已久，北监本只是沿误。至于顾炎武认为所脱经文可以据唐石经补上，而"注、疏遂亡"，更是揣测之说，因为从宋单疏本看，贾公彦的《仪礼疏》中并没有为这段经文作疏。既然不曾有疏，何谈"亡"呢？顾炎武的结论看上去凿凿有据，实际上站不住脚。我们订正顾炎武的偏差，靠的也正是校勘。我们应当把传世的《仪礼注疏》版本以及相关的白文本、单疏本、经注本都校过，才能弄清楚版本源流，从而弄清楚错误是从何而来的，冤有头，债有主，才不至于得出错误结论。根据我们的校勘，北监本改正了不少讹误，完全可以说，当时是经过慎重校勘的。只是明朝人校勘学水平不高，所以对底本、校本、校勘工作，往往不交待，读者一头雾水，不知其来龙去脉。我们不能用清朝人的标准要求明朝人，而应站在明代的水平上去看北监本。可以说，在明代北监本《十三经注疏》已经是最好的了，称得上是善本。关于这一点，北监本的经手人没有说明，我们不通过平心静气的校勘，不通过与其他版本如十行本、永乐本、李元阳本、毛本的比较，怎么能知道北监本的优劣善否呢？

周祖谟先生从事《广韵校本》，他通过全面校勘，得出了宝贵结论，他在《我和〈广韵〉》中说："经过全面对校之后，得知泽存堂本和《古逸丛书》本都是出自南宋监本，刊工姓名全与北宋本不同。其次得知南北监本错字都不少，张士俊泽存堂本已做了不少校正，是其长处。但是也有原本不误，而张氏改错了的，甚至还有非原本所有，而为张氏增加出来的，不经校对，无从知晓。这是泽存堂本的短处。黎刻《古逸丛书》本照监本覆刻，本当存其原貌，但他又偏偏按张本改订，张本对的，固无论，张本错的，照搬过来，反成过失。《四部丛刊》本也是出自监本，不过错误较少，也许经过校订。《楝亭五种》本则与《四部丛刊》本相近。"周先生对北宋监本、南宋监本、由宋监本衍生出来的泽存堂本、《古逸丛书》本、《楝亭五种》本、《四部丛刊》本进行的评价，完全出于校勘的结果。若按周先生对《洛阳伽蓝记》的校勘主张，其实可以只校北宋监本、南宋监本，而泽存堂、《栋亭五种》、《古逸丛书》、《四部丛刊》本都可以不校了。那他的精彩结论自然也没有。这是科学研究的规律。

关于保存旧本面貌。这一功能主要表现在清人和民国间藏书家的批校本。《四部丛刊》影印了一部《鲍氏集》，是《四部丛刊》中少有的套印本。这部书是影印的毛扆的校宋本。毛扆用红笔工工整整在明刻本上按宋本校改，包括行款也用横线标出来了。其目的一清二楚，是为保存宋本的面貌。清代陆贻典、何焯、惠栋、卢文弨、黄丕烈、顾广圻等留下了大量手校本。杨绍和《楹书隅录初编》及《续编》，著录了许多名贵的校本，如《初编》卷三《校宋本说苑》二十卷三册，黄丕烈校，黄丕烈跋云："嘉庆元年冬，借顾抱冲所藏残宋本《说苑》校此。顾本缺八至十三，复借周香严所藏钱遵王手校宋本补完，因循未成，至二年五月始竣。"又跋云："明刻当以程荣《汉魏丛书》本为近古，余则脱落不可弹述，故传校宋本于此册。后之见是篇者，勿轻置之。"当时藏书家之间借校传校的风气颇浓。我们可以清楚地感受到，这一派的校勘，旨在存旧本面目。与影刻宋本目的相近。我曾见过丁山教授过录王国维校《水经注》，朱墨灿然，肃然起敬。古籍善本中，有一种名家校本，大抵属于这一派。

校勘记是专门学术成果，顾炎武《九经误字》、山井鼎、物观《七经孟子考文补遗》、浦镗《十三经注疏正字》、卢文弨《群书拾补》、阮元文选楼本《十三经注疏校勘记》等，都是脱离了原书独立存在的校勘记。但是今天校书，一般与正文的整理相结合，把校勘的成果体现在对正文的改正，季羡林先生主编的《大唐西域记校注》（其校勘由范祥雍分担），就是既要整理出《西域记》的定本，又要附撰详细的校勘记，可以说具有示范意义。至于略校派，校勘记更是对正文校正的一种辅助说明，很少单行。不过，清人覆刻宋本，而附校勘记，早已成为传统。顾千里为胡克家影刊宋尤袤池阳郡斋本《文选》李善注，就附有《考异》十卷。黄丕烈影刻宋明道本《国语》，也有《札记》一卷。这已经成为影刻或影印古本的一种模式。阮元《重刊宋本十三经注疏》也明确表示："今重刻宋板，凡有明知宋板之误字，亦不使轻改，但加圈于误字之旁，而别据《校勘记》择其说附载于每卷之末，俾后之学者不疑于古籍之不可据，慎之至也。"不改正文，而在校勘记中记录异文，表明是非判断，或一时不能判断，存而不论，这不失为一种模式。与《大唐西域记》改正正文错误，又附校勘记于后的模式，可以并行不悖。周祖谟《尔雅校笺》就是正文影印宋本《尔雅》而附校记于后的做法，与早年的《广韵校本》模式相同。黄焯《经典释文汇校》则是正文影印徐乾学通志堂本，而附《汇校》于全书之后。我们从事《十三经注疏汇校》，用的就是正文影印万历北监本，而附《汇校》于各卷之后的模式，与阮元刻《十三经注疏》附《校勘记》的模式相似，不同的是阮元正文是刊刻的，我们是影印的。我们认为校书的模式可以有繁简二派，而校勘成果的表达也是多式多样的。可以改正文，清人称之为"活校"。也可以不改正文，顾千里云"以不校校之"者是也。学者可以根据情况及个人的主张作出不同的选择。

校勘成果除了常见的校勘记之外，还可以通过其他方式表达。这些方式包括：一、书录题跋。如刘向校书撰写的书录《晏子春秋书录》，清修《四库全书》各书书首的提要，张元济《百衲本二十四史》、《四部丛刊》各书的跋文，傅增湘陆续发表后来结集的《藏园群书题记》等，都有不少校勘成果蕴含其中。二、书目书志。如《铁琴铜剑楼藏书目录》、《宝礼堂宋本书录》、《适园藏书志》，提要中含有校勘内容之外，特殊版本的书志后还附有校勘记。王重民《敦煌古籍叙录》也有大量校勘成果。三、笔记杂著。如王念孙《读书杂志》、王引之《经义述闻》、钱大昕《竹汀先生日记钞》、陆心源《群书校补》等。近人发表的论文、札记，也属此类。

以上关于古籍校勘中"对校法"的讨论还不够条理，欢迎同道诸君批评指正。二〇一六年八月七日。

（原载于《古籍整理出版情况简报》2016 年第 11—12 期，总第 549—550 期）

谈谈文献学的方法、理论和学科建设

一、文献学方法

但凡从事文献学的人，绝对不能没有方法。没有方法的话，你知道从哪进去，往哪走，从哪出来吗？所有从事文献学研究的人，一定是有个入口的。入了口的人要干什么，也一定是知道的。专业的文献学工作者，一定是知道这个套路的。这个套路，就是方法。中国的学者，以怀抱之方法，指导他的实践。他的实践能够形成成果，但是他的方法却往往并不系统地说出来。这就是重实践、轻理论。我们现在要想了解他的方法，只能从他的实践中来总结。其实前人也零零星星地谈了这些方法，比方说顾颉刚先生在《古史辨》的《自序》当中说，他的入门是《四库全书总目》、《汇刻书目》、《书目答问》一类书，这就是方法。按照传统的说法，当然我也非常同意这个说法，那就是文献学的入门是目录学。在这个问题上不能含糊。文献学是文献学，古代文学是古代文学，古代史是古代史，古代汉语是古代汉语，文献学和它们相关，而又不同。文献学一定有它独特的内容，它才能够成为学科。如果去掉和人家交叉的部分不存在自己独有的部分了，这种学科就不需要了。文献学不同于其他学科，文献学的入门是目录学。目录学的入门，可以首先看《四库全书简明目录》，也就是鲁迅先生为许世瑛开的书单上的那一本。《四库全书简明目录》包含3400多部书的简明提要。并且这3400多部书都按经、史、子、集分了类。经部又分易、书、诗、礼、春秋各小类，史部又分正史、编年、纪事本末、别史、杂史等小类，子部又分儒家、兵家、法家、杂家、释家、道家等小类，集部又分为楚辞、别集、总集、诗文评、词曲等类。经部的礼类又分为周礼、仪礼、礼记、三礼总义等，小学类又分训诂、字书、韵书等。这已经三级分类，形成了完整的国学体系，重要的国学书目都有了，精要的内容介绍也有了，是非常完整的。我们要研究文献学，就要以这个为入门。此外，《四库全书》是乾隆时候修的，乾隆以来又出现了一些很重要的典籍，这些典籍可以通过另一部书目《书目答问》来了解。《书目答问》可以作为第二部目录。这两部目录看完之后，国学要籍就基本没有遗漏了，并且是涵盖各门学科的要籍，而不是专科要籍。如果研究中医就光看中医目录，那只能学中医，不能学别的。二十四史当中也有医学家的传。编年、纪事本末、别史、杂史当中都有医学家的材料，你都将不会知道。地方志当中也有大量医学家的传，你也不会知道。像《太医院志》这类书属于地理类，国家医学制度方面的书籍是在政书类典章制度里面的。所以要跨门类去了解。看完《四库全书简明目录》、《书目答问》之后，要看《汉书·艺文志》，要追其源。中国的各门学问在先秦两汉基本都成立了，这些重要的典籍见于《汉书·艺文志》。《汉书·艺文志》同样也分类，分为六类三十八小类，每类还有大序、小序。可惜的是，《七略》对每部书的介绍，《汉书·艺文志》没有采纳，大部分失传了。但是根据《汉书·艺文志》，我们也能够弄明白中国学术的源头。所以《汉书·艺文志》是一个很重要的门径。《汉书·艺文志》之后就应该读《四库全书总目》。《四库全书简明目录》是不能代替《总目》的。《四库全书总目》提要的水平高，学术性强，举了很多例子，也有很多对历史上说法的辨证，这些内容学术价值较高，在《简明目录》中这些内容大都被删除了。因此，《简明目录》可以作为初步的目录，而《总目》提要可以作为更高级的读物。张之洞认为《四库全书总目》是良师，他认为把《四库全书总目》提要读一过，就"略知学问门径"（《輶轩语》）了。张之洞何尝不知道有个《简明目录》呢？鲁迅先生是基于对初学者的建议，而张之洞是基于对学者治学而提的建议，级别是不一样的。有了以上这四部书目，我认为目录学的入门就可以达到目的了。中国的书目很多，你可以广泛涉猎，但是这四部书目是根本。有了这四部书目，你就进入了中国文献的宝库，你就知道了有哪些书应该读，有哪些书应该先读，什么学科应该读什么书，某一学科看家的书是什么，谁继承了谁，谁发展了谁，他们有什么弊端，有什么长项，那么你自然就知道了著作的门径。我们做学问的最终目标是著书立说，著书立说不是说写本书就完了，而是你的学说要被他人接受，要有所发明、有所发现、有所创造，这样才是真正的著述。并不是说有了一个三百页装订起来的玩意儿就是著述。善于著述之人，既会写书，写了还应该能传。

明清以来，尤其是清代以来，开始讲究版本。知某书宜读，还要知道该书的哪个版本宜读，这样要求就精密了。所以清代的好多藏书志开始斤斤计较各个版本的不同，版本的优劣，版本的源流。这些方面需要我们进一步看有版本信息的目录。《四库全书总目》也涉及到版本，但是整体上看主要是对内容的评论，是对学术源流得失正变做的巨大总结，但是版本源流、版本得失、版本正变，基本没涉及。这项工作，表现在很多的题跋目录、版本目录里，像《天禄琳琅书目》、《爱日精庐藏书志》、《士礼居藏书题跋记》、《铁琴铜剑楼藏书目录》、《楹书隅录》、《皕宋楼藏书志》、《仪顾堂题跋》、《善本书室藏书志》、《艺风藏书记》、《适园藏书志》、《涉园序跋集录》、《藏园群书题记》、《藏园群书经眼录》、《藏园订补郘亭知见传本书目》等。《四库全书总目》没有太关注版本问题，但是出现了邵懿辰《四库简明目录标注》，出现了莫友芝《郘亭知见传本书目》，后来还出现了《中国版刻图录》，这些书都至关重要。通过这些版本目录来得知版本源流正变得失，这样你就不但知道某书宜读，而且知道某书有哪些版本传世。在传世的版本当中，谁先谁后，谁是从谁重刻的，谁是从谁影刻的，谁是从谁进一步校勘提升而再版的，谁是集大成的。阮元刻《十三经注疏》，他的底本是十行本，虽然不太精善，但是他附了《校勘记》，俞樾称赞说"读一本如遍读各本"（《春在堂杂文四编·照印〈十三经〉小字本序》），受到读者欢迎。所以版本是要讲究的。讲究版本就要靠版本目录。中国的版本学主要隐藏在版本题跋和版本目录之中，而不是版本概论。当然，像叶德辉的《书林清话》，也讲版本源流，里面也有很多可取的地方，也可以参考。近人写的版本学概论，只可作参考，不能作为学习版本学的主要依据。明白了版本之后，就可以明白校勘了。前代人研究版本源流，主要靠两个途径，第一个途径是刻书序跋，知道谁从谁来。但是前人刻书的时候经常不说版本来历，像李元阳本、北监本、毛氏汲古阁本，都不跟你说底本的来源，你怎么知道呢？这就是第二个途径，通过校勘。前人早就掌握了这个法宝，通过校勘而知其异同，通过比对异同而知其源流正变。这是总结版本源流、优劣最灵便的方法。一校你就知道了。有比较才能有鉴别。这个比较并不是把两部书放到一块，看看它的风格、字体、版式、刻工就完了，这只是一般的鉴定方法，更深入的鉴定方法要通过校勘。版本学需要了解版本的性质或者类别。所谓类别就是它是刻本还是活字本，是抄本还是稿本、批校本、题跋本，或是石印本、珂罗版。你要分清它的类型，同时要断定年代和类别。是刻本的话，是宋刻、元刻、明刻、辽刻，还是金刻。宋刻本，是蜀本还是建本，是官刻、坊刻还是家刻。这些都是版本鉴定的初步工作。深入的工作就是它在这样一个版本演变链条当中处于哪一环，上线是谁，下线是谁，左右是谁，这就是源流。在这个链条之中，它是比较优秀的呢，还是一般化，还是较劣的。因此，版本的年代类型、版本的源流、版本的优劣，都是版本学研究的范围。版本的源流正变优劣这些问题有赖于校勘，才能得出恰当的结论。这是校勘的第一个功能。校勘的第二个功能就是整理出一个错字较少、内容较全的新的版本，给读者提供一个较好的版本，这就是读书人所说的善本。收藏家所说的善本是文物性的善本，也就是年代早、传世少、名人题跋批校、名家抄本以及名家稿本，这些属于文物性善本。当然，二者可以交叉。由目录而知版本，由版本而知校勘，通过校勘，再回过头来提高我们版本学的基本结论，这就是目录、版本、校勘三者的相互关系。校勘学的结论经常写为题跋、校勘记。其中的题跋，汇集成书目题跋。目录学既要讲究内容，又要讲究版本。讲究版本的目录，有赖于版本学，又有赖于校勘学。三者之间是互相帮助、互相补充、互为前提的关系。但是归根结底，还要从目录学入手。

明白了版本、目录、校勘之后，还要考虑文献学涉及的范围不仅仅是这些。比方说，我们在考察这个书的内容的时候可能会涉及到真伪问题、作者的生平事迹问题。牵扯作者生平事迹问题的时候，就要有查考作者生平事迹的能耐，于是涉及传记资料、地方志资料、家谱资料、墓志铭碑刻资料。这就扩充到若干其他学科了。其中的碑传资料、方志资料、家谱资料尤为重要。别集和总集当中，存有大量的墓志铭、行状、祭文、寿序、书信，无一不是钩稽人物生平事迹的材料。另外还有年谱。年谱是传记的一种。至于正史、杂史、子部一些笔记当中也隐伏着大量的传记资料，同时还隐伏着大量对著作的评价，对著作始末的介绍，这些也是目录学上写提要的人应该参考的。《四库全书总目》当中就引用了《容斋随笔》、《池北偶谈》等一些笔记，引用正史、墓志铭就更多了。另外给别人的书写的序言，写的读书的跋，也经常存在文集之中，朱彝尊的《曝书亭集》、王士禛的《带经堂全集》里面都有大量的序跋，这些也都是目录学的资料。从事目录之学涉及的文献是非常广泛的，不会只是涉及史部目录类，仅限于史部目录类就太狭隘了。

根据清代张金吾等人的总结，文献之学还有一个分支，属于编纂之学。像总集的编纂，例如《诗经》是谁编纂的现在还不知道，孔子以前就有了。《楚辞》是刘向编的，作品是那之前就有，但是编成一本书是刘向做的。《列女传》、《说苑》、《新序》都是刘向编的。《昭明文选》是萧统编的，在那之前还有挚虞编的《文章流别集》。后来的《全唐诗》、《全唐文》，辑录唐以前作品的《全上古三代秦汉三国六朝文》、《先秦汉魏晋南北朝诗》，唐以后作品的《全宋诗》、《全宋文》、《全宋词》，都是编纂的。黄宗羲还编了《明文海》。编纂之学是需要文献学作为支撑的，为什么呢？首先你要取材吧。取材你要知道有哪些书可以提供哪些材料，这就需要目录学了。当你需要从《昭明文选》、《太平广记》里取材的时候，《昭明文选》、《太平广记》本身又有版本好不好的问题。你如果用了差的版本，错别字很多，甚至被人擅自删减了，你的成果就难精确了。还有的诗文，同时见于若干文献，例如司马相如的《子虚赋》、《上林赋》，既见于《史记·司马相如列传》，又见于《汉书·司马相如传》，还见于《昭明文选》，三个出处之间是有差异的。清代梁章钜，他有个《文选旁证》，把《文选》里面的《子虚》、《上林》和《史记》、《汉书》里《子虚》、《上林》的差异都校出来了。如果你不知道《子虚赋》、《上林赋》见于这三部文献，当然你就不知道去比对。不知道去比对，很多异文你就不知道。异文至少有三个用处：第一，文字上可能有错误，可以校正；第二，即使不知道异文错对，那也可以提供两种理解；第三，训诂学往往是通过异文才得知它是通假，得知它意思相通，得知它音相通，王念孙的《读书杂志》可以提供这类佳例。校勘不仅仅是为校错字，还是通训诂、破通假的一种手段。高亨先生的《古字通假会典》里面很多都是靠"一作某"、"一本作某"来谈它们文字相通的。

　　了解文献的内部结构，文献之间的交叉，是从事编纂工作的一个重要入手点，这一切是需要目录学的。《四库全书总目》实际上已经告诉你前人是怎么利用这些相关材料的。你可以想，《史记》在先，《汉书》在后，《昭明文选》又在后，好像《史记》优于《汉书》，《汉书》优于《昭明文选》。可我们现在看到《史记》的文本是南宋的，《汉书》的文本也是南宋的，《昭明文选》也是南宋，在这个意义上讲它们又是同时代之物。《昭明文选》日本还有唐抄本呢，《唐钞文选集注汇存》，周勋初先生收集起来的，上海古籍出版社影印，日本人先影印过，不够全。既然有唐抄本的《昭明文选》，那么这个文本不就早于《史记》的文本了吗？所以《史记》形成在先，而其存世版本晚于《昭明文选》，从这个意义上来讲，似乎他们之间很难根据成书的先后来决定优越与否。因此，了解版本之学就很重要，成书晚而版本早，成书早而版本晚，可见它们之间的优越与否是个复杂的问题。至于《新唐书》和《旧唐书》可以互校，《南史》和《宋书》、《南齐书》、《梁书》、《陈书》、《建康实录》可以互校，《北史》和《魏书》、《北齐书》、《周书》可以互校，这样的关系如果你了解了，你可以有更多的收获。王先谦不是做了个《两唐书合注》吗？这不就是著作的一个办法吗？那你首先要了解两《唐书》的关系。这种关系可以通过读书来解决。但是谁能读那么多书呢？于是就要接受前人读书的经验。前人读书的经验在《四库全书总目》及各家题跋等书中是有的。因此通过目录更多地了解前人的读书经验，由这个读书经验给我们以启发，能够引导我们去著书立说，去选择好的选题。选择好的选题之后，还能给我们以好的实施方案，好的写作模式和格式，前人成功的经验都是可以借鉴的。文献学所谓的方法，就是怎样从事文献学的工作，从目录入手，到版本、校勘，通过校勘再反过来作用于版本，作用于目录。通过目录、版本、校勘进一步扩充到辨伪、编纂。

编纂当中也包括辑佚。你编《全唐诗》、《全唐文》的话，首先要靠什么材料呢？唐人别集，唐人选唐诗，《河岳英灵集》、《极玄集》、《又玄集》，还需要两《唐书》里面引用的那些奏折、谕旨，同时我们要依靠唐代出土的墓志铭、碑传。当然我们还有一个巨大而丰富的宝库，那就是《文苑英华》，它是北宋初年编的，是《昭明文选》的续编，因此从整体上来说，它是陈、隋、唐、五代这一阶段的诗文选集，主体部分是唐代的诗文。它的原始性、丰富性都是我们编《全唐诗》和《全唐文》的主要依赖。清朝人编的《全唐诗》和《全唐文》，那都是清朝康熙、嘉庆年间形成的，它们和原始的《文苑英华》是不一样的。《唐文粹》是从《文苑英华》里面进一步编选出来的，《唐文粹》有宋版，《文苑英华》的宋版不全了，我们现在看到的全套《文苑英华》是明隆庆元年戚继光他们在福建刻的，从这个意义上说，后出的《唐文粹》版本早于《文苑英华》，因此它具有校勘价值。这样一些很复杂的关系对于我们进行文献的汇纂工作很有帮助。汇纂必然要有辨伪、排序，比方说我们按照作家先后来排，那么作家的生平小传就有需求了，你要去钩稽。有时还会有一篇文章多个出处的情况，就要有校勘。你编《全汉文》的时候，《子虚赋》、《上林赋》肯定要有，那么《史记》本、《汉书》本、《文选》本你要去校。校的时候，《史记》选什么本，《汉书》选什么本，《文选》选什么本，这不是抓过来就完的，至少不能用现在的标点本，最好要用影印宋本的《史记》、影印宋本的《汉书》、影印宋本的《昭明文选》，这样就很讲究了。同时你还要学会吸收利用梁章钜等人的校勘成果，这样才能让你的整理工作更上一层楼。如果让你整理司马相如的集子，你要能把《子虚》、《上林》校好了，其他那些篇目你就都知道怎么办了，这绝对不是把作品汇集起来就完了。有些东西亡佚了，要钩沉索隐。司马相如有一篇赋叫《梨赋》，见于顾野王的《玉篇》。《玉篇》是部字典，它要引别的书作为它的证据，也就是书证，其中就引到《梨赋》，只引了两个字，因此司马相如的《梨赋》只存了题目和两个字的正文。这不就是钩沉索隐的工作吗？我们在这个地方能得到什么启发呢？司马相如除了作大赋以外，还作咏物赋，这个问题不是毫无信息价值。如何知道《玉篇》当中会有这样的佚文零句呢？你就要了解所有的字典都会引用别的书作为书证。早期的字典如《广韵》，它也会引别的书作为书证，引的书也有失传的，因此它也有校勘价值、辑佚价值。凡是前人抄纂的书，例如魏征《群书治要》，其中抄了很多别的书，其不存于今者可据以辑佚，其存于今者可据以校勘。有的人说某书是假的，我们发现《群书治要》所引的这部书，和现在这部书的内容一一吻合，我们大体可以推定，在魏征那个年代，这部书就是这个面貌了，这对我们判定古书的真伪也是有帮助的。《艺文类聚》是初唐时期的，其卷二十《人物四·孝》引了一篇《说苑》的文字，谈的是闵子骞和他父亲一起，闵子骞驾车，由于太冷了，他把马的缰绳掉了，他父亲才发现他的手很凉。闵子骞孝顺的故事后来见于《二十四孝》，现存文献最早见于《艺文类聚》，而《艺文类聚》引的是西汉刘向的《说苑》。现在传世《说苑》里没有这段话，清人卢文弨等人就认为这一段原本是《说苑》中的文字，流传过程中丢失了。这同时也可以证明《说苑》已经不完整了。我们把这段佚文补过来，附在《说苑》后头，那不就更完善了吗？因此辑佚工作不仅仅针对已经亡佚的书，还适用于存世的书的佚篇。

从事文献工作，了解古籍，同时也就学会了使用古籍。我了解了《艺文类聚》就学会了使用《艺文类聚》。我了解了《说苑》和《艺文类聚》，就知道它们之间看似无关，实际上有关。文献学可以说是多功能、多方位，但是它讲究原始性、全面性、系统性。当然，有了这三点就有了准确性，准确性就是最终的追求了。有人说，文献学的方法就是考据，这样说也不是不可以，但是文献学和考据学有什么区别呢？就不好说了。文献学的方法有其特殊性，其中最特殊的地方我认为还是应该从目录学入手，其他的学问也有说要从目录学入手的，但是都不如从事文献学在目录学入手这方面来得关键。

二、文献学理论

文献学方法的总结属于文献学理论的一部分，可谓之"方法论"。但这并不是文献学理论的全部。文献学理论的全部，我想应该是我们从事文献学的心得、经验的理论总结。除了我们前面所说的方法的总结之外，还存在一些其他领域的讲究和追求。比方说目录学是入门，这是方法论。那么目录学追求什么呢？目标是什么？清人章学诚已经总结出来了，叫"辨章学术，考镜源流"（《校雠通义·自序》）。"辨章学术，考镜源流"这是一个追求，你知道了这个追求之后，还很难知道怎么做。我们研究学术史、研究文学史不也是"辨章学术，考镜源流"吗？可见还需要具体化。我们要学习目录学，目录学有个分类问题，从六分法到四分法，从四分法到海外来的新分类。大类分小类，小类再分小类。王绍曾先生写的《目录学分类论》，这是目录学的理论之一，也是文献学理论之一。目录学的表达方式，首先是编书目、写提要。还有别的表达方式，比方说写一本目录学概论、写一本目录学史、写大小序、写版本题跋。目录学的表达方法，也就是它的体式研究，也是理论。更细地来说，目录中的书名是怎么著录的，卷数有什么讲究，你要总结规律。比方说古人为什么要分卷，分卷从什么时候开始的，分卷的意义何在，每卷有多大。古书是怎么命名的，命名方式的演变过程是什么，这都是问题。最早的命名可能是取两个字开头就完了，后来就越来越复杂。近人在书名上也有很多讲究，也有很多不够讲究的地方。例如谁都叫"中国通史"，谁都叫"中国文学史"，在取书名上缺乏智慧，并且反映了大家对这个问题的不正确思想。比方说都想当第一，你叫"中国通史", 我也要叫"中国通史", 都想执牛耳, 实际上是后面的人想压倒前面的人, 这种思想不太值得提倡。我们应该让书名具有个性, 容易记住, 具有标志性, 就像人名一样, 好认、好记、好懂, 这样才算成功的书名。如果一个书名很长, 二十多个字, 就不容易记, 就不是太明畅。这是书名的学问。关于著者, 他的朝代问题有什么讲究啊? 为什么陶渊明活到刘宋还说是"晋陶渊明"呢? 这里到底有什么道理呢? 这就是中国的传统, "不食周粟"。另外, 什么叫编, 什么叫撰, 什么叫著, 什么叫集, 什么叫评, 什么叫注。著作的方式很多, 这里面也有规律可循。比如, "撰"在三国南北朝时期指的是编, 《文选》写"萧统撰"后人就不理解了, 《艺文类聚》写"欧阳询撰"后人也不理解。其实古人把"撰"和"集"联系起来, 叫撰集, 它们是同义词的联合, "撰"就是汇编。宋元以来, "撰"的意思有点像"著"了, 这样就混淆了。于是就出现了一个新的方法, 用"编"或者"辑", 来区别于"撰", 这就是词汇的发展给编纂方式的命名带来的变化。另外, 写提要有什么套路啊? 先写什么后写什么, 作者的生平该如何安排? 史志目录该怎么编啊? 是收一朝一代的著作, 还是表现一朝一代的藏书之盛啊? 史志目录要不要写籍贯, 史志目录要不要写版本, 这些问题的探讨都是理论问题。地方志里要不要艺文志, 地方志的编法, 以及专科目录怎么编, 比方说兵书目录、《经义考》, 怎么编的, 都值得探讨, 都有方法可循。如何利用分类来体现学术的源流? 郑樵说"类例既分, 学术自明"(《通志·校雠略·编次必谨类例论》), 章学诚说"即类求书, 因书究学"(《校雠通义·互著》)。其中的后者说的是书目的功用。书目的功用, 也需要说出个一二三来, 二十四史的艺文志、补艺文志到底有什么用? 它可以供我们考察古书的亡佚情况、完缺情况、产生年代,考察历代著述的盛况，是文化史很重要的一个标志物。即使是书亡佚了，它在历史上曾经出现过，也应该记载在艺文志当中。

如目录学一样，版本学也有套理论。比方说如何鉴定版本？你要看它的字体、版式、刻工、牌记、避讳以及纸张、藏书印、题跋批校，当然有的时候不得不通过校勘，来确定它的年代。还有，抄本如何鉴定，抄本和稿本有什么区别，影印本有什么功用，影刻本是什么样的，影抄本又是什么样的，种种情况都需要我们去总结。校勘学也有些方法，陈垣先生总结的校法四例就很重要。校勘记有繁简二路。繁的需要罗列异文，引证旧说，辨别是非。简的则要求底本不误而校本误的不出校勘记，只在底本误而校本不误或者义可两通时出校勘记，并且不作繁琐考证。还有一种校勘，旨在保存旧本面貌，那就在底本上直接注出旧本（比如宋本）的异文，不论是对是错。校勘的功用，除改错、存旧本面貌，还有考版本源流、判断版本优劣两个方面。

另外，怎么辑佚，辑佚有什么讲究，什么样的辑佚才算成功。辨伪有什么方法。还有，怎样整理一部别集，怎样整理一部正史、一部杂史、一部经书。怎样编历代总集。甚至于怎么标点，怎么注释，怎么影印。都有一套经验，需要写出来。前人认可的具有贡献的成功经验，以及那些失败的教训，都需要写出来。目录学、版本学、校勘学、编纂学、辑佚学都有它的历史需要厘清，这些专题史的撰写也是一种理论表达，而不是实践。中国古代总集的编纂史还没有写出来，其实是可以写的。人们要以史为鉴，接受它的成功经验，避免它的失败教训，认识前人的巨大功劳，尊重前人的成果，展现历史的辉煌，增加学术、文化的自信，这都是些理论问题。因此，文献学的理论是个复杂的系统，它小到每个角落，大到宏观的学科总结，它和方法论是不同的。

三、文献学学科建设

有了方法和理论之后，我们就知道文献学学科是怎么构成的。文献学学科包括目录学、版本学、校勘学、辨伪学、辑佚学、编纂学等方面。

文献学既然包含这么多部分，各部分之间是什么关系，各部分之间像盖房子一样，是怎么构成的，这种构成，实际上就是学科研究。学科，就是一门学问要分科。一门学问在大学问当中本身就是一科。文科当中，有中文、历史、哲学、社会学等，它们在研究学问的时候都要面对文献。既然面对文献，就都有个文献学的问题。因此我们既有专科文献，也有普通文献。这样文献学的学科建设就有普通文献学和专科文献学之分，这本身就是学术构成的问题。比方说，我要研究中国数学史，你怎么着手，《九章算术》、《海岛算经》、《张丘建算经》，另外你还要明白天文学，古代的数学和天文学是紧密相关的，《史记·天官书》、《淮南子·天文篇》都在研读之列。另外古代数学和历法也有关，天文、历法、算学、测量，也都在研究之列。所以研究数学，你要知道到哪里找材料。要想知道到哪里找材料，还要依靠目录学。目录学确实是文献学的入门。了解这些以后，我们就可能让文献学学科从微观上分解成各分支学科，目录、版本、校勘、辑佚、编纂。分解为专科文献学，例如经学文献、史学文献、诸子文献、文学文献。诸子文献里又可以有儒学文献、法学文献、兵书文献、科技文献、宗教文献。宗教文献里又可以有佛教文献、道教文献、伊斯兰教文献。如果说这个人从事佛教文献研究，你不觉得这是个大学问吗？肯定是大学问，并且终其一生也难以摸透。你研究佛教文献，如果你不看二十四史的话，你也摸不透。你还要看地方志，中国有多少寺庙，都在地方志里，有多少道观，也在地方志里。你不了解普通文献，你也就无法从事专科文献的研究。普通文献和专科文献互为表里、相互帮助，纲举目张。普通文献学、专科文献学是一体化的，它们之间相互钩连的关系本身就是文献学理论的研究内容。所以所谓的文献学的学科建设问题，实际上就是文献学整体的内部结构的科学化、系统化、严密化。既有分工，又有合作，既有分支学科，又要有全局意识，这样一种建构，就是学科建设。

方法论、理论研究和学科建设互相关联又有所区别，我们从方法到理论到学科建设，要进行通盘考虑，才能有利于文献学全面、系统、健康的发展，才能有正确的方向。不能够孤立地搞一个方面，比方说我喜欢藏书，东买一点，西买一点，认为懂得版本学就可以了，不用懂目录学，这个也不是不行，但是难有大成，其宏观意识就会很弱。要加强宏观意识还是要学习目录学，目录学是横通之学，你要想着通，必须学目录学。

文献学与相关学科的关系问题，也是文献学要探讨的问题。你要学文献学，却读不懂古书，这怎么成？要读懂古书，首先要认字。怎么能叫认字呢？要知道它怎么写，读什么音，知道它是什么义，知道它怎么组成语链。于是就牵扯到研究字形的文字学，研究字音的音韵学，研究字义的训诂学，以及组成语链规律的语法学。你只有一个字一个字地组成词，组成短语，然后构成一句，或形成复句。这样的排列顺序有什么规律，比方说"吃饭"，不能说"饭吃"，这就形成了语法学。文字学、音韵学、训诂学、语法学应该是语言文字学的主体。我们要从事校勘学，碰到两个字不一样，你却不知道这两个字字形之间是什么关系，比方说它们是古今字、异体字、通假字、正俗字，你不知道，这样的话你的校勘有什么用呢？所以必须要明白文字学。你读不懂古书是不行的，因此需要训诂学。另外，中国的训诂要因声求义，由形而知其音，由音而知其义，所以形音义三者要兼通。当然，中国古代的韵文特别多，词赋要押韵，金文要押韵，连铜镜上的文字都要押韵，诗词曲就更不必说了。除了押韵还要讲平仄。所有的这一切，离开了语音、音韵就没法办了。所以说，与文献学关系极为密切的是小学，可以说小学是文献学的根基。历史学是文献学的一个关系密切的相邻学科，离开了历史学，就无法考据。不考据，文献学就无法成立。更何况，二十四史当中的艺文志本身就是目录学。所以说，文献学的密切相关学科是历史学。古代文学、古代哲学与文献学也是非常临近的。我们的集部之学，不就是文学方面的居多吗？我们研究词，研究曲，它们是纯文学。我们的文言小说比较复杂，但是白话小说是纯文学，这一点没什么好商量的。骈文，有的时候上奏章要用骈文，所以骈文还有一定实用性，但是赋是纯文学。文献学和文学、文论的关系当然是密切的，这个关系也是极为复杂的。另外，历史学家也讲究文学，要不然《史记》怎么是"史家之绝唱，无韵之《离骚》"呢？也就是说，文献学极其密切的相邻学科还有古代文学。我们的经学、诸子百家、佛教、道教，里面都有很多哲学。前人的理想，前人的信仰，前人对于宇宙和人生的认识，这些都表达为他们的著作、言论。我们对于前人理想、前人天人关系的认识、前人的是非观、人生观的研究，构成了中国哲学史和思想史。因此我们做古文献，也和中国思想史、哲学史关系密切，这个密切度绝不亚于与文学、历史。

还有一个是中国科学技术史，它和文献学关系也很密切。我们讲究版本学不能不懂得印刷术，还要了解造纸术、造墨技术，它们是科学技术的分支。另外，古代的甲骨文、金文、陶器、石刻，这些文献的载体怎么进行鉴定，也需要科学技术。不懂得中国科技史，别说《史记·天官书》、《淮南子·天文》，你连《诗经》"七月流火"都不懂。草木鸟兽虫鱼，需要植物学、动物学知识。古代的天文学、地理学都很发达。魏晋人还服"五石散"，还炼丹，这些都有赖于科学技术知识才能认识。科学技术史与文献学密切相关。宗教学史也是相关学科。中国古代的信仰无处不在，有原始宗教信仰，有后来的大宗教。术数类的东西有的也带有宗教色彩。历史上的主流意识形态儒学，也有信仰的成分。比方说，为什么要盖文庙，为什么要盖孔庙。可以说，儒学不是宗教，却有宗教信仰的成分在里面，因此我们可以讲儒释道三教。可见也不能不明白宗教学。如果不明白宗教学，就大大影响你对儒学的认识。实际上，儒学的政治性、哲学性、宗教性都是存在的，是多元复合而成的。经学很复杂。经学家有的是主张远离政治的。但是经学之所以成为经学，主要是因为它与政治的结合。因此经学的主流应该是贴近政治的，修齐治平这些应该是主流。但是政治的险恶，造成了一些从事经学研究的人，继承了经学研究的另一支——名物训诂。这些人愿意远离政治，使得经学学术化，脱离了它的政治性和宗教信仰性。宗教信仰可能脱不净，但是政治性可能较大程度地脱离了，从而分化出一些它的分支，比方说分化出古代汉语、训诂学。本来小学在经部，"识字所以通经，通经所以致用"。但是致用这个环节就逐渐忽略了，通经成了终极目的。这样，经学这门学问和儒学这门学问就有分家的趋势。其中的儒学继承了经世致用的传统，而经学继承了名物制度、考古的传统。这两路分开也有客观原因，汉朝已有这两路，也允许学者有自己的选择。既然有了选择，于是就有了分流的问题。这个分流，形成了不同特色的著作，对这些著作的特色进行揭示，也是目录学家的任务。

不懂经学的源流，你怎么样为经书写提要呢？不明源流的话，你怎么能达到"辨章学术，考镜源流"的目标呢？如果你对书籍内容的揭示无关痛痒，只会罗列第一卷是什么、第二卷是什么、第三卷是什么，这样的提要太浅薄了。所以说，中国历史、中国哲学史、经学史、小学史、中国文学史、科技史、宗教史，都是和中国文献学紧密相关的学科。

总之，文献学的核心内容是目录学、版本学、校勘学。延展内容是辨伪学、辑佚学、编纂学。相关学科是古代文学、历史学、哲学、经学、小学、科技史、宗教学等。由此形成文献学的主要分支学科目录学、版本学、校勘学以及辨伪学、辑佚学、编纂学、文学文献学、历史文献学、哲学文献学、经学文献学、小学文献学、科技史文献学、宗教文献学等。而入门之学仍是目录学。这些分支学科的理论、历史和相互关系研究，构成文献学理论研究的主干内容。各分支学科的科学建构也就是文献学学科建设的基本内容。

（原载于《文献》2018 年第 1 期）

中国古籍资源调查的划时代硕果

——评《中国古籍总目》

  《中国古籍总目》三十册（经部二册、史部八册、子部七册、集部七册、丛书部二册、索引四册），从1992年国务院古籍整理出版规划小组立项，到2013年全部出版，历时二十一年，终告完工，这是新中国古籍事业的一件大事，足以构成文化学术史上的里程碑。现就个人认识谈三点看法。

一、古籍资源调查的丰硕成果

  中国是世界公认的文化大国，历史之悠久，水平之高超，遗产之丰富，影响之深远，都是让中国人民自豪、让世界人民仰慕的。如此丰富的文化资源，当然要予以高度重视、精心保护、科学整理、深入研究、合理继承，并进一步发扬光大。这对国家的巩固和发展，具有重大的战略意义。我国的文化资源遍布各个领域，典籍资源是其中最具影响力的部分。因此，对典籍资源的调查研究，是文化学术界的重要使命。新中国成立以来，古籍事业经历了坎坷，但总的方向是越来越受重视。国家专门设立国务院古籍整理出版规划小组（后更名：全国古籍整理出版规划领导小组）、国家古籍保护中心，教育部专门设立全国高校古籍整理研究工作委员会，就是说，针对古籍事业，有三个全国性组织机构，负责保护、整理、研究、出版等各个环节的工作，这在历史上是从未有过的。

中国历史上对图书资源的收集整理事业，几乎代代相传，汉武帝时期国家收集的图书出现了"书积如山丘"的盛况，清代乾隆年间修《四库全书》，也从各省调集公私藏书，多达一万数千种，编成了封建社会最大的书目《四库全书总目》。但是，我国历史上公共图书馆并未真正建立起来，大部分图书在私人藏书家手中。二十世纪初公共图书馆开始出现，但在新中国建立以前，图书资源仍然大量保存于私人手中，全国性的图书资源调查工作举步维艰。1931年谢国桢完成了《晚明史籍考》，1935年朱士嘉出版了《中国地方志综录》，加上当时未能问世的傅增湘《藏园群书经眼录》、东方文化事业总委员会《续修四库全书总目提要》，是那一时期进行全国性图书资源调查的宝贵成果。新中国成立后，私家藏书陆续归于公共图书馆、博物馆和大学图书馆，管理条件和流通条件发生了质的变化，全国性图书资源调查才有了真正的可能。这一时期陆续问世的《中国丛书综录》、《中医图书联合目录》、《中国中医古籍总目》、《中国地方志综录》修订本、《中国地方志联合目录》、《中国地方志总目提要》、《中国古籍善本书目》、《中国家谱综合目录》、《中国家谱总目》、《中国兵书总目》、《清人别集总目》、《清人诗文集总目提要》等，还有区域性的古籍调查成果《东北地区古籍线装书联合目录》、《内蒙古自治区线装古籍联合目录》、《贵州省古籍联合目录》等，它们的编成都和客观条件密不可分。这些成果，尤以《中国丛书综录》、《中国古籍善本书目》最能代表二十世纪后半期中国古籍资源调查研究成果的学术水平。

《中国古籍总目》是 1992 年第三次全国古籍整理出版规划会议提出列为重点项目的。该项目由古籍小组主持，邀请国内十一家图书馆合作，组成编委会。1993 年 7 月正式启动，1999 年因机构调整等原因中辍。2003 年底重新启动，仍由古籍小组主持，古籍小组办公室组织协调，主要参加馆则改为国家图书馆、上海图书馆、南京图书馆、北京大学图书馆，出版由中华书局、上海古籍出版社两家承担，时称"四馆两社"。工作委员会主任杨牧之，副主任詹福瑞、李岩，办公室主任黄松。编委会主编傅璇琮、杨牧之，副主编陈力、吴格。各馆分工：北京大学图书馆经部，主编沈乃文；上海图书馆史部，主编陈先行；南京图书馆子部，主编宫爱东、徐忆农；国家图书馆集部，主编陈力、副主编鲍国强。四馆全部古籍条目汇总，再区为经、史、子、集四部，分由四家编纂成目。至于丛书部，则委托湖北图书馆，主编阳海清；子部新学类，委托天津图书馆，主编李国庆。各部汇总统稿委托复旦大学图书馆，主持人吴格。编纂程序为："分卷主编馆编定初稿、编委会组织专家审订、分卷主编馆参照专家意见修改以形成定稿、编委会委托专人统一定稿、编委会委托专人及出版社审读定稿。"

笔者参与了"专家审订"、"审读定稿"两步工作，对全部编纂出版过程也一直关注，因而有一定的了解。根据笔者的理解，《中国古籍总目》以上述四馆馆藏为基础，同时采用了《中国丛书综录》、《中国古籍善本书目》两大成果。以上六大来源构成了《中国古籍总目》的主体。对于海内外已出版的各种藏书目录、联合目录、专科目录、地方文献目录，则大量选用了其中有具体馆藏的稀见品种。丛书部的基础则是《中国丛书综录》的"汇编"部分、《中国古籍善本书目·丛书部》、《中国丛书广录》"汇编丛书"部分。经过这样的广搜博采，《中国古籍总目》所录收藏单位已愈千家。这样一种综括的调查模式，笔者认为是二十世纪末至二十一世纪初中国的具体环境和条件下比较务实可行的模式。我们当然希望这部《中国古籍总目》汇集得更全面更完整，但在这一特定的历史时期，恐怕只能是一种宏伟蓝图，还无法实现。别说是四大馆的联合目录，就是四馆中任何一馆的古籍总目，都难以问世。学术发展永远是阶梯式的，不到那个阶段，阶梯就不能升到那么高，挟太山以超北海，结果只能是一事无成。《中国古籍总目》在中国古籍资源调查方面已经达到了该历史时期所能达到的最高点，因此，有理由判断，《中国古籍总目》是中国古籍资源调查的划时代硕果。对参加这项工作的所有人士，尤其是主干人士，我们都应当致以深深的敬意。

二、古典目录学上的空前巨制

"目录学"是世界性的学问，但凡有书籍的地方，就有目录学。中国的目录学，一般认为创始于西汉刘向、刘歆父子的《七略》。这部影响深远的皇家书目虽已失传，但其中著录的图书基本为班固《汉书·艺文志》所沿袭，其总数约有600余种。到了清代的《四库全书总目》，著录图书已达10254种（据中华书局影印浙本《校记》末之统计）。进入二十世纪，大型书目逐步问世。1933年至1936年出版的《江苏省立国学图书馆图书总目》及《补编》，著录图书37002种，59228部。撰写于1931年至1945年间的《续修四库全书总目提要》著录图书33000余种。就种数而言，都已是

《四库全书总目》著录数量的三倍多。1959 年至 1962 年出版的《中国丛书综录》著录丛书 2797 种，子目 7 万余条，有一书为多个丛书所收的，合并为 38891 种。1989 年至 1997 年出版的《中国古籍善本书目》著录全国近 800 个单位收藏的古籍善本约 56787 种 13 万余部（据宫爱东《中国古籍善本书目索引前言》、陈先行《古籍稿钞校本图录前言》）。2000 年出版的《清人别集总目》著录现存清代诗文集约 4 万部。2008 年出版的《中国家谱总目》著录公私收藏 52401 种。2003 年出版的《东北地区古籍线装书联合目录》著录款目达 9 万条，品种达 10 万余种。而现在问世的《中国古籍总目》则著录古籍总数达 20 万种之巨。

目录学的成果仍以各式各样的书目为主体，理论研究为其辅助。至于对书目的学术要求，则以章学诚概括的"辨章学术，考镜源流"为较通行。怎样才能使书目具有反映学术源流的功能呢？笔者理解，第一要全面，第二要准确，第三要系统，第四要深入。

所谓全面，就是要足够大、足够全。这当然是历史的、相对的，《七略》著录 600 余种，已是当时最大的书目，而在今天，即便 6000 种，也是小书目。任何书目的编制，都要有自己的宗旨，宗旨的第一项应该是著录的范围。1957 年出版的王毓瑚《中国农学书录》著录 511 种，1964 年修订版著录 541 种。2003 年出版的《中国农业古籍目录》著录 2084 种。后者的著录范围有所扩大，但两书都是农学或农业古籍目录，则是大体一致的。从"全面"这个角度说，当然是《中国农业古籍目录》大大进步了，但无论如何丰富，其绝对规模都不可能太大，这是由著录范围限定的。《中国古籍总目》是古典目录中著录范围较宽的一类，所以该目著录的数量完全是衡量其成就的标尺之一。有的观点认为学术研究的真正突破在理论和方法上，这当然没错，但不是所有专业都如此。这就像种粮食，在耕种方法上没突破，但去年生产十万斤，养活了一批人，今年又生产十万斤，继续养活这批人，难道我们会因为方法照旧，而否定其贡献吗？有的工作应该说量的增加本身就是突破，就是贡献。《中国古籍总目》在著录体例上并没有质的突破，著录项包括书名、卷数、撰人及朝代、版本、馆藏，并按四库体系予以分类，事实上沿用着近百年来藏书目录的基本格局，很难说比《中国丛书综录》、《中国古籍善本书目》、《东北地区古籍线装书联合目录》等有什么大的革新。《中国古籍总目》之所以胜于以往书目，笔者认为第一个表现就是著录数量的大幅度增加。倘若说数量的增加不能作为学术突破的标志，那么使用《中国古籍总目》的大批读者又是冲着什么来的呢？显而易见，是冲着《总目》的大而全来的。当然，只有那些摩挲古书的人，才能理解这个理。可以说，古籍界对此早已有了答案。

所谓准确，就是著录的条目没有错误。书名、卷数、撰人及其朝代、著作方式、版本、藏所、分类，同一类中各书的排列顺序，都能做到准确无误。当然这是相对而言，没有错误的书目是不存在的。但读者心里自有一杆秤，大家信赖的书目如《中国丛书综录》、《中国古籍善本书目》、《北京图书馆古籍善本书目》、《北京图书馆普通古籍总目》、《藏园群书经眼录》、《藏园订补邵亭知见传本书目》、《中国善本书提要》、《"国家图书馆"善本书志初稿》、《京都大学人文科学研究所汉籍目录》等，当你碰到疑难问题时，愿意查对一下这些书目，并愿意根据这些书目修改有关书名、卷数、著者、朝代、版本、分类等方面的错误，这些书目就应该算是在"准确"方面达标了，但这样的书目老实说还不够多。《中国古籍总目》就其编纂出版过程来说，应当说是材料来源可靠，与事人员为一时之选，编纂过程严谨，统稿认真负责，审稿工作慎重，编校出版工作一丝不苟，完全是按照一流规格办理的，这与历史上的官修书目一样，能够反映出特定历史阶段的应有水平。究竟哪些条目还有待商榷，只能在读者使用中慢慢去发现，毕竟这部庞大的书目不是一部可以短期内读完的小说，给出斩钉截铁的结论，还不太现实，只能从这项工作的程序上给出基本的估价。

所谓系统，是指严密的分类。中国目录学的重要传统是图书分类。班固《汉书·叙传》中说："刘向司籍，九流以别。"九流，是说《七略》"诸子略"把诸子分为九流十家。《七略》分图书为六艺略、诸子略、诗赋略、兵书略、数术略、方技略。每略之下再分若干类（种），计六略三十八类。《四库全书总目》总结历代图书分类经验，确定了四部分类的框架，成为二百年来最受重视的古籍分类体系。根据这个体系，加以改进，逐步成为固定模式，所有图书都可以找到相应的类属。大类下分小类，小类下分层次，至不能分为止。同一小类或层次的书按著者年代先后排列，地理类的书要照顾同一地域的书排在一处，传记类的书要照顾传主的先后，族谱类的书则要把同一姓氏的书排在一起，然后再分地域。这些已基本达成共识。《中国古籍总目》沿用了四部分类法，同时也根据百余年来的经验，增加"丛书部"，子部增加"新学类"。这都是尊重历史传统，尊重近数十年经验而形成的较为妥善的分类办法，延续了官修书目力求稳妥，力求持之有故的风格。可以说，《中国古籍总目》在系统性方面代表了这一时期的水平。

所谓深入，主要是指撰写提要和大小序。这个传统发于刘向、刘歆《别录》、《七略》，在封建社会，以《四库全书总目》为登峰造极。清代的提要目录数量较多，如于敏中等《天禄琳琅书目》、张金吾《爱日精庐藏书志》、瞿镛《铁琴铜剑楼藏书目录》、杨绍和《楹书隅录》、黄文旸《曲海总目提要》、周中孚《郑堂读书记》、陆心源《仪顾堂题跋》等。进入二十世纪，则有傅增湘《藏园群书题记》、张钧衡《适园藏书志》、刘承幹《嘉业堂藏书志》、余绍宋《书画书录解题》、张元济《宝礼堂宋本书录》、《涉园序跋集录》、东方文化事业总委员会《续修四库全书总目提要》、王欣夫《蛾术轩箧存善本书录》、赵万里、冀淑英《中国版刻图录》、潘景郑《著砚楼书跋》、王重民《中国善本书提要》、王毓瑚《中国农学书录》、谢国桢《晚明史籍考》、容庚《丛帖目》、黄裳《来燕榭书跋》、周绍良、朱南铣《红楼梦书录》、谭正璧《弹词叙录》、万曼《唐集叙录》、张舜徽《清人文集别录》、袁行云《清人诗集叙录》、昌彼得《蟫庵群书题跋》、沈津等《美国哈佛大学哈佛燕京图书馆藏中文善本书志》、陈先行等《柏克莱加州大学东亚图书馆中文古籍善本书志》、辛德勇《未亥斋读书记》、韦力《芷兰斋书跋》等。我们可以清楚地看到，这些高质量的提要目录，包含了更多的学术见解，能够解决更详细更具体的学术问题，显示出较高的学术水平。笔者曾拜读《续修四库全书总目提要》当中张伯英撰写的一批丛帖提要，从那里可以充分体会什么是"辨章学术，考镜源流"，这些提要大都能循流溯源，全部看完，对于丛帖的流变可以获得大体完整的体系。同样，乾隆间《四库全书总目》子部医家类关于金元明时期医学著作的提要，也具有较高的剖析源流的水平。不过，大部头的书目，就难以完成撰写详细提要这一任务。当初古籍小组规划《中国古籍总目》时，也规划了《中国古籍总目提要》，从学术思路上，是非常科学的，但没能完成，这是势之必然。从今后的努力方向看，这项任务还需要逐步完成。

从全面、准确、系统、深入四项标准看，《中国古籍总目》

基本满足了三项，第四项在开始的规划中另有计划，不在《总目》预定的计划内，因而，《中国古籍总目》已基本完成了预期任务，是一项历史性的成果。从古典目录学的现实来看，毫无疑问，这是一部空前的目录学巨制。

三、今后古籍保护整理研究出版工作的一扇大门

清代张之洞《𬨎轩语》说："泛滥无归，终身无得。得门而入，事半功倍。"那么，门在哪里？对我们从事中国古典学术研究的人来说，门就是书目。目前，对古籍资源进行普查、保护、整理、研究、出版，是重要的文化事业。至于古籍资源的数字化，也需要有可靠的"底本"。所有这些学术事业，都将求助于《中国古籍总目》。其他书目各有其长，但求其全面系统，著录丰富，则无逾于《中国古籍总目》者。就目前而言，本书堪称古籍工作者的第一扇大门。举例而言，史部著录了明清会试、乡试各类硃卷、墨卷8639种，这类文献是研究科举史的第一手资料。由于硃卷上填有考生家世、履历，因而又是重要的传记资料。硃卷保存了大量考生的文章，也是研究科举文学的第一手资料。这样大量的硃卷、墨卷，在其他书目中很少著录，对古籍整理和文史研究工作者来说，这是十分重要的入门途径。再如集部著录明代别集7175种，清代别集28673种，都是非常重要的成果。尤其是《明人别集总目》尚未见成书，7175种这个数目，应当是目前最新的成果了。集部曲类著录"俗曲"如杂调、鼓词、八角鼓、子弟书、马头调、木鱼歌等，亦数量可观，且大都为稀见的抄本、刻本。可以说，从事中国传统学问的每一门类，都应当首先盘查一下《中国古籍总目》相应的类别。郑樵说："即类求书，因书究学。"对于《中

国古籍总目》来说，这句话是非常适合的。

在版本鉴别方面，《中国古籍总目》也很有参考价值。当我们拿到一部古书，需要确定版本时，会看牌记、封面页、序跋、识语等，作为直接依据。但不是每一本书都具备这种直接证据，在这种情况下，我们首先要做的是调查该书有过哪些版本，其门径自然是查书目。这时候就希望书目著录得大而全，提供更多的参考信息。《中国古籍总目》不但著录古书数量庞大，而且每一部书都著录版本，不同的版本都罗列出来，注出馆藏，这正是我们鉴别版本时所需要参考的那一种大而全的书目。

在古籍校勘方面，也需要参考《中国古籍总目》。古籍校勘的第一件事是了解该书存世的版本，包括抄本、批校本、题跋本。傅增湘说："欲校古书，宜先求善本，否则劳而鲜获，壮志难酬。"（《校史随笔序》）在这方面《中国古籍总目》能提供什么样的帮助，这里举个例子。比如要校勘《周易注疏》，从《中国古籍总目》"经部易类"可以查到以下版本：1.《周易正义》十四卷，宋刻递修本（单疏本），国图藏。该本民国二十四年北平人文科学研究所影印。2.《周易正义》十四卷《校勘记》二卷，民国刘承幹刻《嘉业堂丛书》本。系单疏本之重刻，增加《校勘记》。3.《周易注疏》十三卷，宋两浙东路茶盐司刻本。日本足利学校、中国国图各一部。国图本宋元递修，序、表、卷一为陈氏士乡堂抄配，陈鳣跋。4.《周易注疏》十三卷《略例》一卷附《考证》，清乾隆武英殿刻本。5.《周易注疏》十三卷《略例》一卷附《考证》，《四库全书荟要》本。6.《周易注疏》十三卷《略例》一卷附《考证》，《四库全书》本。7.《周易注疏校正》一卷，清卢文弨撰，《抱经堂丛书》本。8.《周易注疏校勘记续》一卷，胡玉缙撰，稿本，复旦大学藏（复旦网上目录作四卷，又《周易释文校勘续记》一卷，共二册）。9.《周易兼义》九卷《略例》一卷《音义》一卷，元刻明正德间重刻（修）本。国图、北大、开封、哈佛燕京藏。10.《周易兼义》九卷《略例》一卷《音义》一卷，明永乐二年刻本，国图、上图。11.《周易兼义》九卷《略例》一卷《音义》一卷，明万历北监刻《十三经注疏》本，国图藏，傅增湘校并跋。12.《周易兼义》九卷，明崇祯毛晋汲古阁刻《十三经注疏》本，国图藏，佚名校并录清惠栋校注、清周星诒跋；清张尔岐、清韩应陛跋，佚名录卢文弨校跋。13.《周易注疏校勘记》九卷《略例校勘记》一卷《释文校勘记》一卷，清阮元撰，《皇清经解》本（道光刻、咸丰补刻）。从"经部总类"又可以查到：1.《周易兼义》九卷《略例》一卷《音义》一卷，明嘉靖李元阳刻《十三经注疏》本。上图、南图等藏。2.《周易注疏校勘记》九卷《略例校勘记》一卷《释文校勘记》一卷，清阮元撰，嘉庆二十一年阮氏文选楼刻《十三经注疏校勘记》本。3.《周易兼义》九卷《音义》一卷附《注疏校勘记》九卷《释文校勘记》一卷，嘉庆二十年南昌府学刻《重刊宋本十三经注疏》本。此本又有多个重刻本、石印本。4.《十三经注疏校勘记识语》四卷，清汪文台撰，《重刊宋本十三经注疏》附刻本。以上《周易注疏》的主要版本有12个，校勘成果有武英殿《考证》、卢文弨《校正》、阮元《校勘记》、汪文台《识语》、胡玉缙《校勘记续》、刘承幹《校勘记》共6种。基本上具备了从事《周易注疏》校勘的版本信息。能够在一部书目中获取如此多版本信息的，目前只有《中国古籍总目》。因此，我们说《中国古籍总目》是从事古籍整理研究出版工作的一扇大门，是实事求是的。

《中国古籍总目》对进一步调查古籍资源，确定古书的流传存藏情况，确定某书某本是不是稀见，也具有极重要的参照作用。对古书的文物价值、文献价值的确认来说，稀见程度和年代早晚，都是重要参考标准。这里举个小例子。《四库全书总目》在"存目"部分著录了清代李远的诗集《拙斋集》一卷，笔者在参加《四库全书存目丛书》编纂和从事《四库存目标注》时，一直找不到该书，后来在济南古旧书店买到了乾隆刻本，与其子李文渊《李静叔遗文》合订一册。我们查《清人别集总目》、《清人诗文集总目提要》没有著录，《中国古籍总目》也没著录，这就是说，这本小诗集十分罕见。笔者担心在寒斋丢失，所以在影印《山东文献集成》时，把它收进去了。近来得知周晶先生也藏有一部，版本相同，附在其子李文藻的《岭南诗集》后。可见没有大型古籍书目作参考，就无法判断古书传世情况，也就无法指导我们根据轻重缓急采取保存和保护措施。这是《中国古籍总目》的又一重要功用。

当然，这部书目也不可避免地存在值得进一步斟酌之处。例如"经部易类"著录："《周易要义》六卷，唐长孙无忌撰，清抄本（清柯逢时题识），南开。"作者"唐长孙无忌"当是"宋魏了翁"之误，错误的原因是书前有长孙无忌《上〈六经正义〉表》。"史部传记类"著录明清科举硃卷、墨卷甚富，但殿试卷阙如。其实青州博物馆藏《明万历二十六年殿试墨卷》一卷，明赵秉忠撰，稿本，是十分有名的，似可补入。又"杂史类"著录清彭孙贻《平寇志》十二卷、《平寇志》十四卷、《流寇志》十六卷三个条目。据近人研究，二书内容大都相同，《流寇志》为初稿，《平寇志》为删改稿。孟森则认为《平寇志》取材于《流寇志》，二书作者非一人。见解虽歧，而以《流寇志》在前，《平寇志》在后则是一致的。那么，著录二书时，也应把《流寇志》排在《平寇志》之前，才能见出源流关系。《总目》列《平寇志》在《流寇志》之前，顺序似可调整。"史部目录类"著录《钦定四库全书考证》一百卷，清王太岳、曹锡宝等撰。分类沿用了《中国古籍善本书目》，但此书系纂修《四库全书》过程中形成的校勘记，性质与"子部杂家类杂考之属"著录的卢文弨《群书拾补初编》三十七卷、陆心源《群书校补》一百卷相同，并非书目，似应移入子部杂家类杂考之属。"子部杂家类杂考之属"著录卢文弨《群书拾补》不分卷，光绪十三年上海蜚英馆影印清乾隆抱经堂刻本。又著录《群书拾补初编》三十七卷，光绪十三年上海蜚英馆石印本。这两条当为一条，似应合并。"集部别集类"著录："《石天基全集》一百八卷，清石成金撰，清雍正四年刻本，台湾大学。"此书当是流传颇广的石成金《传家宝全集》，属于子部杂家类杂纂之属的编著，而非别集。"别集类"又著录："《王子云集》九种不分卷，清王一鸑撰，王家璧辑，稿本，湖北图。"此书阳海清主编《馆藏古籍稿本提要》著录为三种十卷十册，清钞本。三种为：1、《智林村诗稿》二卷《续钞》一卷《拾遗》一卷《文稿》二卷；2、《长迹园遗稿》二卷；3、《青莲华集》一卷《附录》一卷。其种数、卷数、版本之著录似优于《中国古籍总目》，可据以修订。我们认为，从《中国古籍总目》编纂的程序看，中国国家图书馆、上海图书馆、南京图书馆、北京大学图书馆四大家的条目应当直接由四馆提供，中间环节少，可靠度大一些。而其他图书馆的信息，大都来自各家出版的书目，抑或辗转征引，不免错误。而要逐一核对原书，规模如此之大，显然不合实际，出现某些失误，是在所难免的。读者在使用中发现了问题，可以及时用各种方式，通过各种渠道提出来，若干年后，由全国古籍整理出版规划领导小组出面组织修订，如《二十四史》点校本修订那样，应是比较可行的方案。

　　总之，《中国古籍总目》是中国古籍资源调查的丰硕成果，是古典目录学的空前巨制，也是从事古籍保护整理研究出版工作的一扇大门，在版本学、校勘学和古籍收藏方面都具有重要的参考作用，该书是建国以来古籍整理研究工作屈指可数的若干标志性成果之一。二〇一五年三月一日。

（原载于《古籍整理出版情况简报》2015年第9期，总第535期）

我国古籍整理出版事业的又一里程碑

——读《2011—2020 年国家古籍整理出版规划》

由全国古籍整理出版规划领导小组主持制订的《2011—2020年国家古籍整理出版规划》，经过多次讨论，终于公布了。尽管这份十年规划仍存在需要进一步完善的地方，但总的来看，是一部能够体现当代学术水平的、体大思精的、具有承前启后意义的国家规划，称得上是我国古籍整理出版事业的又一里程碑。

在中华民族文化事业史上，文献整理事业出现过许多次值得纪念的大事，孔子整理六经，确定了我国最核心的一组古代典籍的基本格局。西汉刘向、刘歆父子为皇家校书，是历史上第一次大规模古籍整理工作，大体确定了先秦至西汉期间主要典籍的文本面貌，创立了一套古籍整理的方法。唐代官修《五经正义》、校刻《开成石经》，北宋官修"四大类书"，明代官修《永乐大典》，校刻《十三经注疏》、《二十一史》，清代官修《四库全书》、《古今图书集成》、《全唐诗》、《全唐文》，校刻《十三经注疏》、《二十四史》，更是历史上带有标志意义的文化盛举。

新中国成立以来，我国的古籍整理出版事业取得了巨大成就，

《二十四史》、《清史稿》、《资治通鉴》等古籍的点校出版，《古逸丛书三编》、《中华再造善本》、《中华大藏经》、《四库全书存目丛书》、《续修四库全书》、《清代诗文集汇编》、《敦煌吐鲁番文献集成》的编纂影印，《甲骨文合集》、《殷周金文集成》、《全宋诗》、《全宋文》、《全元文》、《两汉全书》等的编纂出版，《汉语大字典》、《汉语大词典》的编纂问世，都是历史上空前的成果，而这些代表中华人民共和国水平的标志性成果，基本上都是在国家规划和支持下完成并出版的。和历史上的文献整理刊行工作一样，带有浓厚的"官修"色彩。从这个意义上讲，古籍整理出版规划的制订，既具有反映时代需求和学术实际的作用，又具有引领文献整理研究和出版事业方向的作用，每一次国家古籍整理出版规划，都是一个里程碑，是继承过去、开辟未来的纲领，也是后人认识和评价今天古籍整理出版事业的主要线索和依据。正是基于这样的特殊历史原因，制订规划的部门和主持者无不慎之又慎。这次颁布的十年古籍《规划》，就是在几上几下，反复讨论之后，才最终形成的。

《2011—2020 年国家古籍整理出版规划》共包括 9 大类 43 小类 491 项，从学科上涉及到所有传统学科方向，从整理方法上则包括编纂、标点、校勘、注释、今译、辨伪、考释、影印、数字化等各个方面。从文献年代上，则上自先秦，下至近代。承担项目整理的专家学者或课题组达 736 个，承担出版任务的出版社达 74 家。可以说是我国现阶段古籍整理研究及出版实力的一次大检阅，基本确定了我国未来十年甚至更长一段时间内古籍整理出版事业的走向。

这部十年《规划》，首先体现了国家古籍整理事业的延续性。"点校本二十四史及《清史稿》修订本"（25 种）是建国后代表性古籍整理成果的进一步修订完善工程。公认的高水平古籍整理丛书，如上海古籍出版社《中国古典文学丛书》（28 种）、中华书局《中国古典文学基本丛书》（38 种）、《唐宋史料笔记丛刊》（22 种）、《元明史料笔记丛刊》（16 种）、《新编诸子集成续编》（8 种）、《理学丛书》（15 种）、《中国佛教典籍选刊》（16 种）、《道教典籍选刊》（23 种）等，都显示出踵事增华的强劲势头。有些项目则接续传统系列成果而不断开拓，如陈尚君《先秦汉魏晋南北朝诗》订补本、杨镰主编《全元诗》、黄天骥、黄仕忠主编《全明杂剧》、《全明传奇》等，都是"全"字头的新拓展。

《规划》还体现了国家层面上的导向性。有的项目尚未落实整理者，或者尚未落实出版者，但却列入了《规划》。例如郑振铎主持而没有最后完成的《古本戏曲丛刊》，本次规划列入了第六、第七、第八集。规划还列入了《中国总书目》，包括古籍总目、民国总书目、新中国总书目，从历史上看，这是总结我国学术文化成果的最好方式。汉代的《七略》、清朝的《四库全书总目》，著录的书都延至当代，并非全是"古籍"。因此《中国总书目》的规划具有前瞻性。全国高校古委会的《韩国奎章阁汉籍丛书》、《英国大英博物馆藏汉籍丛书》、《俄藏重要汉籍复制 50 种》，出版单位均"待定"。同样集中体现了国家层面古籍整理规划的系统性和前瞻性。《规划》第九类"古籍数字化"列入的 20 项较大规模的数字化工程，如《中国基本古籍数据库》、《两汉全书》、《全宋诗》、《全宋文》、《全元文》、《二十四史及清史稿修订本电子版》、《续修四库全书电子版》等，显示了我国古籍资源数字化逐渐步入正规化、严谨化、政府化、公益化的可喜方向。所有这些，可以说体现了国家层面规划的特点。

《规划》中列入了一批填补空白的项目。这样说也许不够恰当。

有些古籍在学术界很有名气，却因种种原因，没人去碰。例如《宋会要辑稿》、《新元史》、《明史稿》（万斯同）、《五礼通考》、《读礼通考》、《类要》、《王世贞集校笺》、《冯舒冯班全集》、《王韬全集》等等。应当说属于难度很大的一批项目，承担这类项目需要相当的学术魄力和牺牲精神。"聪明人"大都不轻易碰这类项目。我想在这类具有文化积累性质的项目上花上功夫，无论是整理者还是出版者，都是值得的。

还有一批项目属于长期积累的专门之业。例如刘晓东《大戴礼记义疏》、赵振铎《集韵疏证》、宗福邦《古音汇纂》、萧涤非等《杜甫全集校注》、查阜西《存见古琴指法谱字辑览》、《历代琴人小传》、林玫仪《历代词集序跋汇编》、萧相恺等《中国古代小说序跋全集》、张寅彭《清诗话合集》、华学诚《古代方言文献丛刊》、李国庆《宋元版刻工表》、《明代刻工姓名索引》、宋平生等《中国活字印书总目》等。据笔者不全面的了解，这些项目的承担者都是数十年专门从事某一方面研究的专家，其成果的形成，非一日之功。至于杨忠、漆永祥主持的《清人文集篇目分类索引新编》，更是积多年之力，率领团队，一部书一部书滤出来的。

这部十年《规划》在发掘整理公布出土文献和传世稀见文献方面表现突出。例如《周公庙新出甲骨》、《国家图书馆珍藏未刊甲骨文汇编》、《清华大学藏战国竹简》、《上海博物馆藏战国楚竹书续编》、《长沙走马楼三国吴简》、《北京大学藏西汉竹书》、《敦煌文献全集》（史子集部）、《英国国家图书馆藏敦煌遗书》（汉文部分）、《旅顺博物馆藏吐鲁番文献》、《德国柏林国家图书馆藏吐鲁番出土文献》、《吐鲁番出土文献散录》、《英藏敦煌古藏文文献》、《法藏敦煌古藏文文献》、《甘肃藏敦煌古藏文文献》、《上海图书馆藏盛宣怀档案全编》、《孔府档案全编》、《孟府档案》、《徽州文书》（4—14辑）、《日本藏中国宋元善本》、《日本宫内厅藏宋元版汉籍》、《傅斯年图书馆藏善本古籍丛书》、《芷兰斋藏稀见古籍珍本丛刊》、《明别集丛刊》、《复庄今乐府选全编》、《皮影戏文选刊》、《木鱼书全编》等。先秦甲骨，战国、西汉简策，敦煌吐鲁番文献，明清近代档案文书，海内外古籍善本，稀见戏曲曲艺文献，无不是学术界盼望已久的宝贵文献资料，这些出土或传世稀见文献的次第整理出版，不仅在文化遗产保护和文化传承方面厥功甚伟，而且将引发大量新的研究课题，解决大量历史疑难，大大推动学术发展，为当代文明建设注入新的血液。

总之，《2011—2020年国家古籍整理出版规划》确是我们步入21世纪第二个十年古籍整理研究出版事业的纲领性文献，随着历史的发展，其学术引领意义将愈益明显。二〇一二年七月十一日。

（原载于《古籍整理出版情况简报》2012年第7、8期合刊，总第497、498期；《光明日报》2012年8月14日摘发，题《承前启后，体大思精》，为《2011—2020年国家古籍整理出版规划》笔谈之一）

大型古籍项目的规划组织和实施

前记：2017 年 7 月 6 日古籍小组举办新一届古籍编辑培训班，办公室周杨同志约我为培训班讲课，命题是《大型古籍项目的规划组织和实施》。讲课之前，赶写出这份讲义。有关大型古籍项目的问题，这里讨论了若干方面，还很不全面，仅供同行参考。7 月 5 日。

大型古籍项目是中国历史上一个朝代一个时期的文化象征，汉代的《熹平石经》、唐代的《开成石经》、宋代的《太平御览》、《册府元龟》、明代的《永乐大典》、清代的《四库全书》等，都是文化史上的里程碑。中华人民共和国应当有属于时代的文化标志，规模宏大，结构谨严，质量优异，代表当代学术的最高水平，可以传之久远，用之久远。我们必须积极从事大型项目的规划和实施，从中摸索经验，培养优秀的主持人。大型古籍项目的优秀主持人缺乏，是我国目前不能有效地组织实施大型古籍项目的关键。当然，有关制度的制定也是当务之急。积极争取项目的多，拿出优秀成果的少，这是我国大型古籍项目的现状。在新形势下，如何提出科学的规划，并有效地组织实施，拿出高水平的成果，仍然是一个需要研究探索的课题。

一、大型古籍项目的规划

（一）大型古籍项目的类型

1. 古籍影印。如民国期间商务印书馆出版的《四部丛刊》初二三编、《百衲本二十四史》、《续古逸丛书》，新中国成立以来出版的《古本戏曲丛刊》、《古逸丛书三编》（中华书局）、《四库全书存目丛书》（齐鲁书社）、《续修四库全书》（上海古籍出版社）、《敦煌吐鲁番文献集成》（上海古籍出版社）、《中华再造善本》（国家图书馆出版社）、《清代官员履历档案全编》（华东师范大学出版社）、《中国地方志集成》（凤凰出版社等）、《中华大藏经》（中华书局）、《原国立北平图书馆藏甲库善本丛书》（国家图书馆出版社）、《民国丛书》（上海书店），台湾的《中国方志丛书》（成文出版社）、《百部丛书集成》（艺文印书馆）、《清代硃卷集成》（成文出版社）、《敦煌宝藏》（新文丰出版公司）、《近代中国史料丛刊》（文海出版社）等。

2. 古籍编纂。如《二十五史补编》（排印无断句，开明书店）、《全宋诗》（北京大学出版社）、《全宋文》（上海辞书出版社、安徽教育出版社）、《全宋词》（中华书局）、《全元文》（凤凰出版社）、《全元戏曲》（人民文学出版社）、《两汉全书》（山东大学出版社）、《中华大典》等。

3. 点校及注释丛书。《十三经清人注疏》（中华书局）、《二十四史》（中华书局）、《新编诸子集成》（中华书局）、《中国古典文学基本丛书》（中华书局）、《中国古典文学丛书》（上海古籍出版社）、《中国古典文学读本丛书》（人民文学出版社）、《儒藏》（北京大学出版社），《唐宋史料笔记丛刊》（中华书局）、《元明史料笔记丛刊》（中华书局）、《清代史料笔记丛刊》（中华书局）、《近代史料笔记丛刊》（中华书局），合为《历代史料笔记丛刊》。《全宋笔记》（大象出版社）。新中国成立前商务印书馆的《丛书集成初编》是断句本，有小部分影印。

（二）大型古籍项目的规划

1.国家政府直接规划。历代官府校书、抄书、刻书，是大型古籍项目实施的主体。东汉蔡邕主持刊刻《熹平石经》，唐开成年间刻《开成十二经》，北宋初在成都刻《开宝藏》，北宋初官修《太平御览》、《太平广记》、《文苑英华》、《册府元龟》，明永乐修《永乐大典》，明代南京国子监刻《二十一史》、北京国子监刻《二十一史》、《十三经注疏》，明洪武《南藏》、永乐《南藏》、永乐《北藏》、正统《道藏》，清武英殿刻《十三经注疏》、《二十四史》，扬州诗局刻《全唐诗》、《全唐文》，内府刻《佩文韵府》、内府铜活字《古今图书集成》、木活字《武英殿聚珍版丛书》、内府刻《龙藏》、乾隆敕修《四库全书》。新中国成立后，《二十四史》、《清史稿》、《资治通鉴》点校工程，就是国家规划实施的大型丛书的典范。国家政府规划并且承担全部经费，是这类大型古籍项目的基本特点。

2.地方政府或官方部门规划。南宋两浙东路茶盐司陆续刻八行本诸经注疏（《周易》、《尚书》、《毛诗》、《周礼》、《礼记》、《论语》、《孟子》、绍兴府刻《左传》），清代南昌府学刻《十三经注疏》、广东学海堂刻《皇清经解》、五局合刻《二十四史》（金陵、江苏、浙江、淮南、崇文）、浙江书局刻《九通》、《二十二子》、山东书局刻《十三经读本》、广雅书局刻《广雅书局丛书》。近年来，山东省政府特别立项出资编印《山东文献集成》也属于这类项目。这类项目的特点是地方政府规划或地方政府立项，并资助完成出版。

3. 私人规划。明嘉靖间江以达、李元阳在福建刊刻《十三经注疏》，明毛晋刻《十三经注疏》、《十七史》、《六十种曲》、《津逮秘书》，清伍崇曜刻《粤雅堂丛书》、钱熙祚刻《指海》、《守山阁丛书》、鲍廷博刻《知不足斋丛书》、丁丙刻《武林往哲遗著》、《武林掌故丛编》、盛宣怀刻《常州先哲遗书》、民国张寿镛刻《四明丛书》等，这类项目的特点是由个人出资完成出版。

4. 出版社（或公司）规划。这是近代以来的现象，其中以商务印书馆为代表。上文提到的《四部丛刊》、《丛书集成初编》、《百衲本二十四史》、《续古逸丛书》等，都是商务印书馆自己规划、自己出资、自己整理并完成出版的。

新中国成立以后，出版社改为国有，不再是私有企业，在产权上就和清代地方书局有些相似了。中华书局、商务印书馆、人民文学出版社就类似宋明时期的国子监、清代的武英殿了，与民国时期的商务印书馆有很大区别。改革开放以来，出版社又改制，成为自负盈亏的国有企业，介于官书局与私有出版公司之间。就目前而言，出版社要独立规划并完成大型古籍项目，有一定困难。为什么当初商务印书馆可以办到的，今天的出版社反而不能轻易办到了？是资金缺乏？还是人才缺乏？还是决策机制有问题？还是兼而有之？我想出版社应能找到答案。

当前，出版社规划大项目的现状是，须向全国古籍整理出版规划领导小组、国家出版基金或各省财政申请资助，成为出版社与政府合作项目。

学者规划大型古籍项目，其实只是表面，实质上必须与出版社及政府部门三方合作，方可取得资金，付诸实施。高校教师规划项目，可以从学校获得部分资金，大都不能满足全部资金要求，因为学校能力有限，最终需要谋求各级政府立项资助，而本质上学校和政府资助，均是官方经费。其模式是个人、单位、政府部门、出版社之合作。

（三）大型古籍项目规划的时机

大型古籍项目，与个人独立专著有很大区别。个人专著可以在各种条件下从事，哪怕战火纷飞、饥饿、疾病，都可以克服。这种例子非常之多。陈寅恪的《柳如是别传》、《论再生缘》，都是双目失明的情况下完成的。而日本人山井鼎的《七经孟子考文》，是在重病中完成的。可是，大型古籍项目对客观条件的依赖程度非常高，政治条件、经济条件、文化条件，都应考虑在内。民国年间，商务印书馆编印《百衲本二十四史》，因"一·二八"事变而中辍。顾颉刚在齐鲁大学国学研究所规划的二十四史点校工程，虽然有计划，但因战乱无法实施。在战争年代，在"文革"时期，大型古籍项目根本无法规划实施。而在经济困难的新中国最初阶段以及"文革"结束后百废待兴阶段，同样不是大型古籍项目规划的时机。历史上有"盛世修书"的说法，其实就是大型古籍项目规划的时机问题，只有在和平发展阶段，才可以规划大型古籍项目。改革开放以来，全国高校古委会规划的《全宋诗》、《全宋文》、《全元文》、《两汉全书》次第完成问世，全国古籍整理出版规划领导小组规划的《中华大藏经》、《中国古籍总目》也先后完成出版，这就是盛世修书的最好例子。

（四）大型古籍项目规划的方法

有了条件和时机，还要学会规划。如何才能提出好的规划？这必须了解古籍，认识古籍，掌握古籍的特点和规律。中国古籍有系统性、连续性的特征。孔子整理"六经"（《易》、《书》、《诗》、《礼》、《乐》、《春秋》），成为中国古籍的主要源头。后来的古籍往往是对"六经"的续作、仿作、注释、评论。《春秋》有"三传"（《左传》、《公羊传》、《穀梁传》），又有杜预注《左传》、何休注《公羊传》、范宁注《穀梁传》，三注又有孔颖达疏、徐彦疏、杨士勋疏，清人又有刘文淇《春秋左传旧注疏证》、洪亮吉《春秋左传诂》以及《公羊》、《穀梁》的新疏。《诗经》有毛传、郑笺、孔疏，又有清人马瑞辰《毛诗传笺通释》、陈奂《诗毛氏传疏》、王先谦《诗三家义集疏》、刘台拱《毛诗后案》。"六经"的《乐》失传了，还有"五经"，而《春秋》有"三传"，《仪礼》之外有了《周礼》、《礼记》，加上《尔雅》、《孝经》、《论语》，宋代加上《孟子》，成了《十三经》。《十三经》有白文（《开成石经》为白文十二经，清代补刻了《孟子》，成了白文十三经），有《十三经古注》，有《十三经注疏》，还有《十三经清人注疏》。

司马迁作《史记》，说是上继《春秋》，班固作《汉书》以继《史记》，再后来有了《后汉书》、《三国志》，至《明史》，成了"二十四史"。北洋政府时期加上柯劭忞编著的《新元史》，开明书店出版了《二十五史》。《二十五史》还缺少一些志、表，例如《后汉书》、《三国志》都没有《艺文志》，就有人补作，开明书店把这些补作编成了《二十五史补编》。其他的接续行为也非常多。司马光有《资治通鉴》，徐乾学、毕沅就先后修了《续资治通鉴》，徐世昌又修了《明通鉴》（吴廷燮代撰，稿本在韦力处）。袁枢有《通鉴纪事本末》，就有人作《宋史纪事本末》、《元史纪事本末》。有《大元一统志》，就有《大明一统志》、《大清一统志》。《大清一统志》，又有康熙《一统志》、乾隆《一统志》、嘉庆《一统志》、道光《一统志》。至于地方志，更是六十年一修，家谱的续修也连绵不绝。典制方面，杜佑有《通典》，郑樵有《通志》，马端临有《文献通考》，称"三通"，乾隆间有"续三通"、"清三通"，形成了"九通"，加上刘锦藻的《清续文献通考》，成为"十通"。其实还缺《清续通典》、《清续通志》，应有"十二通"，这有待于规划完成。

我们规划大型古籍项目，就是要抓住古籍的系统性、连续性的特征。宋人有《十七史》，明人有《二十一史》，乾隆间武英殿刻《二十四史》，就是从连续性上考虑的。康熙修《全唐诗》、嘉庆修《全唐文》，引发了严可均《全上古三代秦汉三国六朝文》。后来的《全宋词》、《全宋诗》、《全宋文》、《全唐五代词》、《全金元词》、《全明词》、《全元文》、《先秦汉魏晋南北朝诗》等，都是接续《全唐诗》的。"全"字头就是一个系统。乾隆修《四库全书》，才有了民国间《续修四库全书》的规划，却无法实施，到改革开放后才由国务院古籍小组立项、上海古籍出版社出版了。而在此之前，国务院古籍小组规划、北大季羡林主编的《四库全书存目丛书》，也是《四库全书》的续补之巨制。还有《四库禁毁书丛刊》、《四库未收书辑刊》，性质相似。我认为应当规划《四库全书三编》，接续《续修四库全书》，这个任务亟待规划上马。

古人喜欢编丛书，从"六经"开始就有"丛书"的性质。东汉刻《熹平石经》其实是丛书的实物，以后唐《开成十二经》，也是石头上的丛书。五代时国子监刻《九经》，北宋初年在成都刻《开宝藏》，也是丛书的早期产品。明清时期丛书风起云涌，至今不衰。大型古籍项目的重要形式其实是丛书，而影印技术为大型丛书带来了新的便利。《四库全书》是丛书，全部誊抄七部。至于明清大型丛书，都是雕版印刷，仍然十分不易。

古籍编纂，是大型项目的又一种途径。曹丕敕编《皇览》就是大型项目，后来武则天时许敬宗主修的《文馆词林》一千卷，北宋的《文苑英华》、《太平御览》、《册府元龟》也是一千卷，清初《古今图书集成》达一万卷，都是编纂而成的类书或总集。

明清时期档案、实录的编纂也形成系列，民国以来的档案整理成就尤大；民间文书的整理，近年取得很大成就，都具有系统性、连续性、互补性的特点，这些都是进行规划的重要角度。

地方文献的编纂，也是重要的角度。各种地方丛书，如《盐邑志林》、《金华丛书》、《云南丛书》、《豫章丛书》、《台州丛书》，直到《山东文献集成》，可以从不同省、地、县着手，天下配套，前景广阔。

地方诗文集汇编也具有系统性、配套性。《山左明诗抄》、《国朝山左诗抄》、《国朝山左诗续抄》、《国朝山左诗补抄》、《国朝山左诗汇抄后集》，前后相连，收山东明清诗人五百年间2187家的诗作，人系小传。当然，道光以后的山左诗人诗作还需要有一部续编。其他省市县也有不少地方诗文总集。

中国的科举文献，例如历朝登科录、同年齿录、历朝进士名录、历朝硃卷，也是配套成龙的。

哈佛燕京学社有《四十七种宋代传记综合引得》、《辽金元传记三十种综合引得》、《八十九种明代传记综合引得》、《三十三种清代传记综合引得》，也是配套的传记资料。

古籍项目规划要合乎传统体制，要讲究于古有征。自创体例也可以，但要慎重，不能非牛非马，贻笑大方。

二、大型古籍项目的组织和实施

大型古籍项目的组织和实施面临着巨大的困难。

（一）资金问题。大型古籍项目巨大的资金消耗是必须面对的首要问题。一般来说有政府资助，如《山东文献集成》由山东省政府资助，有关部门立项，如国家出版基金、国家古籍整理出版专项经费资助。这些资助多用于出版。研究过程中的开支，则需要由科研部门立项，包括国家社科基金、教育部社科基金以及古委会、各省社科项目等立项资助。也有私人投资或公司投资情况，也有出版社投资或民间募集资金情况。而这类投资与政府资助有很大区别，那就是政府资助并不需要收本还利，而私人或公司或民间集资或出版社投资，大都需要还本付利。借资则要还款及利息，都有巨大风险，一般不提倡。如果无法解决资金问题，则根本无法组织实施大型古籍项目。当然，资金有时先筹一部分即可上马，边干边筹集，其中的关键是要拿出精品来，只有这样，后面才能获得资金。

（二）专业团队。有了资金，就可以组织专业队伍开展古籍的收集、整理和出版了。

专业团队的组织又是一大难题。一般有这样四种模式：

1. 主持人邀请专家组成队伍。封建社会有游幕制度，有实力的官员可以聘请专家队伍从事大型古籍项目。清代阮元纂辑《经籍籑诂》、《十三经注疏校勘记》等，都是自己邀请学者合作完成的。徐世昌的《晚晴簃诗汇》也是邀请专家成立"晚晴簃选诗社"完成的。这需要有学识，有财力，有人脉，有组织能力。张元济编印《百衲本二十四史》，撰写《校勘记》一百数十册，当时成立"校史处",汪诒年、蒋仲茀、赵荣长、王绍曾、胡文楷等参加工作,这是由公司聘请专业人员完成的大型古籍项目。

新中国成立后,这类私人出资邀请专业人员完成重大古籍项目的情况不是太多。而私人筹集资金邀请专业人员完成大型古籍项目的倒也有很成功的例子。《四库全书存目丛书》就是刘俊文教授个人筹集资金,邀请专业人员共同完成的。该项目是1992年国务院第三次古籍规划会议由周绍良先生提出的,经刘俊文先生等以东方文化研究会历史文化分会名义上报国务院古籍整理出版规划领导小组批准立项,请季羡林先生任总编纂,刘俊文教授任工作委员会主任,实际负责。项目名义上是国家项目,实际上是以个人之力组织专业队伍,筹集资金,完成编纂并出版的。如果不是政府立项,则专家队伍请不到,图书馆不一定提供底本,缺乏号召力,而且参加人员需要单位同意,发给工资,不算离岗,其中北京大学提供了几十间房子,还有其他支持,因此仍应认为是政府与学者合作。

2. 主持人邀请,同事自由结合。一般为一个单位的或几个单位的研究者合力完成。《全宋文》、《全宋诗》、《全元文》、《杜甫全集校注》都是这种模式。这种模式也有单位支持和民间结合之别。单位支持,以上几部大书都是如此,那么参加者可以把大项目作为工作的任务,单位发工资,这种情况有一定保障。这种方式的问题是,旷日持久,主持人之外的成员没有时间从事个人研究及论著写作,没有成果,评职称晋级有困难,上述几大项目都遇到这方面的困难,而且至今无法解决。至于民间自由合作,就更困难,除了上面的评职晋级困难外,还有单位不发工资的问题,势必要在完成本职工作任务的前提下,业余参加集体项目。这类情况也较常见。

　　同事的合作，进行过程中的困难已如上述。成功之后的困难依然存在，例如评价体系，重视第一主持人、第一作者、第一获奖人。我参加的《清史稿艺文志拾遗》获教育部一等奖，我个人得 0 分，因为只奖励第一作者。我参加的几个大项目，几乎都不挣分。所以同事的合作，要么中途解体，要么成功之后是"一把辛酸泪"。

　　3. 单位行政命令，集体完成。古代官方项目大都如此，《四库全书》、《全唐诗》、《全唐文》都是靠行政命令调集专家开局修纂的。今天这种情况也有一些。中华书局《二十四史》点校就是行政命令调集专家完成的。华东师范大学古籍所要求成员必须参加集体项目，这一模式颇为有效，比同事自由结合为好，但也不是完全没有意见。不过成功的可能性要大得多。

　　4. 师生合作。这种模式本来理工科较多见，文科少见。我个人从国家清史项目到《山东文献集成》、《十三经注疏汇校》，都是师生合作模式，谢绝同事参加，即使门生，变成同事后，也就不再要求参加了。原因很简单，上面的同事合作困难显而易见。师生合作，关系易处，而困难在于学生水平不高、不齐，流动性大，无可奈何。因此，师生合作模式不是什么项目都合适的，要根据队伍水平合理规划难易适中的项目。一般古籍影印、编纂、校勘，大都可以适应。

　　组织专业队伍，主持人是关键，主持人是项目的第一作者、第一获奖人，也是最大的受益者。主持人理应考虑这些因素，对合作的学生有感激之心，尽量把经费用在学生身上，尊重学生的权利和人格，尽力帮助学生提高业务水平，帮助学生谋出路，帮助学生进步，只要以诚待学生，学生会拥护主持人作为成果的第一署名人，而不会因此离心离德，更不会因此偷工减料、不负责任。

师生友谊和互敬互爱，尤其是主持人为学生谋利益，是合作愉快的重要条件。主持人自私、小气，那根本不能也不适合组织大项目，这是必须首先要弄明白的。

主持人必须承认团队成员之间的差别，责任心有差别，水平有差别，性格粗细有差别。承认差别，才可以合作，因为承认差别，才能容忍成果存在内部水平差别，才能容忍成果存在某些缺点，才能设法弥补这些缺点，才能真正让水平稍欠缺者也能愉快地参加项目。如果有一点失误就当面批评，大会小会不指名地批评，都会伤害自尊，导致队伍解体，项目无法成功完成。

（三）目标设定要难易适中。项目设定的目标要根据主持人以及学术队伍的学术水平、客观条件来确定，不能脱离实际。好高骛远，不切实际，只能失败。黄宗羲曾打算汇集古经解，《尚书》"曰若稽古"已汇为五大册，不切实际，只能放弃。我规划《十三经注疏汇校》，在版本上只选骨干版本，每经校本十八九种，这需要经验和专业知识，否则应校的没校，不应校的校了，达不到学术目的。同时我决定"死校"，即只校版本，不校引文（他校法），不做考证（理校法），就是只校异同，不论是非。有的先生当面告诉我"这样做没有意义"，他说："只校异同，谁不可以做？不足以显示水平。"这当然很有道理。校勘学推崇王念孙、钱大昕、段玉裁，但是那种理校法，现在看来，精彩处令人钦佩不已，而武断者也往往而有。如果水平不够，还是以对校为基本方法。如果对校之后再加上是非案断，那是比较理想的办法，专家队伍具备这个水平，完全可以这样做。阮元《十三经注疏校勘记》就是既校异同，也加判断。但我本人经学水平不高，学生水平更是显而易见的，所以设定目标为校异同，不论是非，不加按语。事实证明，这种死校工作是有意义的，而且意义重大，解决了很多学术问题，揭示了很多不为人知的学术现象。当然不加案语并非没有看法，这些看法可写成札记，另行发表。这种灵活的方案，是实事求是的，是顺利实施的重要前提。我国有关部门规划的大项目，有的在启动不久就停工了。不是人事问题，而是工程浩大，看不到头，"望洋兴叹"，只能停工。

（四）程序设计要科学。项目的进展程序的设计，也是成功的关键。中华书局徐俊先生曾说过用程序约束质量，我很赞成，并且也一直这样努力。《十三经注疏汇校》，先分校，即一个版本对另一个版本，形成分校记，而每一个版本都换人校三遍，签名。形成了互相复审，互为监督的机制，而复审复校发现的问题，有选择地交流，不公开，不展览，以免伤人自尊，破坏团结。

（五）组织管理要有章法。要有一定的组织约束，不能太严，也不能放任自流。要有分组，承担不同任务，委任组长。要定期开会，交流意见，总结经验，克服弊端。任务分下去，长期交不上来，就要另想办法，再请他人。

（六）主持人必须参加实际工作。主持人不能挂名不干事，否则，不了解项目存在的问题，也无法让同人服气。最终定稿必须主持人亲自完成，或主持人亲自参加，组织骨干成员共同完成。主持人不干事，或者年老了不能干事，又没有得力的人协助主持，是项目中辍的原因之一。

（七）以项目出人才。项目出人才，历史上例子很多。顾祖禹、胡渭参加徐乾学《大清一统志》，分别完成《读史方舆纪要》、《禹贡锥指》，成为著名的历史地理学家。参加项目，可以说是学徒。我参加王绍曾先生主持的《清史稿艺文志拾遗》，学会了目录学，有了主持《清人著述总目》、《清史艺文志》的经验。参加王绍曾先生主持的《百衲本二十四史校勘记》整理，学会了校勘学，有了主持《十三经注疏汇校》的经验。参加季羡林先生主编的《四库全书存目丛书》，提高了版本学水平，也借机完成了《四库存目标注》，并学会了参与主持《山东文献集成》这样的重大影印项目所必备的知识。可以说，参加大项目，就如参加大战役，是学会领兵打仗的惟一办法。未来的大型项目主持人，就是今天参加大项目的年轻人当中的优秀分子。青年人参加集体项目，尤其是跟随老一代知名学者从事项目，是一种学习的良机。不要眼光短浅，只顾眼前利益，认为自己得不到科研成果分，得不到奖励分，也得不到经济收入，就认为是吃亏。如果这样认为，那就不能真心实意地参加，不能全心全意地投入自己承担的部分，无论质量还是进度，都难以达到主持人的要求，与主持人之间难以培养友谊，也就不可能从主持人那里得到学术传承。可以说进退失据，一无所获。这是应当高度重视和深刻认识的。"将人心比自心"、"以心换心"，这对主持人和参加者都是很好的告诫。我常说，如果你跟随巴顿将军横扫过欧洲战场，那么作为一个士兵你可以到别的部队当指挥员了，参加项目必须有这样的心态。参加集体项目对个人的进步来说，不但是主持人的引导，还有同事的启发、实践经验的积累。对于主持人来说，鼓励成员研究，有助于提高项目水平，不能把成员研究看成"干私活"，这是狭隘的观念。

（八）分享成果。在成果问世时，要对有贡献的成员给以署名上的最大尊重，可以并列主编，可以署副主编、常务副主编，不可害怕别人冲淡主持人的成果。其实金字塔是一层层堆起来的，底座大了对金字塔尖（主持人）不但无损，反而有益，共同享受成果，既尊重了合作者，又有益于个人受到尊重，还有利于团结与友谊，这是应当特别注意的。

对于不值得合作的人，心胸狭隘、学问浅薄、人品低下、自私多疑等等，应及早退出合作，不要天长日久，欲留不愿，欲退不舍，进退两难，里外不是人。

对于因客观原因必须中止合作的项目，要及早退出，经费、稿件交割清楚，不留尾巴。

对合作成果，主要成员在其后因该成果产生的收益的分配方面，应及早达成分配比例方案，请当事人签字，各存一份，甚至传给子孙，作为凭据，以免纠纷。师生合作，一般以补贴的形式发给酬金，这相当于预付稿费，一般就不再另付稿费了。大型项目一般是赔钱，经济收益微乎其微，稿费问题有的不太复杂，但要依法办事，不可忽视。

出版社应尊重作者利益。出版社组织的大型项目，要与作者签订合同，尊重作者的权益和学术贡献。对作者不懂有关出版法律法规的，要予以解释，做到公开公平，不利用作者有求于出版社或作者不懂得经营而损害作者权益，否则作者一旦明白，就不会再提供书稿，甚至做负面宣传，出版社也就不可能得到良好的发展。如何构建作者、出版者、发行者、读者的良好关系链，做到利益公平分配，是做好出版工作，尤其是大型古籍项目出版工作的极为重要的课题。

杜泽逊写毕

2017 年 7 月 4 日夜一点二十分

（原载于《古籍整理出版情况简报》2017 年第 6 期，总第 556 期；《中国出版史研究》2018 年第 1 期，总第 11 期）

记李一氓先生旧藏的几种古籍善本

李一氓先生（1903—1990）是老一辈革命家，也是文化建设领域的重要组织者，尤其是1981年奉命领导新恢复的国务院古籍整理出版规划小组，任组长，为新时期古籍整理出版事业作出了杰出贡献，受到学术界广泛尊敬。李一氓先生不仅是古籍整理出版工作的组织者和领导者，而且是一位藏书家、古籍版本学家和古籍整理专家，《一氓题跋》和李一氓先生整理的《花间集校》，早已名播学林，而一氓先生的藏书并未出版过目录。笔者昔年参与编纂《四库全书存目丛书》（季羡林主编，古籍整理出版规划小组规划重大项目），曾见过几部一氓先生旧藏的古籍善本，值此一氓先生仙逝25周年之际，谨整理成一篇短文，表示对先生的纪念。

1. 晋史删四十卷，明茅国缙辑，明刻本，北京师范大学藏，二十四册。题："唐文皇御撰，明吴兴茅国缙荐卿甫删次。"半页十行，行二十字，白口，左右双边。无序跋。钤"成都李氏收藏故籍"、"无是楼藏书"印记，都是一氓先生的藏书印。《四库全书存目丛书》据以影印。

2.使西日记二卷,明都穆撰,明刻本,国家图书馆藏,一册。《北京图书馆古籍善本书目》著录。卷端题:"姑苏都穆。"半页九行,行十七字,白口,左右双边。前有明邵宝序云:"比致政归,都水郎中谢君邦应方视水东吴,见而梓之。"考焦竑《国朝献征录》卷七十二胡缵宗《太仆寺少卿都公墓志铭》:"年五十有四即上书乞骸骨归,许之,加太仆寺少卿致仕。……年六十有七卒,实嘉靖乙酉九月二十二日。"乙酉为嘉靖四年,依《墓志铭》上推至五十四岁,则致仕在正德七年。实则《使西日记》所记为正德八年四月都穆奉命出使宁夏册封庆藩寿阳王妃事,途中所经,名胜古迹,金石碑刻,尤多着墨,至七月三日别庆藩而止。都穆归途历游名山,成《游名山记》,具存年月,苏州大学王珍珠硕士论文《都穆考论》据以考知正德八年十一月六日都穆登嵩山,其回京复命并致仕归里,当在正德九年。《墓志铭》记致仕年龄五十四岁似有误。则是书谢邦应刊刻当在正德九年。余《四库存目标注》误推为正德七年刊,当订正。书中钤"士礼居藏"、"韩应陛鉴藏宋元名钞名校各善本于读有用书斋印记"、"读有用书斋"、"松江读有用书斋金山守山阁两后人韩德均钱润文夫妇之印"、"甲子丙寅韩德均钱润文夫妇两度携书避难记"、"德均所藏"、"德均审定"、"韩德均所藏善本书籍"、"刘明阳鉴藏"、"研理楼刘氏藏"、"刘明阳字静远"、"刘明阳王静宜夫妇读书之印"、"静宜王宝明"、"研理楼刘氏倭劫余藏"、"有书自富贵,无病即神仙"、"刘准"、"一氓读书"、"成都李氏收藏故籍"、"无是楼"、"李一氓五十后所得"等印记。知历经著名藏书家黄丕烈、韩应陛、刘明阳诸家宝藏,最后归一氓先生,再归北京图书馆。并世未见第二本,洵书林秘册也。《四库全书存目丛书》据以影印。

3.奇游漫纪四卷,明董传策撰,明万历二十九年弟董传文刻本。

国家图书馆藏，一册。题："明时迁客云间董传策原汉。"半页九行，行二十字，白口，四周双边。前有沈恺序，序后有"万历辛丑小春三日后学杨汝麟书"一行。又隆庆四年庚午吴岳《奇游五述序》，嘉靖四十三年甲子自引。又"选辑校刻名氏"，末云："辛丑年中秋日叔思白其昌重选，弟传文重梓，壻李自约、钱龙锡、侄玉树、玉珂、玉京、玉璁、玉铉、玉振、玉恩、玉阶、男玉柱、玉衡同校。"知系万历二十九年其弟董传文刻本。刻工：云间孙崇文刻、沈及之写刻。卷内钤"翰林院印"满汉文大官印，是乾隆间修《四库全书》馆臣据以存目之底本。考《浙江省第四次汪启淑家呈送书目》："《奇游漫记》八卷，明董传策著，二本。"《浙江采集遗书总录》："《奇游漫记》八卷，刊本，明南京礼部侍郎华亭董传策撰。"《两江第二次书目》："《采薇集》、《幽贞集》、《奏疏辑略》、《奇游漫记》、《邕歆稿》，以上五种俱明董传策著，以上五种合四本。"《两淮盐政李续呈送书目》："《奇游漫记》七卷，明董传策，一本。"知当时浙江汪启淑、两江总督、两淮盐政三家均进呈此书。全书当为八卷，馆臣所据为四卷残本，佚其下册。书贾为冒充全帙，将目录后四卷割去，因而其残缺未被察觉。卷内又钤"徐绍棨"、"南州书楼所藏"、"徐汤殷"、"南州后人"、"刘汝宽印"、"成都李氏收藏故籍"、"无是楼藏书"、"李一氓五十后所得"、"一氓读书"、"成都李一氓"等印记。则旧为广东藏书家徐绍棨南州书楼藏书，辗转归一氓先生，后五印皆先生所钤。目录后有李一氓手跋：

前吴岳序称此书为《奇游五述》，故当有五卷。此佚第五卷，故第五卷之目录亦于此处裁去，冒充以四卷为全帙矣。一氓记。

泽逊按：一氓先生谓全书当有五卷，是悬揣之辞。是书传世极罕，国家图书馆藏一部八卷，在《董幼海先生全集》内，版本与一氓先生藏本同。《四库全书存目丛书》据以影印。原北平图书馆藏一部八卷，抗日战争前寄存美国国会图书馆，中华人民共和国成立后美方移交我国台湾，现存台北故宫博物院。

4. 广志绎五卷杂志一卷，明王士性撰，清康熙十五年刻本，国家图书馆藏，二册。题："赤城王太初先生著，秀州曹秋岳先生定，北平林百朋象鼎、杨体元香山校。"半页九行，行二十字，白口，四周单边。前有康熙十五年曹溶序，康熙十五年杨体元《刻广志绎序》，又万历丁酉冯梦祯序，万历丁酉自序。卷前有李一氓手跋：

> 《广志绎》六卷，明天台王士性撰，康熙丙辰（一六七六）刊本。据杨序，是书虽有万历冯梦祯叙及王自序，但在明代寔未镌板。书共六卷，第六卷四夷辑，刊书时已有所顾忌，故抽出未刻，仅于卷末下注"考订嗣出"，谅亦未尝嗣出，盖可必也。因少此一辑，致不足六卷之数，杨氏乃从王著《五岳游艸》中抄附《杂志》，以强凑成数耳。又第三卷中匈奴之"奴"字及"虏"字皆作墨钉，正避清人忌讳之故。其卷末山西互市一节，亦有目无文，是与不刊四夷辑同一意也。书末有缺叶，致佚"奇石"、"温泉"、"声音"三节。是书对地志及明代掌故多所补拾，然亦有浅陋之处，则又明人著作之通病，无足怪者。《五岳游艸》藏一清钞本，一后印本，并志于此。成都李一氓记。五九年夏日于都门寓楼。

卷内钤"李氏一氓"、"一氓读书"、"无是楼"、"我师古人"等印记。《四库全书存目丛书》据以影印。是书康熙刻本传世亦罕，上海辞书出版社藏有一部。清嘉庆间临海宋氏刻《台州丛书》内有此书五卷。

5. 马政志四卷，明陈讲撰，明嘉靖刻本，四川省图书馆藏，残存卷一、卷四两卷。目录题："遂宁陈讲编次。"半页十行，行二十一字，白口，四周单边。前有嘉靖二十九年九月奉敕巡视陕西茶马监察御史庐郡刘仑序，嘉靖三年唐龙序，嘉靖三年自序。末有嘉靖十一年贾启跋。唐序云："苑卿郭子孟威式崇修复之令，乃刊而布之。"自序云："孟威曰：事不师古，其胡用训，吾将刊布之。"知嘉靖三年郭孟威刊行。贾跋云："瀛海郭君来按马政，留心蕃庶，百废俱举。偶阅志文，见其岁久梓镂摹灭，顾谓太仆陈子、王子及启曰：是不可重修邪？召匠检刻，务令如新。"知修版于嘉靖十一年。刘序云："岁久淹模，艰于检阅。嘉靖庚戌（二十九年）太仆卿王君朝贤、少卿李君檠、苑马少卿王君教，笃意马政，惧无以鉴往而式来也，乃修订旧志，持以来告。"又云："志例一仍其故，惟讹者正之，阙者补之，紊者次之，续者附之而已。"盖嘉靖二十九年又据旧版修订增补者。卷内钤"无是楼藏书"、"成都李氏收藏故籍"、"李一氓五十后所得"、"一氓读书"、"成都李一氓"等印记。末有李一氓手跋："《明史·艺文志》有陈讲《茶马志》四卷，当即此书。卷合而名异，或重修时改易今名欤？杨时乔别有《马政记》十二卷，亦见《明史·艺文志》。陈讲，四川遂宁人。"《四库全书存目丛书》据以影印。天一阁文管所藏本存卷一卷二共一册，《新编天一阁书目》著录为"嘉靖三年刻本"。安徽图书馆有残本，亦无卷三。傅增湘《藏园群书经眼录》著录全帙，谓丙寅年遂雅斋送阅，不知今归何所。则一氓先生所得虽为残帙，实人间稀有之品也。

6.弦索辨讹二卷，明沈宠绥撰，明崇祯刻本，国家图书馆藏。题："松陵适轩主人沈宠绥君征甫订。"半页八行，行二十二字，白口，四周单边。前有崇祯十三年己卯沈宠绥序、总目、凡例。钤有"朱儒暹印"、"旭敬"、"一氓读书"、"李一氓五十后所得"、"成

都李氏收藏故籍"、"无是楼"、"成都李一氓"等印记。《四
库全书存目丛书》据以影印。

2015 年 12 月 5 日于校经处

（原载于《古籍整理出版情况简报》2015 年第 12 期，总第 538 期）

如何收藏文物类古书

古代藏书家大都为读书而藏书，但宋元明清以及民国时期，就有大量以收藏珍贵古书为目的的藏书家，比如赵孟頫、王世贞、钱谦益以及乾隆皇帝，都是特别注重文物性古书收藏的。日前，作客"大众讲坛"话藏书的山东大学杜泽逊教授提出，当代藏书也应该注重这一点。

六种版本文物性强

那么文物性表现在哪些方面呢？杜教授说：

第一、抄写和印刷时间要早，唐五代时期的写卷，宋代元代的雕版印刷书籍，明代的也可在内。随着时代推移，清代乾隆及乾隆以前的印刷品，也同样是珍贵文物。

第二、名家手稿。

第三、名家批校题跋的本子。如钱谦益、黄丕烈等人题跋批校的。

第四、名家抄本。著名人物或藏书家花钱抄写的本子，这些本子往往写本精工，而且底本来源难得，有的甚至为影抄宋本元本。

第五、特殊形式的印刷品，如古代木活字本、古代套色印本。

第六、罕传本。有的时代不一定早，也不一定出于名家批校题跋，但极为罕见。

以上这六个方面的本子，文物性都比较强，一贯受到历代藏书家重视。

私家藏书要有眼光

杜教授还说，在近一百年间，中国古书的生存方式有了很大变化，绝大部分私家藏品化为公家藏品，例如晚清四大私人藏书家，常熟瞿氏铁琴铜剑楼、聊城杨氏海源阁、杭州丁氏八千卷楼、归安陆氏皕宋楼。这四家藏书，瞿氏书主体部分归北京图书馆，地方文献归常熟市图书馆；杨氏书珍本部分主要归北京图书馆，明清版本归山东省图书馆；丁氏书归南京图书馆；陆心源皕宋楼藏书卖给了日本静嘉堂文库。民国时期大藏书家刘承幹嘉业堂，其藏书归前中央图书馆，去了台湾。李盛铎木犀轩，其藏书归了北大。傅增湘双鉴楼，藏书主体部分归了北图。建国后，周叔弢先生自庄严堪藏书捐归北图。郑振铎藏书捐归了北图。潘宗周宝礼堂藏书捐归北图。陈澄中藏书售归北图。常熟翁氏藏书捐归北图。如百川汇海，汇入国库。对这些书的保护和利用，都大有益处。

那么，大部分宋元刻本抄校本都退出了流通，市面上连一般线装书都看不到了，更别说珍本秘籍了，中国私家藏书文化是不是就终结了呢？杜教授说：肯定是不会终结的。比如明代中期一位官至兵部侍郎的宁波人范钦，在家乡建了一座藏书楼，叫"天一阁"，这是海内最有名的藏书楼。范氏当时收藏别人不重视也不值钱的地方志，收藏登科录，收藏野史笔记，收藏各家诗文集，等等。可以说以当代文献史料为主体。可是到民国年间，范氏天一阁部分藏书流到市面时，却十分昂贵。为什么呢？因为这些书成为史料价值高而难得一见的东西。这就得佩服范钦当时的眼光了。再比如"文化大革命"中上海工业基地从南方运来大批造纸原料，就是废纸，结果其中有大量古书，主要是家谱，上海图书馆馆长顾廷龙先生带领一批同事日夜在化浆池边抢救。后来在改革开放后，出现了"寻根热"，海外回来寻根的很多，靠什么寻根呢？靠家谱。上海图书馆成为全国收藏家谱最多的一家，这是顾廷龙先生的远见卓识。人弃我取，这是范钦和顾廷龙的共同点。当然这要有学问，不是什么东西人家扔了我们都捡。

如何收藏现代物品

杜教授还提出目前值得收藏的东西有以下几类：

1. 现当代著名学者、作家的手稿。

2. 现当代著名人物的信函原件。

3. 现当代著名人物著作的初版、初印本。如鲁迅《彷徨》的《乌合丛书》本、郭沫若《前茅》的创造社本。

4. 清末、民国年间初次印行的线装书，无论刻本、石印本、排印本，只要是该书的第一次出版，即可收藏。如赵万里《国立北平图书馆善本书目》、黄孝纾《匋厂文稿》等。

5. 近现代家谱、地方志、地方文史资料。

6. 近几十年间民间的私人信件。

7. 水平较高的年画。如天津杨柳青、潍坊杨家埠年画。

8. 时间虽近但印制精美的线装书。如《中国版刻图录》、《中华再造善本》。

9. 时间虽近，但印制精美的平装书和精装书。如 2005 年台湾中研院文哲所出版的《近代词人手札墨迹》、2000 年上海书店出版的《中国古籍稿钞校本图录》等。

10. 特殊史料。如抗日战争史料、"文化大革命"史料。这类史料要注意其原始性，即当时出版或抄写的。

买来古书如何"藏"

对于收藏爱好者个人来说，买来之后如何"藏"呢？杜教授也提出了几个方面的建议：

1. 装潢修补。如果藏品破烂，要请专门修补古书的人修补，单页要托裱。

2. 配盒或函套。

3. 加盖印章。适合于纸质文献。印章要讲究，一般是细朱文、小篆，印要小，必须找内行刻印，印泥也要用朱红色。

4. 当代出版物，如果发现上面有错字，不要直接涂改，要在错字下边或旁边，画个小三角，再在书眉空白处写个正确的即可。不要把错字圈起来再画一条线到书眉。过去把红色涂改的叫"火枣糕"，红笔拉线涂改的叫"赤练蛇"，都是不可取的。有了心得可写在书眉上或书前书后，但要慎之又慎，什么"好！""妙！"之类的废话不可往上写，确有心得，才往上写，字要工整。实在不行就写在一张宣纸条上，夹在书中，或稍微加点胶水粘在书眉上，总之以不污染书为好。

5. 可以加跋文。跋文可以写书的来历，或者写个人读书的体会，可以先打草，再往上写，以免错了涂改。真写错了怎么办？也不要涂，前人有个办法，如果写完这个字马上发现错了，就在字旁加两个或三个小点，然后在下面写正确的即可。如果写完了检查出错来，就在错字旁加两到三个小点，在跋文末写上正确字即可。平时做书法也是这样。我们夸奖有的人文思敏捷，"文不加点"，什么意思？不是不加标点符号，而是一气呵成，没有错字涂改。如果字写得不太好，可考虑不直接写上去，而是另找一张纸写了夹在书中，纸也要讲究，可用硬笔书法加宣纸，不洇。

盖印、加跋、批校都是历史上藏书家的习惯，可以留下你收藏过的痕迹。雪泥鸿爪，是很有意义的。但其中讲究很多，不可不知。托装、加套则是保护措施。

6. 编目录。藏品多了，可编制目录。目录极讲究，包括每一件东西的命名、定性、分类，有很高的学术价值。前面介绍赵孟頫藏前后《汉书》，已于嘉庆二年烧掉了，如何了解情况呢？靠的是乾隆年间宫里编写的一部《天禄琳琅书目》。如果当时不编目录，那就难办了。从历史上看，收藏物是有聚有散，很少有百年不散的。散了不要紧，换换主人，东西还在世上，最怕水火虫鼠毁坏。但东西散了，成了过眼云烟，有些可惜。办法之一，是适当时机为自己的藏品编一份目录。藏品不够多也不要紧，仍然可以编，发表在杂志上或者登在网上，总可以留下来。百年之后，人们通过目录想见你当年收藏文物的盛况，也好对你的保护文献的功劳表示无上的崇敬！

（原载于《齐鲁晚报》2008 年 8 月 28 日，系该报报道）

《尚书正义》宋刻八行本影印说明

　　《尚书正义》二十卷，题汉孔安国传，唐孔颖达疏。南宋初两浙东路茶盐司刻本，中国国家图书馆藏。

　　《尚书》是我国最古老的典籍之一，就其内容来看，《尧典》《舜典》记载上古时期的帝王尧、舜的言行，《禹贡》记载大禹治水的事迹，《汤誓》是商汤伐夏桀的誓师之辞，《盘庚》是商代中期的帝王盘庚迁往殷（今河南安阳）的史事，《牧誓》是周武王伐商将战于牧野的誓师之辞，《大诰》是周成王平定武庚及管叔、蔡叔、霍叔"三监"叛乱的诰文，《秦誓》则是秦穆公三十三年秦军被晋襄公打败于崤之后，秦穆公的悔恨誓辞。涉及历史上的虞、夏、商、周四朝历史。至于各篇写定的年代，多已不可考，大体上是商、周时期形成的。《尚书》一书的编定时间应在春秋时期，据历史记载，孔子用《尚书》作教材教育弟子，对该书有编校之功。学术界认为在《尚书》成书之后，仍然有内容的变化，这是早期典籍文本流传的常见现象。先秦时期，该书的名字是《书》，被多种先秦典籍引用，已经有很大影响。到了汉代，才有了《尚书》这一名称。"尚书"的含义，通行的解释有两种，一是东汉马融的解释："上古有虞氏之书，故曰《尚书》。"（孔颖达《尚书正义》引马融说）二是马融的高足弟子郑玄的解释："尚者，上也，尊而重之，若天书然，故曰《尚书》。"（孔颖达《尚书正义》引郑玄说）由于以孔子为代表的儒家学派尊奉《易》、《书》、《诗》等典籍，所以先秦时期就称之为"经"。《庄子·天下》说："丘治《诗》、《书》、《礼》、《乐》、《易》、《春秋》六经，自以为久矣。"西汉武帝"独尊儒术"，儒家经典被国家尊奉为"经"，所以汉人有时称《尚书》为《尚书经》。如《汉书·云敞传》："师事同县吴章。章治《尚书经》，为博士。"也称《书经》。如《汉书·律历志》："成汤，《书经·汤誓》汤伐夏桀。"又："武王，《书经·牧誓》武王伐商纣。"宋代以来，《书经》成了《尚书》的又一个通用名称。

《尚书》不仅是研究虞、夏、商、周历史的重要史料，也是一些专门学科或学说的源头性典籍。历史地理学尊奉《禹贡》，五行学说尊奉《洪范》。礼学中的"丧礼"，在《仪礼》中保存的是"士丧礼"，《春秋左传》保存了一些诸侯丧礼，天子丧礼则罕有记载，而在《尚书》的《顾命》篇则系统记载了成王去世的礼仪，是研究礼学的重要文献。《尚书》是我国"政治学"的要典，书中的政治学说十分丰富，可以称之为"帝王之学"、"君臣之学"。《尧典》提出的"协和万邦"的政治理想，"克明俊德，以亲九族"的政治方略，长期主导了中国的政治观念，是中国政治学的基本特色。

《尚书》的篇数，据记载，先秦时有"百篇"。秦朝焚书，济南伏生"壁藏之"。汉朝建国，平定天下，伏生把藏起来的《尚书》找出来，已经残缺不全了，只存二十九篇。《史记·儒林列传》做了这样的记载，是可信的。但"二十九篇"这个篇数，学术界认为实际上伏生传的是二十八篇，西汉时河内女子发现了一篇《泰誓》，献到朝廷，加入进去，成了二十九篇。还有学者认为"二十九篇"是把《顾命》一篇分为《顾命》、《康王之诰》二篇而形成的。伏生在齐鲁间传授《尚书》，朝廷还派晁错来从伏生学习《尚书》。后来《尚书》成了官学，就通行天下了。伏生的本子用当时通行的隶书书写，称"今文尚书"。汉景帝的儿子刘余封为鲁王，这位鲁王死后谥"共"（即"恭"），历史上称"鲁共王"。鲁共王在景帝前三年（公元前154年）受封鲁王，据《汉书·景十三王传》"二十八年薨"，大约卒于武帝元朔二年（公元前127年），这一年是汉武帝即位第十四年。鲁共王在位期间，为了扩大宫室，毁坏了孔子宅，结果从壁中发现了"《古文尚书》及《礼记》、《论语》、《孝经》凡数十篇，皆古字也"。这是《汉书·艺文志》的记载。历史上把这次发现的《尚书》古文本称"古文尚书"。《古文尚书》较之《今文尚书》多出了十六篇。这就出现了《尚书》今、古文并行的局面。总的情况是，《今文尚书》立于学官，属于官学。《古文尚书》在民间流传，只在王莽当政的短暂时期立于学官。但是西汉学者刘歆，东汉学者杜林、贾逵、马融、郑玄都传《古文尚书》，古文之学逐步兴盛，而《今文尚书》在东汉时期反而逐步式微了。在《古文尚书》兴盛的东汉，孔壁《古文尚书》较《今文尚书》多出的十六篇没有流传下来，应当是失传了。

东晋元帝时期，豫章内史梅赜向朝廷献上了孔安国注《古文尚书》五十八篇。这个五十八篇本，有三十三篇与西汉《今文尚书》以及东汉郑玄注本《古文尚书》篇目同。伏生的《今文尚书》本来二十八篇，《顾命》分出《康王之诰》一篇，成为二十九篇。梅氏献上的本子，《尧典》下半为《舜典》，《皋陶谟》下半为《益稷》，《盘庚》分为上中下三篇，加起来就成了三十三篇。这是

梅氏献书以前从汉代传下来的部分。梅氏献上的《古文尚书》除
了三十三篇与郑玄注本同，还多出了二十五篇：《大禹谟》、《五
子之歌》、《胤征》、《仲虺之诰》、《汤诰》、《伊训》、《太
甲上》、《太甲中》、《太甲下》、《咸有一德》、《说命上》、《说
命中》、《说命下》、《泰誓上》、《泰誓中》、《泰誓下》、《武成》、
《旅獒》、《微子之命》、《蔡仲之命》、《周官》、《君陈》、《毕
命》、《君牙》、《冏命》（参孔颖达《尧典》疏）。这当中的《泰
誓》已不是西汉河内女子发现的那篇，而是梅氏献上的另一个内
容不同的篇目。西汉河内女子发现的《泰誓》大约东汉末期失传
了。梅氏所献《古文尚书》多出的这二十五篇从宋代吴棫开始怀
疑是汉代以后人伪撰的，朱熹进一步加以强调，经过元明清学者
不断研究，至清代阎若璩《尚书古文疏证》、惠栋《古文尚书考》，
基本上把二十五篇最后确定为"伪古文尚书"。乾隆官修的《四
库全书》在《尚书古文疏证》的提要中以官方名义确定了这一结论，
并表扬阎若璩"考证之学则固未之或先矣"。梅氏所献《古文尚书》
五十八篇有西汉孔安国传（即注）。唐代孔颖达《尚书正义》详
细考证了西汉刘向、刘歆，东汉贾逵、马融、服虔，西晋杜预均"不
见孔传"。他认为孔传本《古文尚书》长期隐而不见，至东晋初
梅赜献上朝廷才为世人所知。而宋以来学者则认为孔传非西汉孔
安国作，乃是大约西晋人所作，托名汉武帝时的孔安国，历史上
称"伪孔传"。二十五篇虽然是汉代以后大约魏晋时人作的，但
其写作办法是广泛搜罗古书中引述的《尚书》片段以及其他古书
的文句，加以连缀，撰写而成。例如《礼记·缁衣》："《君雅》曰：
'夏日暑雨，小民惟曰怨。资冬祁寒，小民亦惟曰怨。'"梅氏
所献二十五篇中的《君牙》作："夏暑雨，小民惟曰怨咨。冬祁寒，
小民亦惟曰怨咨。"《礼记》的"资"，梅氏所献《君牙》作"咨"，

与上文的"怨"连读为"怨咨"。近年出土的战国楚简《郭店简》、《上博简》都有《缁衣》，其文字作"晋冬旨（祁）沧（寒）"。"晋冬"即进入冬天。可见梅氏所献的《君牙》作"咨"，并且与上文"怨"字连读为"怨咨"，是一种误解。在这种误解基础上，把《礼记》的下一句"小民亦惟曰怨"，后面加上一个"咨"字，成为"小民亦惟曰怨咨"，以便与上一句"小民惟曰怨咨"前后文气相承。这种加工改造的痕迹还是看得出来的。战国楚简《缁衣》给我们的启发是：《缁衣》引用的《君雅》原作"晋冬"，后来讹作"资冬"，属于形近之误。西晋时伪造《君牙》的人又误以"怨资"连读，"咨"在《尚书》中常见，《盘庚》有"民咨胥怨"的话，就改为"怨咨"了。梅氏所献二十五篇，行文比较流畅明白，孔颖达也有所觉察，他在《尚书正义序》中说："古文经虽然早出，晚始得行，其辞富而备，其义弘而雅，故复而不厌，久而愈亮。"从进化论的角度看，这当然与韩愈对《尚书》的体会"周诰殷盘，佶屈聱牙"正相反。韩愈指的是三十三篇真《尚书》的文风，孔颖达指的是二十五篇晚出伪《尚书》的文风。他们的真切体会实际上也被宋人拿来作为划分真伪的一个界限。

我们对待梅氏所献《古文尚书》中多出的二十五篇似乎可以这样认识：某些材料依据旧典，部分篇段结撰典雅，意蕴弘深。关于寓意，宋人特别欣赏的"十六字心法"——"人心惟危，道心惟微，惟精惟一，允执厥中"，就出自梅氏所献二十五篇之一的《大禹谟》。学术界曾指出，这精彩的四句有两个来源：一是《荀子·解蔽》："故道经曰：人心之危，道心之微。"二是《论语·尧曰》："尧曰：咨，尔舜，天之历数在尔躬。允执其中。四海困穷，天禄永终。"《大禹谟》中还有一段明快的大禹誓辞："济济有众，咸听朕命。蠢兹有苗，昏迷不恭。侮慢自贤，反道败德。君子在野，小人在位。民弃不保，天降之咎。"也可以寻出其来源：一、《墨子·兼爱》："且不惟泰誓为然，虽禹誓即亦犹是也。禹曰：济济有众，咸听朕言。非惟小子，敢行称乱。蠢兹有苗，用天之罚。"二、《毛诗·隰桑》小序："小人在位，君子在野。"我们可以发现，经过改写，呈现出的特点就是明白畅达，读起来了无障碍，朗朗上口。这就是孔颖达所说的"亮"。主张二十五篇不伪的学者，把这个本末倒过来，认为《墨子》、《荀子》、《论语》、《毛诗序》、《礼记·缁衣》来自二十五篇。只要静心阅读这些文字，谁先谁后，还是可以体会的。至于伪孔安国注，虽然大约出于西晋人手，但注释水平应当高于马融、郑玄、王肃三家的注。陆德明在南朝撰《经典释文》，同时见到马、郑、王、伪孔四家注本，他选择了伪孔注，也就是梅氏献上之本。唐代孔颖达作《尚书正义》，也选择了伪孔安国注本。乾隆《四库全书总目》认为伪孔传"根据古义，非尽无稽"。今天回过头来看，伪孔安国注吸收了马、郑、王的成果，不少训诂暗用《尔雅》、《说文》、《广雅》，大约是西晋时期《尚书》注本中较好的一种。假如不托名孔安国，那么地位也不见得低于同时代的杜预。

无论基于哪种原因，从陆德明到孔颖达，梅氏所献《古文尚书》逐步取代了以往的西汉以来的今、古文《尚书》，成了权威的《尚书》文本。梅氏所献《古文尚书》掺杂着古体字，唐代卫包奉玄宗之命改成了通行字，唐代刊刻的《开成石经》用的就是卫包改定的经文文本。这个经文文本与后来宋元明清时期的《尚书》经文文本基本一致，所以《开成石经》本算是一个最后的《尚书》定本。这个定本五十八篇，其中三十三篇是汉人传下来的，二十五篇是魏晋间人撰写的。传世的五十八篇文本有伪孔安国注，其中《舜典》的注据《经典释文》说是用王肃注补入的。

孔颖达等人奉命撰修的《尚书正义》，最初文本只有正义，也就是疏，没有孔颖达为之解释的《尚书》的经文和伪孔安国注。这种疏的单行本叫"单疏"。北宋国子监刊刻过诸经单疏本，南宋国子监又重刻之。传世的是南宋国子监本，日本宫内厅藏一部，已经影印出版。这种单疏本阅读不方便，南宋初年在浙江绍兴的两浙东路茶盐司陆续编刻了经、注、疏三者俱全的本子，这组本子经文半页八行，世称"八行本"。合编的方法是以单疏本为基础，在各节疏文前添上经文、注文。这样，疏文的面貌基本上不变，又添足了经文、注文，是比较理想的办法。八行本《尚书注疏》在中国失传了，日本保存了两部。其中一部在日本足利学校。清代雍正年间，日本学者山井鼎撰写了一部校勘学巨著《七经孟子考文》，经过物观增补，刊印成《七经孟子考文补遗》。其中对《尚书注疏》进行了详细校勘，充分利用了足利的那部宋刊八行本。不久，山井鼎的书传入中国，中国的校勘学家卢文弨利用了山井鼎的成果，对《尚书注疏》进行校勘，取得了很大成就。《四库全书》也把《七经孟子考文补遗》全部录入。其后阮元的《十三经注疏校勘记》当中的《尚书注疏校勘记》又全面吸收了山井鼎、卢文弨的成果，从而使中国学者间接利用了八行本《尚书注疏》。日本昭和十四年（一九二五年），日本东方文化研究所排印出版了仓石武四郎、吉川幸次郎等十三位学者历时四年之久合作完成的《尚书正义定本》，每卷都附有校勘记。这个定本进一步利用了足利八行本。根据学者的研究，足利八行宋本并非早期印本，而是后来修版刷印本，因修版而造成的错字，不乏其例。日本收藏的另一部八行本《尚书正义》则在大阪私人手中，光绪间杨守敬访书日本，重价收归。这部八行本后来收藏在中国国家图书馆，《古逸丛书三编》、《中华再造善本》先后予以影印。

根据影印的杨氏八行宋本，我们通过校勘并对照山井鼎、仓石武四郎等人的校勘记，可以发现，杨本虽与足利本出于同版，但刷印较早，文字讹误少于足利本，可以说是《尚书》的一大善本。如八行本卷二《尧典》疏第三页第十三行："《伊训》十九、《肆命》二十、《原命》二十一。""肆命"二字各本皆同，杨本也是如此，而足利八行本作"伊陟"。山井鼎《考文》指出"肆命"足利八行本作"伊陟"。阮元指出："郑玄注本无《伊陟》，宋板非是。"日本《定本》也不以"伊陟"为是。足利本这一错误应当是八行本后印修版之误，杨本还保存着修版前的面貌。杨本的卷七、卷八、卷十九、卷二十共四卷印本佚去，日本人影钞补足。影钞的底本，据日本学者野间文史研究，是日本弘化四年（一八四七年）熊本藩时习馆模刻足利八行本。

明清以来，学术界使用的《十三经注疏》当中的《尚书注疏》源于宋代又一个文本系统，这一系统也是经、注、疏合本，还加上陆德明《经典释文》，因为多是正文半页十行，历史上称为"十行本"。《尚书注疏》传世最早的宋代合刻的经、注、疏、释文四者合本，是收藏在台北故宫博物院的宋魏县尉宅刻九行本《附释音尚书注疏》，这个珍本台湾也影印了。元代重刊的十行本《尚书注疏》大体可以断定来自这个宋九行本。而明代的永乐本、嘉靖李元阳本、万历北监本、崇祯毛氏汲古阁本，清代的乾隆武英殿本、嘉庆阮元本，又都源于元十行本。我们心目中的《十三经注疏》的基本面貌实际上就是以阮元刊本为代表。我们用《尚书注疏》十行本系统的本子与八行本相比较，发现十行本基本上维护了八行本的结构，只是多了陆德明释文。问题是，从宋刊九行本到元十行本，它们都是坊刻本，讹文脱字明显增多。例如台北故宫博物院藏宋刊九行本《说命中》："惟天聪明，惟圣时宪，惟臣钦若，惟民从乂。"伪孔传："宪，法也。"下面脱注文"言圣王法天以立教，臣敬顺而奉之，民以从上为治"二十字，又脱疏文"传宪法至为治，正义曰……惟圣人于是法天"一段五十一字。总共脱七十一字。元十行本、明永乐本、明李元阳本、明汲古阁本都沿九行本之脱。日本山井鼎指出了这条脱文。阮元刊本从元十行本出，当然也脱这七十一个字，他在校勘记中根据山井鼎的成果指出了脱文。而在宋刊八行本中，这七十一个字是完整无缺的。可以说，宋刊八行本是比较精善的经、注、疏俱全的合刻本。杨守敬从日本购归的这一部刷印又早于日本足利学校藏本，虽然杨本《古逸丛书三编》、《中华再造善本》先后影印过，但都是线装本，一般读者难以购读使用。现在《国学基本典籍丛刊》影印平装本，可以让这部从日本归来的宋刊八行本《尚书正义》走到寻常读者的书房案头，功莫大焉。因述《尚书》流传刊刻大略，附赘卷前，供读者参考。不当之处，还请指正。

杜泽逊

2017 年 9 月 1 日

（原载于《国学基本典籍丛刊·宋本尚书正义》影印本卷首，国家图书馆出版社，2017 年 9 月）

影印乾隆武英殿本《十三经注疏》序

　　《十三经注疏》、《二十四史》是中国古籍的主干，是中国文化的主要载体。因此，正经、正史的校勘整理、传抄雕印，从来都是文化上的大事。至于历代藏书家，也多以正经、正史的古本、精本为收藏方向和确立藏书地位的标志。著名的校勘学家，则以批校正经、正史为高难度、高层次的学术工作。正经、正史的批校本及其过录本对于藏书家来说，也较其他批校本身价为高。清代中叶以降，由于社会转型、印刷技术进步，图书出版的商业化有了长足发展。正经、正史过去由官府刻印，近代逐步过渡到由大出版社或公司出版发行，但正经、正史在出版物中仍占较高的位置。

　　《十三经注疏》包括十三部儒家经典的经文、古注、疏文、释文（又称"音义"）。十三部经书是：《周易》、《尚书》、《诗经》、《周礼》、《仪礼》、《礼记》、《春秋左氏传》、《春秋公羊传》、《春秋穀梁传》、《论语》、《孝经》、《尔雅》、《孟子》。十三部经书和四项内容俱全无缺的刻本，只有清乾隆武英殿校刻的《十三经注疏》一种。乾隆时期纂修《四库全书》、

《四库全书荟要》，其中的《十三经注疏》就是据武英殿本校写的。

《十三经注疏》中最早形成的是"五经正义"，唐代孔颖达奉敕撰，包括《周易正义》、《尚书正义》、《毛诗正义》、《礼记正义》、《春秋左传正义》。"正义"即"疏"，因为是皇上敕撰的，所以叫"正义"。唐代人撰修的还有贾公彦《周礼疏》、《仪礼疏》、徐彦《春秋公羊疏》、杨士勋《春秋穀梁疏》。北宋邢昺又奉敕撰集《论语正义》、《孝经正义》、《尔雅正义》。加上题宋孙奭撰的《孟子正义》，就形成了十三经的疏。这些疏形成时并不全录经文、古注。只在每节疏文开头标明经文或古注的起讫。例如《尚书正义》卷二《尧典》经文："曰若稽古帝尧，曰放勋，钦明文思安安，允恭克让，光被四表，格于上下。"孔颖达在为这段经文作疏时，只标"曰若至上下，正义曰"，下面即为疏文。宋人觉得没有经文、注文，直接看疏文，不太方便。因而在南宋初年两浙东路茶盐司先后编刻了《周易注疏》、《尚书正义》、《周礼疏》、《毛诗正义》、《礼记正义》，绍兴府刊刻了《春秋左传正义》，另有《论语注疏解经》、《孟子注疏解经》，行款版式同。这批刻本半叶八行，世称"越州八行本"。其特点是经文、古注、疏文三项内容俱全，称为"经注疏合刻本"。这之前仅有疏文的本子则称"单疏本"。也在南宋前期，又有将经注本与陆德明《经典释文》合编刊行的本子，"释文"散附于经注各条之下，传世的宋王朋甫刻《尚书》，宋余仁仲万卷堂刻《礼记》、《春秋公羊经传解诂》、《春秋穀梁传》等都很有名。另有一套"纂图互注"本，也是经、注、释文合刻，外加"重言重意互注"等内容而已。这类本子称为"经注释文合刻本"。两个系列的"合刻本"合流，就出现了经文、古注、疏文、释文四者俱全的合刻本。传世的"经注疏释文合刻本"以南宋福建刘叔刚一经堂刻《附释音毛诗注疏》、《附释音春秋左传注疏》最有名，半叶十行，世称"宋十行本"。另有南宋福建魏县尉宅刻《附释音尚书注疏》，半叶九行，与十行本体例、刊刻年代相近。到了元代，仍在福建建阳书坊，出现了十行本诸经注疏的刻本，其中《左传》、《毛诗》是翻刘叔刚本，其余各种也可能是翻宋十行本，也可能是沿着刘叔刚、魏县尉宅的路子编刻而成。这一组十行本到明正德年间经过大规模修版，刷印成一套《十三经注疏》，称为"元刊明修十行本"。其中缺少《仪礼注疏》，代之以宋人杨复《仪礼图》。《尔雅注疏》为九行本，也不配套。《周易》的《释文》整体附于经注疏合刻本之后。而《论语》、《孝经》、《尔雅》没有附入《释文》，《孟子》也没有附入《音义》。嘉靖间李元阳在福建重刻《十三经注疏》，底本为"元刊明修十行本"，改为半叶九行。其中《仪礼注疏》用的是世称明代陈凤梧编刻的经注疏释文合刻本，其余基本沿用元刊明修十行本。这样《十三经注疏》总算凑全了，版式也统一了。其实李元阳本是历史上第一个一次性整套刊刻的《十三经注疏》，世称"闽本"。万历间北京国子监又据李元阳本重刻《十三经注疏》，称"北监本"或"监本"。万历北监本是第一个《十三经注疏》的严格意义上的"官板"。其后明崇祯年间常熟毛氏汲古阁刻《十三经注疏》即据北监本重刊，世称"毛本"或"汲古阁本"。毛本在一定意义上说是明末至清代乾嘉间的通行本，流传较广，日本山井鼎、清代浦镗、卢文弨、阮元校勘《十三经注疏》都以毛本为底本。乾隆间，武英殿校刻的《十三经注疏》则是严格意义上的第二个"官板"，其底本也是明万历北监本。不过当时似乎没找到万历初印本，而采用了明崇祯修板印刷的本子。嘉庆中，阮元任江西巡抚，在南昌主持刊刻了一套《十三经注疏》，世称"阮本"或"南昌府学本"或"江西本"。阮本的底本主要是元刊明修十行本，其中《仪礼注疏》则用宋严州刊经注本和宋刊单疏本合编而成，不含《释文》。而明代陈凤梧、应槚、李元阳、北监、毛氏汲古阁各家刊本《仪礼注疏》则是经、注、疏、释文四者皆全的本子。阮元认为元刊明修十行本是宋刊元明递修本，所以称自己重刻的本子为《重刊宋本十三经注疏》。阮元在重刻时对十行本的俗字作了规范化，改正了一些错误，并把先前主持撰写的《十三经注疏校勘记》修订附于各卷之后。嘉庆以来，学术界认为阮本最佳，因此成为毛本之后又一个通行的版本。

那么，武英殿本究竟有什么特色呢？我想可以初步总结为以下五个方面：

第一，武英殿本是历史上唯一的经、注、疏、释文四者俱全的《十三经注疏》刻本。从宋代以来，不断出现诸经的"经注疏合刻本"、"经注释文合刻本"、"经注疏释文合刻本"，而以经、注、疏、释文四项内容俱全的合刻本为大方向。我们可以把这种合刻工作认定为十三经古学系统的"集解"。由于经书流传过程中，经注本、单疏本、释文本各有底本，不出一源，存在异文，因而合刻过程中不可避免地出现了经注本、单疏本、释文本异文的迁就改动，破坏了古本面貌，受到清代学者的批评。但这样的合刻工作几乎遍布经史子集四部及佛道二藏，是古书流传中的通行做法。我们已经不可能为之复原了。对于《十三经注疏》这样一个庞大的存在，我们理性地衡量一下，客观地评价一下，应当毫无悬念地视之为国之瑰宝。从事中国传统学问的人，有谁能够不用《十三经注疏》呢？所以，合刻经注疏释文，应当视为古文献整理史上的一大贡献。这样一项有意义的工作，到什么时候才算到达目的地呢？明确地说到乾隆武英殿刊《十三经注疏》，这项工作才到了目的地。武英殿本把《周易》释文散入正文，加入了《论语》、《孝经》、《尔雅》三书的释文，补入了孙奭的《孟子音义》，使得十三经都具备了经、注、疏、释文四项内容。

第二，武英殿本校勘认真，改正了以往不少错误，是错误较少的一个版本。举例而言。《周礼注疏》卷二十八《夏官·司马》"凡制军万有二千五百"一节下疏文"掌其戒令赏罚"下，阮元本有小字注："原本实缺七格。"就是说阮元刻本的底本十行本此处原缺七个字。李元阳本老老实实刻为"□□□军□□□"。北监本、毛本则不再留空，直接把上下文接上，造成七字脱文。阮元的做法与李元阳同，标明了此处有缺文，却无法补上。而武英殿本，则据《周礼·地官·州长》注考知这七个字是"则是于军因为师"，从而补足了脱文。后来发现，南宋两浙东路茶盐司刻八行本此七字正同，证明了殿本校补的正确。阮元没有校武英殿本，因此也就无从知道这七个字是什么（参考日本加藤虎之亮《周礼经注疏音义校勘记》）。

第三，武英殿本第一次为《十三经注疏》全文施加断句。历史上经书的版本有加句读的，但疏文则从未有断句的，有之从殿本始。由于殿本流传不广，甚至有的当代古籍整理工作者也不了解殿本的这一贡献，认为历史上没有为疏文断句的。因此也就谈不上利用武英殿本的这一学术成果了。

第四，武英殿本各卷末附有"考证"，在十三经注疏刊刻史上应当是首开其例。殿本的"考证"包括两方面内容：一是文字校勘，二是内容诠释。其中文字校勘就是后来的"校勘记"。张之洞曾指出善本书的辨识办法："初学购书，但看序跋，是本朝校刻，卷尾附有校勘记，而密行细字，写刻精工者即佳。"（《輶轩语·语学》）显然，武英殿本符合张之洞的这一"善本"标准。

清代的精刻精校本，往往附有校勘记（或曰"考异"，或曰"札记"），这种风气与武英殿本《十三经注疏》、《二十四史》的"考证"应当有密切关系。

第五，武英殿本刊刻精工，为清内府刻本的代表之一。殿本用十分规范的宋体字刊刻上版，笔划粗细适中，墨色均匀，印本清朗。明北监本笔划太细，容易漫漶，在这一点上，殿本较明监本为高明。以上五点应当是殿本的重大优点，这就决定了殿本属于善本。

当然，殿本也有可议之处。殿本在校勘过程中做了一些体例上的调整。比如把《释文》做了分段集中，疏文也做了分段集中合并，删去了从单疏本沿用下来的每段疏文开头的起讫语（即上文所举"曰若至上下，正义曰"这类标识语）。为了行文明白，有的疏文开头还另拟了一句新的提示语。《毛诗正义》中的郑玄《诗谱》，本来散于孔颖达疏中，殿本统一移到卷首，形成独立的郑玄《毛诗谱》。在古籍整理领域一般不赞成这类改变古书原貌的做法，因此是值得商榷的。

如上所言，乾隆武英殿本《十三经注疏》有多方面的优点，为他本所不及。长期以来，这部善本流传不广，是古籍界的遗憾。天津图书馆收藏的殿本为白纸初印，完好无缺，堪称国宝，今与三希堂合作影印行世，在文化史和学术史上都是值得称道的盛举。因述所见，以谂读者。癸巳冬十月十四日于历城向岚书室。

（原载于《武英殿本十三经注疏》影印本卷首，线装书局，2014年2月；《藏书家》第19辑，齐鲁书社，2015年2月）

影印《七经孟子考文补遗》序

　　《七经孟子考文补遗》一百九十九卷，日本山井鼎撰，日本物观补遗，日本享保十六年（清雍正九年）东都书林刻本。计《周易》十卷、《尚书》二十卷附《古文考》一卷、《毛诗》二十卷、《左传》六十卷、《礼记》六十三卷、《论语》十卷、《古文孝经》一卷、《孟子》十四卷。

　　山井鼎是日本享保年间重要的儒学专家，日本南海道纪州和歌山县人，享保初年师从日本著名儒学家物茂卿学习经学，享保三年（清康熙五十七年）被纪州藩西条侯聘为掌书记，因而有条件和机会到足利学校访求儒家典籍。在那里他发现了珍贵的经典古本。这些珍贵的古本是日本室町时代上杉宪实捐赠的。山井鼎认为这些珍贵的古本可以订正当时通行的明代版本的错误，一旦失传，损失无可挽回。因而留在那里三年，完成了校勘工作。他本人因积劳而成疾。嗣又奉西条侯之命用一年时间抱病写定进呈，享保十一年（清雍正四年）写毕，请他的老师物茂卿作序。物茂卿在序中记述山井鼎抱病写定时的情形："黾勉从事，呻吟交发，不能辨其为何声。"两年后山井鼎就去世了。可以说，山井鼎用生命完成了这部经学史上的不朽著作。

西条侯进呈幕府后，享保十三年（清雍正六年）孟秋，东都讲官物观奉政府之命对《考文》进行了覆校，在各条下或各篇末增加了"补遗"。全书命名为《七经孟子考文补遗》。享保十五年五月暮春物观序云："编写成日，刊布中外。"可见物观用了前后一年零八个月的时间校补成编。享保刻本末有识语一行云："享保辛亥六月谷旦梓毕。"说明刊刻工作历时一年，享保十六年六月刻成。

《七经孟子考文补遗》传入中国后，乾隆间被收入《四库全书》，有了清代内府写本。嘉庆二年阮元据日本原刻本重刊于浙江，序云："书中字句，尽依元板，有明知其讹者亦仍之，别为订讹数行于每卷之后，示不诬也。"一九三六年上海商务印书馆《丛书集成初编》又据阮刻《文选楼丛书》本增加句读重新排印，流传益广。

此书用当时通行的明崇祯毛氏汲古阁刊《十三经注疏》本为底本，主校本则为足利学校所藏古写本（书中称"古本"）、足利学校活字印本（书中称"足利本"）、宋刻本（书中称"宋板"），参校本则为元刊明修十行《十三经注疏》本（书中称"正德本"）、嘉靖李元阳刻《十三经注疏》本（书中称"嘉靖本"）、万历北监刻《十三经注疏》本（书中称"万历本"）、陆德明《经典释文》原书（书中称"元文"）。足利古写本计有：《周易》三种、《周易略例》一种、《尚书》一种、《毛诗》二种、《礼记》一种、《论语》二种、皇侃《论语义疏》一种、《古文孝经》一种、《孟子》一种。山井鼎《凡例》认为"皆此方古博士家所传"。足利所印活本有：《周易》、《礼记》、《论语》、《孟子》。又足利藏宋板《春秋经传集解》为足利活字本之底本，山井鼎即用宋板校，亦称"足利本"。以上古写本、活字本皆为经注本。古写本当源于我国六朝隋唐时期的写本，故往往与《经典释文》所记别本以及敦煌残卷合。活字本，杨守敬认为出于日本古写本，又参校宋本。而山井鼎谓《春秋经传集解》出于足利学校藏宋板。至于足利学校藏宋板注疏本，则为南宋两浙东路茶盐司刻《周易注疏》、《尚书正义》、《礼记正义》，南宋福建刘叔刚一经堂刻《附释音毛诗注疏》、《附释音春秋左传注疏》，合称"宋板五经正义"。山井鼎、物观的《考文补遗》一百九十九卷是把以上古写本、活字本、刻本与毛氏汲古阁本不同之处逐一记录下来形成的一部校勘记。这些校勘记绝大部分只记异文，不判是非，只有少数条目有判断性的按语。其方法总体上属于利用版本客观对校的"死校法"。

山井鼎的《考文》（以下凡无特殊需要，单举"山井鼎《考文》"即包括物观《补遗》），凡经、注以古本、足利活字本为主，同时参校宋板注疏本。凡疏文，则以宋板注疏本为主，同时参校正德、嘉靖、万历各注疏本。凡"释文"，用《经典释文》原书校。据《四库全书总目》，山井鼎所据《经典释文》文字与《通志堂经解》本合。

山井鼎出校记的方法虽然是"死校法"，记异文，一般不判是非。但对异文似乎并不是有见必出，而是有一定的选择。山井鼎的校勘记依次分为六项：一、存旧，记古本之篇题、分卷等异于今者。二、考异，《凡例》云："考异者，字若句有所异，而莫能识其孰可者，两存以广异闻也。"三、补阙，以古本补今本之阙佚。四、补脱，补《经典释文》之脱佚。五、正误，《凡例》云："正误者，字若句无所缺而误写灼然者也。"六、谨按，《凡例》云："谨按者，其似涉两可，而实窥其不然者。"这六项内容，以"考异"为最多，是主体内容。这部分内容属于难定是非的。至于"正误"、"补脱"、"补阙"、"谨按"，其实全都是针对毛本脱误的。那么，山井鼎出校记的条目，不外乎毛本错误而古本、宋板正确的，或者文字不同而难定是非的。显而易见，毛本正确而古本、宋板错误的，不在山井鼎出校记之列。从这个意义上讲，山井鼎不全是"死校"，只能说主体上属于"死校"。

山井鼎《考文》不出校记的例子，如《尚书·尧典》："允厘百工，庶绩咸熙。"孔传："允，信。……叹其善。"疏："传允信至其善。""信"，各本同，足利八行本误作"言"。山井鼎没有出校记，物观也没有补遗。我推测，不出校记的原因，并非是未发现，而是足利藏八行宋本明显错误。

物观的《补遗》对完善山井鼎的《考文》有重要贡献。这里举三条例子：

例一：《尚书·汤誓》："时日曷丧，予及汝皆亡。"孔传："比桀于日曰：是日何时丧，我与汝俱亡。"疏："所以比于日者。"物观《补遗》："〔宋板〕'比'下有'桀'字。"这里显非山井鼎不愿出校，而是漏校。我们校勘发现，宋刻单疏本、八行本、魏县尉宅本、平水本均有"桀"字，十行本、闽本、监本、毛本均脱。物观《补遗》率先指出宋板"比"下有"桀"字，是一个贡献。例二：《尚书·武成》："惟食丧祭。"孔传："丧礼笃亲爱，祭礼崇孝养。"物观《补遗》："丧礼笃亲爱。宋板'笃'、'亲'间空一字。"今按中国国家图书馆藏宋刊八行本"笃"下有"事"字，各本皆无，当衍。足利藏八行本修版后印，铲去"事"字，当是由于发觉其衍误。物观《补遗》使我们能够窥见宋刊八行本修版的轨迹。例三：《尚书·酒诰》："越献臣百宗工，矧惟尔事。"孔传："于善臣百尊官，不可不慎。""慎"，毛本作"填"。山井鼎《考文》："不可不填。正误'填'当作'慎'。"山井鼎《考文》的底本为毛本，这里山井鼎直接指出"填"字当作"慎"字，没有指出版本依据。物观则在《补遗》中指出："古本、宋板'填'作'慎'。"从而补足了山井鼎的版本证据。我们现在通过校勘知道，宋刊八行本之外，王朋甫本、纂图互注本、魏县尉宅本、平水本、元刊岳本等也都作"慎"，毛本作"填"，显系形误。山井鼎在《凡例》中曾表述"正误"是指出"误写灼然者"，但所谓"误写灼然"又存在两种情况，一是有版本依据的，二是从上下文义判断而并无版本依据的。山井鼎的"正误"基本上属于有版本依据的。物观补出山井鼎的版本依据，当然具有学术价值。

　　山井鼎《考文》的主要特点是利用古本、宋板进行版本校，并以客观记录异文为主。比山井鼎稍晚，我国清代雍正乾隆间浙江嘉善人浦镗（卒于乾隆二十七年）撰写了《十三经注疏正字》八十一卷。浦镗没有见到山井鼎的成果，校勘的方法也有明显的不同。浦镗没有条件利用较早的版本，他使用的主要是明嘉靖李元阳刻本、万历北监刻本、崇祯毛氏汲古阁刻本、清乾隆初年武英殿刻本。其中李元阳本使用较少，北监本用的是万历以后修版印本。可以说在版本方面没有优势。浦镗的优势在于广求旁证，凡一经之内上文、下文之间，经文、注文、疏文之间，各经注疏之间，经书与小学书籍、史书、子书之间，可以互证者，浦镗大量网罗，写入校勘记，取得了丰硕成果，浦氏所校经书遍及《十三经注疏》，而不限于"七经"，对绝大部分条目都进行了是非辨别。总的来看，浦镗在方法上，对校法、他校法、本校法、理校法俱全，而以他校、本校、理校为特色。从"死校"、"活校"来说，浦镗属于"活校法"，判别是非，并且改订文字。山井鼎、物观《考文补遗》的"死校"与浦镗《正字》"活校"的不同，从以下的例子可以体会：

　　《尚书·召诰》："其曰我受天命。"孔传："曰我受天命。"疏："我周王承夏殷之后受天明命。""周王"，各本同，毛本作"周公"。

物观《补遗》："我周公。[宋板]'公'作'王'。"浦镗《正字》："我周家承夏殷之后。'家'，监本误'王'，毛本误'公'。"卢文弨《拾补》改为"我周家承夏殷之后"，云："'家'，宋、元本作'王'，毛本作'公'。浦改作'家'，从之。"阮元《校勘记》云："我周王承夏殷之后。宋板、闽本、明监本同，毛本'王'作'公'。案：此皆误。浦镗校改作'家'，是也。"我们可以发现，物观客观地指出"公"字宋板作"王"字。而浦镗则指出监本作"王"字、毛本作"公"字皆误，他认为应作"我周家承夏殷之后"。卢文弨、阮元都同意浦镗的意见。物观的方法是"死校"，浦镗的方法是"活校"。我们不难悟出其中的关键：死校法，倘若不是依赖稀见的古刻旧钞本，其成绩就不够大。而活校法，无论有没有古刻旧钞本，都是适用的。当然，考据和判断的水平人人不同，后人对校勘的结论也就只能区别对待了。

山井鼎《考文》利用了日本足利学校的古写本、活字本、宋刻注疏本，这些旧刻旧钞本无论在日本还是在中国，都不易得，因此，他们的死校成果，是深受欢迎的，并且也只有死校，才能更多地保存古刻旧钞的面貌。在日本，这样驰名的成果还有水泽利忠《史记会注考证校补》等。

山井鼎《考文》传入中国后，比较系统地使用这一成果的是卢文弨、阮元两人。卢文弨校勘《十三经注疏》的成果没有全部刊行，已经刊行的有《周易》、《尚书》、《仪礼》、《礼记》等校勘记。阮元的成果是文选楼刊刻的《十三经注疏校勘记》，该成果在嘉庆年间又经卢宣旬等摘录改编附入南昌府学刻本《十三经注疏》各卷之后。卢文弨、阮元利用山井鼎成果的例子在两家校勘记中随处可见。例如：

《尚书·召诰》："王其德之用。"孔传："言王当其德之用。"疏："故上传云'王者当疾行敬德'。"山井鼎《考文》：
"故上传云'王者'。[宋板]'者'作'其'。"卢文弨《拾补》
改"王者当疾行敬德"为"王其当疾行敬德"，谓毛本作"者"，
乃"其"字之误。阮元《校勘记》云："'者'，宋板作'其'，
是也。"卢文弨、阮元之所以判定"王者"应作"王其"，乃是
山井鼎提供了"宋板'者'作'其'"这一版本证据。我们通过
校勘发现，宋刊单疏本、八行本、魏县尉宅本、平水本均作"其"，
十行本始误为"者"，以下闽、监、毛、殿各本均从十行本，当
是形近之误。《召诰》上文"肆惟王其疾敬德"孔传："故惟王
其当疾行敬德。"正是此处孔颖达疏所说的上传云云。这也从《尚
书注疏》本身证明"者"字之误。卢文弨利用山井鼎、浦镗两家
的成果，大都没有逐条注明来历，但在他的《七经孟子考文补遗
题辞》、《十三经注疏正字跋》等文中，曾明确说过："两取其长"、
"善者兼取之"。而阮元则在《引据各本目录》中明确说明古本、
宋板见山井鼎《七经孟子考文》。

　　山井鼎按语数量较少，但他的意见有的直接被卢文弨、阮元
接受。如《尚书·泰誓上》："惟十有一年武王伐殷。"孔传："至
九年而文王卒。"疏："《无逸》称文王享国五十年，自嗣位至卒，
非徒九年而已。"山井鼎《考文》："自嗣位至卒。宋板'自'作'则'。
谨按正德、嘉靖二本'自'作'至'，万历、崇祯本作'自'。
宋板为愈。"卢文弨《拾补》即改为"则嗣位至卒"，谓毛本作"自"，
乃"则"字之误。阮元《校勘记》云："宋本上'至'字作'则'，
明监本、毛本作'自'。山井鼎曰：宋板为愈。"我们通过校勘
发现，宋刊单疏本、八行本、魏县尉宅本、平水本、魏了翁《尚
书要义》皆作"则"，山井鼎的按语，无论就版本还是义义看，
都是正确的。

　　山井鼎的正确意见，有时也不被阮元认可。例如《尚书·召诰》：
"亦敢殄戮用乂民。"孔传："亦当果敢绝刑戮之道用治民。"疏："以
刑止刑，以杀止杀。若真犯罪之人，亦当果敢致罪之。"山井鼎《考
文》："若真犯罪之人。[宋板]'真'作'直'。谨按律有真犯、
杂犯，作'直'恐非。"卢文弨《拾补》云："'真'，宋元本
俱作'直'，疑非。"继承了山井鼎的意见。而阮元《校勘记》云："真，
宋板、十行俱作直。按：'真'字误。"否定了山井鼎的意见。
事实上，山井鼎的主张是对的。《唐律疏议》多次出现"真犯"、"杂犯"
术语。《旧唐书·于志宁传》载："李弘泰坐诬告太尉长孙无忌，
诏令不待时而斩决。志宁上疏谏曰：'……且真犯之人，事当罪逆。
诬谋之类，罪唯及身，以罪较量，明非恶逆。若欲依律，合待秋分。'"
真犯，是唐代以来的法律术语，孔颖达与于志宁同时，在《尚书
正义》中使用"真犯"一词事属自然，并且合乎文义。至于"直犯"，
尚未见作为法律术语的用例。我们通过校勘发现，宋刊单疏本、
八行本、魏县尉宅本、平水本、元刊十行本、明永乐刊本，都作
"直"，李元阳本改为"真"。李元阳的这一校勘是值得称道的。
阮元否定山井鼎的意见，应是一处失误。

　　当然，山井鼎的按语也有不可取之处。例如《尚书·舜典》：
"岁二月，东巡守。"释文："守，收救反。"山井鼎《考文》：
"守，收救反。《经典释文》'收'作'诗'。正、嘉二本作'时'，
非。"阮元《校勘记》（文选楼本）云："守，诗救反，或作狩。
'诗'，十行本作'时'，毛本作'收'。《考文》云：正、嘉
二本作'时'，非也。按：《考文》云'时'非，是也。'收救'
即'诗救'。"我们通过校勘发现，《经典释文》作"守，诗救
反"，《尚书》宋王朋甫刊本、纂图互注本、魏县尉宅本、元刊
十行本、明永乐刊本、李元阳刊本均作"时救反"。明万历北监本、

毛氏汲古阁本作"收救反"。守、诗、收皆审母字。时，禅母字。所以山井鼎认为"守，时救反"是错误的。阮元同意山井鼎的意见，并且进一步指出"收救"即"诗救"，就是说作"收救反"也不错。我们认为，宋人把陆德明《经典释文》散入经书之中，经过删削，有的由于种种原因，与我们今天看到的《经典释文》宋刊本、通志堂刊本反切用字或有不同。"守，诗救反"是《经典释文》的面貌，"守，时救反"则是宋刊经书当中"释文"的面貌，从文本上说，都来自于宋代刊本，"守，时救反"相沿已久。万历北监本《尚书注疏》改为"收救反"，乾隆武英殿刊《尚书注疏》改为"诗救反"，都是不值得提倡的。如果后人把宋、元版经书中的"释文"都改从《经典释文》原书，那么至少有两个危险：第一，宋代刊刻的经书，其中的"释文"所依据的《经典释文》版本，与我们今天看到的《经典释文》版本（如宋刊本）不一定是同一个版本，以后人看到的《释文》文本改宋刊经书中的"释文"，是难以做到"正本清源"的。第二，假设宋刊经书中的"释文"反切是当时根据需要改动的，那么至少还是有价值的语音史料，改从《释文》原书，即消灭了这类语音史料。因此，《经典释文》原书的反切，和经当中的"释文"反切，应当两存其旧，互相参考，方可两得其益，互不相伤。根据语音史专家的研究，宋代审母（诗组）、禅母（时组）已经难以区分，基本相同。这样，禅母的"时"和审母的"诗"作为反切上字，就可以互换了。"守，诗救反"与"守，时救反"就可以切出同一个字音"守（狩）"了。从反切注音角度说，就不必认为"时救反"错误了。阮元能认可"收救反"即"诗救反"，就不应否定"时救反"。因此，山井鼎的判断不一定可从。阮元认可北监本、毛本的"收救反"，其实我们也并不应该提倡。这是从音韵学和版本校勘学两个方面考量所得出的结论。

山井鼎《考文》提供的日本足利古本、宋板的文字异同信息，不仅被中国的校勘学家广泛利用，而且版本学家也非常重视。例如瞿镛《铁琴铜剑楼藏书目录》卷一著录："《周易》十卷，宋刊本。"解题云："《说卦》'和顺于道德而理于义'下有注十三字云：'易所以和天道，明地德，理行义也。'《杂卦》'小人道忧也'下有注十八字云：'君子以决小人，长其道。小人见决去，为深忧也。'此二条各本并脱，惟日本山井鼎《考文》、卢抱经学士《群书拾补》载之而已。"我们现在检校各本，《说卦》注文十三字，山井鼎《考文》云日本足利藏古本有，卢文弨《拾补》所据实为山井鼎《考文》，瞿氏藏宋刻本有此十三字，实为传世刻本仅有者，十分可贵。《杂卦》注文十八字，是《七经孟子考文补遗》中物观《补遗》的内容，物观《补遗》据足利活字本校出这十八字注文，卢文弨《拾补》利用物观的成果，却误足利活字本为足利古本。我们现在检校各本，只有瞿氏藏宋本、王世贞旧藏宋本、宋抚州公使库本（钞配）有此十八字注文，瞿氏宋本也是十分可贵的。当然这十八个字浦镗《正字》也校出来了，他的根据是明崇祯葛氏永怀堂刻本、卢本，应当说也很难得，不过毕竟是物观首先校出的。瞿氏利用山井鼎《考文》的材料证明自己的宋本可贵，应当说很具说服力，同时证明了山井鼎《考文》在版本目录学上也有重要用途。

山井鼎《考文》所校出的足利学校藏古本的异文，阮元虽然认为其渊源有自，但仍持谨慎态度。在《十三经注疏校勘记·尚书注疏校勘记·引据各本目录》中，阮元指出古本"乃日本足利学所藏书写本也，物观《序》以为唐以前物，其经皆古文。然字体太奇，间参俗体，多不足信"。在《尚书序》校勘记"并受其义"条，阮元说："山井鼎曰：古本后人旁记云：异本'义'下有'也'字。按：古本异本多不足据，非本诸正义，即取诸唐宋人类书为之。"在《尚书·尧典》校勘记"言圣德之远著"条，阮元说："古本下有'也'字。案：古本句末有'也'字者甚多，不可胜载。《颜氏家训·书证篇》曰：'"也"是语已及助句之辞，河北经传悉略此字。有不可无者，如"伯也执殳"、"于旅也语"之类，傥削此文，颇成废阙。又有俗学，闻经传中时须"也"字，辄以意加之，每不得所益，诚可笑。'是此字已经后人任意增损，今不悉校。"阮元《校勘记》对山井鼎《考文》中"古本"的异文，总体上是持谨慎态度的，这也不限于"也"字。例如：《尚书·微子之命》："周公既得命禾，旅天子之命，作《嘉禾》。"孔传："故周公作书以嘉禾名篇，告天下。亡。"山井鼎《考文》云："告天下亡。［古本］作'布告天下亡也'。"卢文弨《拾补》只是注出"古本'篇'下有'布'字，'下'下有'也'字"，未置可否。阮元同样只是指出"古本作'布告天下亡也'"。我们看孔颖达疏，只是把"告天下"解释为"布告天下"，未解释"亡"字。亡，应指此篇亡佚，不宜与"告天下"连读。"布告天下亡也"的"布"字，应是后人据孔颖达疏添加的，而"也"字更明显属于"俗学"妄加。卢文弨、阮元把山井鼎《考文》迻录到自己的校记中，而不置可否，这种谨慎的处理方式是值得仿效的。

山井鼎《考文》所提供的南宋两浙东路茶盐司刻本的异文信息总体数量较大，这中间以疏文部分为主，有很高的参考价值。卢文弨、阮元大量借鉴《考文》中"宋板"的异文，判断毛本等通行本的错误。但宋板也不能无误，况且，足利学校藏的《尚书正义》宋板乃是修版后印本，又增加了错误。例如《尚书·金縢》"于后公乃为诗以贻王，名之曰《鸱鸮》。"疏："成王多杀公之属党。

公作《鸥鹢》之诗，救其属臣。"山井鼎《考文》："［宋板］'救'作'敕'。"我们校勘发现，中国国家图书馆藏两浙东路茶盐司刻本作"救"，不作"敕"。其他传世版本也均作"救"。"敕"乃足利本修版之误。还有的修版错误被卢文弨、阮元等认定为正确。如《尚书·尧典》："克明俊德。"孔传："能明俊德之士。"疏："郑玄云：'俊德，贤才兼人者。'然则，'俊德'谓有德。又'能明俊德之士者'，谓命为大官，赐之厚禄，用其才智，使之高显也。"山井鼎《考文》云："［宋板］'又'作'人'。"卢文弨《拾补》即据以改为"俊德谓有德人"，以"人"属上读。阮元《校勘记》亦云："'又'，宋板作'人'，是也。"今校各本，均作"又"，中国国家图书馆藏八行本亦作"又"。唯足利八行本作"人"，当是修版。按："有德人"虽可通，"又"字属下读亦自可通，宋刊单疏本、八行本、魏县尉宅本、平水本皆作"又"。足利八行本修版作"人"，未知所据。殆卢、阮慑于"宋板"，傥见其他宋刻本皆作"又"，未必遂从足利本也。

山井鼎《考文》成书艰难，虽经物观补遗，仍有当出校记而漏出者。如《尚书·酒诰》："作稽中德。"疏："所为考行中正之德。""考"毛本误"进"。浦镗、卢文弨、阮元皆指其误。山井鼎《考文》以毛本为底本，八行本作"考"，与毛本作"进"不同，自应出校，殆漏校也。

山井鼎《考文》、物观《补遗》还存在误读情况。如《尚书·微子之命》："德垂后裔。"孔传："德泽垂及后世。裔，末也。"山井鼎《考文》摘句："后世裔末也。"是误以"后世"与"裔末"连读。又《尚书·禹贡》："夹右碣石入于河。"孔传："碣石，海畔山。禹夹行此山之右，而入河逆上。"释文："碣，其列反。韦昭其逝反。上，时掌反。"物观《补遗》摘句："反上时掌反。"

是误以上"反"字属下读。

尽管《七经孟子考文补遗》存在不完善之处，但总体上看，这部校勘学上的巨著，乃是《十三经注疏》校勘史上的开山之作，它在雍正年间成书并传入我国，正值乾嘉考据学逐步兴起的时期。山井鼎《考文》与浦镗《十三经注疏正字》，一个以版本对校、客观出校为主，一个以广求旁证、判别是非为主，合而观之，几乎涵盖了乾嘉学派在校勘学上的基本方法，成为卢文弨、阮元校勘《十三经注疏》的基础。山井鼎、浦镗、卢文弨、阮元四家的成果，构成了清代《十三经注疏》校勘的主干，称得上《十三经注疏》校勘四大家，在清代校勘学史乃至中国古籍校勘学史上，都具有重要地位。

卢文弨、阮元使用山井鼎《考文》的成果，没有逐一注明来历，这需要参照《考文》原书厘清其根源。同时，卢、阮二家使用山井鼎《考文》时，又有错误，也需要根据《考文》原书予以订正。例如《尚书·禹贡》："厥田惟中下，厥赋贞。"孔传："州第九，赋正与九相当。"山井鼎《考文》："赋正与九相当。〔古本〕'九'下有'州'字。"卢文弨《拾补》："州第九，赋正与州相当。下'州'字毛本作'九'，古本作'州'，当从古本。"卢文弨所谓"古本"显然来自山井鼎《考文》，但把山井鼎《考文》"古本'九'下有'州'字"这一校语，误为"古本'九'作'州'"。要纠正卢文弨的错误，必须查核《考文》原书。又如《尚书·禹贡》："大野既猪，东原底平。"孔传："东原致功而平，言可耕。"山井鼎《考文》："东原致功而平，言可耕。〔古本〕下有'作也'二字。"阮元《校勘记》："言可耕。宋板此下有'作也'二字。"阮元《校勘记》此条显然来自山井鼎《考文》，但误"古本"为"宋板"，同样只能依靠《考文》原书予以订正。可以说《七经孟子考文补遗》

已经成为《十三经注疏》校勘史上极为重要的环节，求证固有赖于斯，订讹亦有赖于斯。

乾嘉以来，中国学者使用山井鼎《考文》，主要是靠阮元刻本，民国以来又有《丛书集成初编》排印本，二十世纪后半期，《文渊阁四库全书》影印出版，并进一步数字化，也是便于使用的文本。而日本享保刻本，作为该书的初刻本，却在中国难得一见。阮元重刻本序称"书中字句，尽依元板"，但也难免有刻错的地方。例如《尚书·盘庚上》："若颠木之有由蘖。"孔传："如颠仆之木，有用生蘖哉。"山井鼎《考文》："古本'哉'作'栽'，下有'也'字。谨按：考疏，古本似是。"阮元刻本"古本似是"误为"古文似是"。阮元《校勘记》："山井鼎曰：考疏，古文似是。""古文"亦"古本"之误。又如《尚书·大诰》："肆予告我友邦君。"孔传："以美故告我友国诸侯。"疏："上文大诰尔多邦。"山井鼎《考文》摘句："上文大诰尔多邦。"阮元刻本"上文"误为"上天"。享保原刻本均不误。显然，影印日本享保刻本对中国学者使用《考文》可以提供更可靠的版本，因此我建议国家图书馆出版社赵嫄女士从国家图书馆查找享保本，付诸影印。果遂所愿。

不过，我们应当注意，任何版本都不能十全十美，享保本校刊严谨，但也偶有疏误，阮元重刻时即附有若干条"校讹"。我们在使用时也偶有发现。如《尚书·牧誓》："称尔戈，比尔干。"孔传："干，楯也。"疏："是干吴为一也。"（依毛本）物观《补遗》："于吴为一也。［宋板］'吴'作'楯'。""于"字乃"干"字之误刻。又《尚书·金縢》："名之曰《鸱鸮》。"释文："鸮，吁娇反。"（依毛本）山井鼎《考文》："跻，于娇反。""跻"乃"鸮"之误刻，"于"乃"吁"之误刻。山井鼎的摘句是毛本，并且在"释文"部分注出了毛本页数，所以我们拿毛本核对，可以发现摘句之误刻。

当然，这些小小讹误不足以影响《考文》享保初刻本独一无二的版本价值，我们相信，享保本《七经孟子考文补遗》的影印出版，不仅有利于《十三经注疏》的整理与使用，而且有利于卢文弨《群书拾补》、阮元《十三经注疏校勘记》的整理与使用，毕竟卢、阮二家大量采用了山井鼎、物观的校勘资料，而并未完全注明来源。

中国国家图书馆藏日本享保刻本书前《凡例》阙第四页，《礼记》阙卷二第八页，日本庆应义塾大学福田文彬博士帮助拍摄补入，遂成完书，特此致谢。

二〇一五年二月十四日中华人民共和国山东大学儒学高等研究院教授杜泽逊序于校经处。

（原载于《七经孟子考文补遗》影印本卷首，国家图书馆出版社，2015年10月；《书目季刊》第四十九卷第四期，2016年3月16日）

乾隆皇帝与"四库全书"

一、为什么要修《四库全书》

盛世修书，这是中国的传统。宋太宗命令大臣学士修《太平广记》500 卷、《太平御览》1000 卷、《文苑英华》1000 卷。宋真宗进一步继承这个传统，修《册府元龟》1000 卷。称为宋代四大书。明代永乐皇帝诏修《永乐大典》，成为中华民族文化遗产中非常值得骄傲的一部大书。清代康熙皇帝诏修《全唐诗》、《佩文韵府》、《康熙字典》等。康熙皇帝的第三个儿子成亲王胤祉让他的门客陈梦雷修了一部 10000 卷的大书《古今图书集成》，雍正四年用铜活字排印 5020 册。

乾隆皇帝是一位非常有作为的帝王，有所谓 "十全武功"。怎样在文化上超越宋明，怎样超越他的祖父？这个问题自然会提到乾隆皇帝面前。修一部大书，已成为某种客观需要。

二、修《四库全书》这个想法是怎样来的

（一）周永年为修《四库全书》作了理论上和框架上的准备

周永年是山东省历城县人，乾隆三十六年进士。他是一位非常伟大的人物，因为在200多年前乾隆年间，他就想办一个图书馆。他联络曲阜的大学者桂馥，北京大兴县的大学者翁方纲，把家里的书拿出来，办了一个借书园。在中国两千年的历史上，愿意借书给人看的，不乏其人，但是，不愿借书给人看的，却占绝大多数。有的人在书上盖上一方印，告诫子孙，叫作"借与鬻人为不孝"。可是周永年不同，要主动借书给人看。他自己这么办还不行，还想出个办法加以推广，他写了一篇文章，叫《儒藏说》。文章缘于明代学者曹学佺给藏书家徐燉的信，信中说："释、道有《藏》，独吾儒无《藏》，可乎？仆欲合古今经、史、子、集大部，刻为《儒藏》。"曹学佺是想编刻一部大丛书，叫《儒藏》。周永年则认为《儒藏》应当作为一种类似图书馆的形式而存在，他希望"千里之内有《儒藏》数处"。好学之士可以到这里读书。各处《儒藏》内容一致，也就是一个固定的藏书体系，然后备活字一套，一个地方少了什么书，用另一个地方的书排印补上，各处互相呼应，互相补充，永远也不会让书消亡。周永年写成《儒藏说》，就到处宣传推广。当然根本问题是经济问题，他是不可能办成这么大的事业的，但是他倡导的《儒藏》是一部包含经、史、子、集的大丛书，与后来乾隆皇帝敕修的《四库全书》惊人地相似，这难道是偶然的吗？另外还有一个史实，那就是《四库全书》的纂修者有三百多人，

但骨干分子只有七八个，为主的四人是纪昀、戴震、邵晋涵、周永年。所以我们说，周永年《儒藏说》为《四库全书》作了理论和框架上的准备。

（二）朱筠是《四库全书》的直接引发人

乾隆三十七年正月初四日，皇帝下了一道谕旨，要求各地总督、巡抚、学政，搜集古往今来的著作，献到朝廷。目的是为了丰富皇家藏书，供学习研究之用，没有明确要修一部大书的意向。

乾隆的谕旨下去以后，官员们理解为不急之务，所以没怎么当回事。乾隆皇帝这回是认真的，所以，在十月十七日下文批评了。他说，下旨快一年了，"曾未见一人将书名奏录"，要求快快办理。各地总督、巡抚这才认真起来，同时也就有人积极提出建议，其中安徽学政朱筠提出了最重要的意见。那是乾隆三十七年十一月二十五日，朱筠一次递了两个折子，一是汇报办理搜集图书事宜，一是建议开馆校书。他的建议主要有三点值得注意：一是各地献书，由官方抄写副本收藏，原书发还；二是每校一书，要写提要一篇，仿照西汉刘向、宋代曾巩的老办法；三是建议把明代《永乐大典》中所收不经见的书，抽出来，重新编成一部部单独的书，抄成副本，使丢失的书重新恢复起来。朱筠的建议经军机处讨论，开始执行，而且从《永乐大典》入手。乾隆皇帝不断增派专门官员负责，由军机大臣刘统勋直接管理。乾隆三十八年二月二十一日下旨："将来办理成编时，著名《四库全书》。"二月二十八日开始对办理《四库全书》之翰林等官专门开饭，派福隆安办理。这样，四库馆就算正式开起来，成了常设机构了。所以朱筠是修《四库全书》的引发人，但乾隆皇帝仍是《四库全书》的直接促成者。

三、《四库全书》怎样修法

由于清初以来屡兴文字狱，更由于私人藏书世代相传，不愿外借，所以各地官员动员起来了，还不足以办成，还要做私人藏书家的工作。乾隆皇帝采取了一系列措施，比如一再宣称，抄完副本原书发还；献书的，他挑选善本题诗作跋，敲锣打鼓送还原藏书家；派地方官员到家中动员说服；对献书多的如浙江鲍士恭、范懋柱、汪启淑，两淮马裕，赏《古今图书集成》内府铜活字印本各一部；《四库总目》注明原藏书之家等等。经过一系列措施，终于把各地图书陆续集中到翰林院，解决了图书来源问题。

四库馆聚集了越来越多的人才，经过艰苦细致的挑选，终于从10000多种书中选出约3500种，抄写成一部庞大的《四库全书》。到乾隆四十六年十二月六日第一份《四库全书》即《文渊阁四库全书》告成，大约用了9年的时间。其后又陆续抄成文溯阁、文源阁、文津阁三部，合起来称北四阁。接着又抄三部，分藏于扬州大观堂文汇阁、镇江金山寺文宗阁、浙江西湖圣因寺文澜阁。到乾隆五十五年六月南三阁才全部发下，距开始已近18年。后来又经过几次返工、抽改、补空函，直到嘉庆初年才结束，实际经历了20多年。这期间在四库馆任职的官员先后达360多人，誊录人员先后有2800余人，这个统计不全，实际至少3000多人。这样庞大的工程，对清朝的财政也是巨大的挑战。清政府采取种种办法节约开支，比如誊录人员是自备资费，抄满一定数量，可以议叙加官。再比如总校官陆费墀，因工作出现错误，罚给南三阁《四库全书》装潢，结果倾家荡产。《四库全书》修纂过程，至为复杂，乾隆皇帝经常抽查，对馆臣纪昀等动不动处分、罚俸。但也经常赏赐表扬，新疆进呈哈密瓜，也送到四库馆让翰林们尝一尝。恩威并重，赏罚兼施。馆臣也非常认真，为了解决资料问题，翁方纲等人经常到琉璃厂书店借书。最后终于完成了这一旷世文化工程。根据对文津阁《四库全书》的统计，共有 3503 种书，79337 卷，36304 册，近 10 亿字。

四、四库馆里的几位重要人物及其命运

修《四库全书》，刘统勋、于敏中、纪昀等都起到关键作用，不再细说，这里讲几个普通馆臣。

戴震，他进四库馆是靠学问，因为他总是考不上进士，进了四库馆还是考不上，乾隆就赏他参加殿试，这才考上了进士。他在四库馆是干细活的，《水经注》、《大戴礼记》、《九章算术》等，都是他的拿手戏，他的书总是作样板，是个高手。据说他是经部的主持人，其实他在史部地理、子部算法，都是大专家。后来他脚有毛病，不能上班，就在北京的家中修书，不久死在北京。

周永年，在四库馆里最卖力，开始从《永乐大典》往外辑佚书，近万本大书，尽是灰尘，许多馆臣干烦了，报告皇上，精华已挑完了，剩下的是糟粕。可是周永年太实在，说里头还有很多好东西。于是大家说周先生您去干吧。周永年就尽心尽力去干了。章学诚说，周永年目尽九千余册，从中辑出了大量好书。苏轼的小儿子苏过，曾随苏轼流放南方，年纪轻轻死去了，有一本《斜川集》，后来亡佚，周永年从《大典》中辑出来，才得以传世。有人说，周永年是子部的主持人，陈垣先生也说他是四库馆唯一的佛学专家，总之是个主干人物。

程晋芳，江苏江都人，出身盐商家庭，为人特别大方。乾隆十七年考上进士，后来进了四库馆。由于大手大脚，晚年在北京

穷得开不起饭。乾隆四十九年，他告假去陕西投奔毕沅。因为毕沅喜欢门客，程晋芳希望老了有个依托。谁知到了陕西一个月就去世了，棺材还是毕沅为他置办的。

朱筠，作为《四库全书》的引发者、方案的设计者，对《四库全书》有特殊贡献。四库开馆时他在安徽当学政，还特别上奏折，说他在大兴家中的藏书，托门人程晋芳管，让四库馆找程晋芳，代他把书献出来。不久，朱筠犯了错误被撤职了，乾隆说他学问还好，到四库馆服务吧，授他翰林院编修。但是朱筠早年受刘统勋赏识。刘去世后，于敏中接班。朱筠坚决不肯去拜访。所以于敏中在皇上面前说朱筠办事太慢，不重用他。乾隆四十四年命朱筠为福建学政。第二年秋天又派朱筠的弟弟朱珪代替朱筠为福建学政。兄弟在交接期内，床对床住了半个月。白天朱筠出去应酬，晚上兄弟俩谈到半夜。临别，朱筠流下眼泪。他弟弟朱珪安慰他，三年后又可相见了。可是，第二年朱筠就病死在北京家中。朱筠是个好客之人，乐于帮助他人。王念孙因为避祸，投奔朱筠；汪中因脾气不好，在老家呆不住，也投奔朱筠；黄景仁在北京穷困潦倒，朱筠收留他，见他惦念母亲，朱筠又为他赁屋，接他全家来北京，联络北京朋友接济他们一家。当时北京的文人有这样一种说法："自竹君先生死，士无谈处；鱼门先生死，士无走处。"

还有一些馆臣的遭遇也不是太好。我们平常只看到他们辉煌的一面，不知道他们的难处。我觉得当时的待遇不高是一个主要的客观原因。

五、《四库全书》的命运

四库底本：四库底本本来要发还，也确实发还过，但微乎其微。乾隆晚年还不断催促，但抄完七份书，许多已破烂，有些书封皮掉了，还有些丢失，难以发还。所以大臣一再支应，终于不了了之。这是客观原因。其余的进呈本都放在翰林院，管理混乱，不断流失。光绪二十六年（公元1900年）庚子事变，6月22日翰林院被放火，所存四库底本被毁。

圆明园文源阁《四库全书》毁于咸丰十年英法联军。文宗阁、文汇阁两部咸丰三年毁于太平军，片纸不留。文澜阁书咸丰十一年毁于太平军，丁氏兄弟奋力抢救，战乱之后，连年借抄，几乎补全。文渊阁书1933年迁上海，后到重庆、南京，最后到台湾。现存台北"故宫"。文溯阁书1914年迁京，1925年迁回沈阳，1966年迁甘肃。文津阁书1914年运京，1915年移交京师图书馆，现藏于国家图书馆。

七部书只余四套。其余三套都毁掉了。所谓内忧外患，《四库全书》的命运跟我国的重大事件无一没有联系，太平天国、义和团、八国联军、英法联军，这是近代史教育的活教材。

六、对《四库全书》的历史评价

对《四库全书》褒贬不一，非议很多，甚至有人认为乾隆皇帝"寓禁于征"。我觉得抽毁是修书中出现的，开始还没有这种计划或预谋。《四库全书》抽毁篡改原书，自应批判。但功大于过，应充分肯定。

第一，纂修《四库全书》是伟大的文化工程。一是编成一部大书。二是从《永乐大典》中辑出了大批像《续资治通鉴长编》、《旧五代史》等珍贵典籍。三是它保存了部分罕见书并产生了《四库全书荟要》、《四库全书考证》等副产品。中国的传统文化主要保存在书籍中，像《永乐大典》、《四库全书》就是中国典籍中的代表性大书，对它们的认同，也就是对我们传统文化的认同，这是我们的自豪，我们的国宝。

第二，《四库全书总目》是中国传统学术的一大总结，是中国传统目录学第一大书，第一大成果，至今是无与伦比、难以超越的典范，这是修《四库全书》的一大成就。

第三，《四库全书存目丛书》、《续修四库全书》等都导源于《四库全书》。"四库学"这门学问也是以《四库全书》为主要研究对象的。历史上以一部书、一项文化工程、一个人形成专门学问的并不太多。"四库学"已成为专门学问，这是客观事实，也应当是纂修《四库全书》的历史影响之一。

总之，纂修《四库全书》是一项伟大的文化工程，其成果《四库全书》及《四库全书总目》是非常值得自豪和骄傲的文化遗产，应予以充分肯定。

（原载于《山东图书馆季刊》2006 年第 4 期）

《于慎行研究》序

    范知欧同志半年前自杭来济，随我做访问学者，虽仅一学期，但商榷之乐，深慰我心。前月电告其《于慎行研究》即将付梓，嘱为序。

    余滕人，早岁助王介人师辑《渔洋读书记》，知明人李流芳有"谷城山晓青如黛，滕县花开白似银"之句，为钱牧斋称赏。约在 1988 年，山东大学古籍所同事游平阴，观玫瑰，尝随霍旭东师至谷山下。霍师云此明代于慎行读书处，余谓其人有《谷山笔麈》，师微笑点头。师主编《历代辞赋鉴赏辞典》，余奉命到山东省馆检阅《谷城山馆文集》，万历刊本，装一楠木盒，盖刻"于文定公所著书"、"诗文集、笔麈、读史漫录"、"海源阁杨氏珍藏"。旋购明刊《读史漫录》，泛览一过，知其文章治事俱有可称，非清人所谓明人束书不读者也。

    近年与辑《山东文献集成》，《谷城山馆诗集》、《谷城山馆文集》、《于文定公读史漫录》及《东阿于文定公年谱》，尽数收入。再加浏览，弥增仰慕。知欧既来从游，论于慎行，许为明代后期文化巨子，品质高洁，于政治、文学、史学诸端，卓有建树，名位声望，当世甚隆，乃一时之选。嗣读其博士论文《于慎行研究》，条分缕析，粲然可观，实为第一部全面研究于慎行的学术专著。其后数易其稿，倍增内容，总四十余万字。用功之勤，讨论之深，见解之精，堪慰慎行于九原，洵启后学于来世。

概而论之，本书特点有三：

首先，内容丰富，纵经横纬，涉及多门学科。在一般人的心目中，于慎行的形象大概不出阁臣、诗人、史家的定位。本书则不限于此，对于慎行的生平行实、政坛活动、实学思想、文史成就、兴趣爱好等作了系统深入的研究，因此，能够不为成见所囿，不为枝叶所蔽，全方位、多视角地发潜阐幽，展现出于慎行的真面貌、全人格。"文章经济"是奠定于慎行不朽的历史地位的主要因素，这也构成作者论述的重点所在。对于于慎行杰出的文学、史学成就，作者从多个维度进行了归纳阐发，如论析于慎行的文学理论、诗文创作、治史特点、主要史著及其流传与影响等，对于氏在我国文学史、史学史上的地位重加评价，多有新见胜义。至于于慎行与文学复古流派"后七子"的关系问题，所论尤为精辟。尤可注意者，作者着力阐扬于慎行的实学思想，不仅时时表其忧愤之怀，更充分见其经济之才。盖于慎行生前虽究心经世大业，致位台辅，惜天不假年，未竟其用而卒。夷考于氏存世作品，其精思力践、卓有发明之处，实以有关经济者为多。只是长期以来，其经世才具却隐没不彰，鲜为人知。作者深体于慎行之苦心孤诣，考述其学术谱系，更从政治、经济、民族、佛道等方面备论其实学思想，能得其宗旨，曲尽幽微，可谓别开生面。此外，书中还一一阐述了于慎行的家世、生平、交游、爱好乃至其为人为官之道、砥节砺行、幽默风趣等，俱深刻而饶有意味。此书读竟，恍然于依稀仿佛之间，不仅见到于慎行的重臣威仪、名士风度，更见其圣贤气象，然后知于氏一代鸿儒，博大雍容，其德义、文章、经济能垂于不朽，绝非偶然。

其次，本书知人论世，将于慎行置于晚明文化思潮与齐鲁地域文化的广阔背景下加以考察，以彰显其复杂多元的文化品格，表现其文学、学术之特质。明代后期，是一个大转型、大变动的时代，激扬起波澜壮阔的文化思潮，个性思潮与实学思潮是其中两股相反而又相成的社会思潮。作者从这一视域切入，纲举目张，溯源探流，深入阐发于慎行的实学思想、文史成就，并透视在其背后无往而不起作用的个性思潮与实学思潮。以于慎行对晚明个性思潮的呼应为例，作者展开了客观辩证、实事求是的论述。他认为于慎行"以中庸之道为其'内圣之学'的精义，挺立于当时反中庸的思潮中，其精神有时不免是向内收敛的"。同时，更剀切详明地阐述如下要点：于慎行注重"礼本人情"、使人乐而从之的一面，赋予礼以与时俱进的品格；积极肯定民众的物欲，高度评价商人和工商业的地位，鼓励合理的消费和休闲；在文学上，旗帜鲜明地反对复古主义，也提出过"性灵"的言论，喜爱戏曲；在史学上，热情讴歌历史人物的智慧、谋略，不拘一格地评价人才，特别是盛赞女子的聪明才智和识见，不再以贞节为衡量妇女的首要标准；屡屡表达"重事功、轻道德"的价值观。这些都在相当程度上表现出了晚明个性思潮的新倾向。全书以大量论据充分证明：于慎行既是"个性思潮的有力推动者"，也是"实学思潮的重要先驱"。他以其恢宏、通达、深刻的思想主张，对晚明个性思潮与实学思潮的发展起到了重要的推动作用。作为"晚明文化具有典型意义的代表人物之一"，于慎行在明清文学、学术思潮的嬗变历程中占有承前启后的地位。本书首次对于慎行在晚明文化史的坐标上做了清晰的定位，具有重要的理论创新的意义。在另一方面，作者全面挖掘了于慎行与齐鲁地域文化之间的渊源关系。山东是孔孟故里和儒家文化的发源地，于慎行生命的大部分时光都在家乡度过。作者深度考察齐鲁文化对于慎行的人格、文学、学术所产生的深刻影响，指出其在齐鲁文化发展史上所具有的特殊的地位和贡献，给予"晚明山左地区最具代表性的士大夫"的定评。仅以文学领域而言，作者也对于慎行在山左文坛的崇高地位作出了恰如其分的评价。如其云："小而言之，在万历年间的山左诗坛，于慎行成就既高，而又位尊年长，俨然其中祭酒。山左诗坛自边贡、谢榛、李攀龙与参'前后七子'之列，登高一呼，倡为文学复古，至后来形成'国初诗学之盛，莫盛于山左'的局面，近二百年的历程中，于慎行实扮演了一个承上启下的重要角色。"此外，又如作者全面考叙了主要基于乡谊关系而形成的与于慎行相关的多则并称——"二于"（指于慎行、于达真）、"鲁两生"（指于慎行、贾三近）、"于、邢"（指于慎行、邢侗）、"于、冯"（指于慎行、冯琦）、"山东二于"（指于慎行、于若瀛）、万历前期"山左三家"（指于慎行、公鼐、冯琦），其人皆为山左士人。于慎行核心朋友圈之形成，齐鲁地域文化的影响是最显而易见的。考虑到长期以来，学术界在晚明文化与文学研究领域中，多聚焦于深受商品经济洗礼的江南士人，而对于北方士人的重视显然远远不够，如于慎行者，作为领时代风气之先的代表人物，其典型意义尤其应当凸显。在这一方面，作者的论述视野开阔，洞中肯綮，足以发人神智。

再次，本书体例严谨，考据、辞章俱佳，体现出文史结合的治学特点。作者搜罗极广，古今文献特别是明清别集、史籍、笔记，凡有所相涉者，均尽可能地加以留意，汰其沙砾，采其英华，取精用弘，庶可无遗珠之叹。本书考据精详，或道人所未道，或补史传之阙，或正他人之失，其绝大部分材料都是全新的，结论也多所创见。值得一提的是，于慎行本人邃于考据之学，时人称誉其学术"博而核，核而精"，有名于当世。书中如实展现了于氏的考据学成就，更有助于人们增进对其人生侧面的了解。全书篇幅较长，蕴含量大，然结构合理，脉络分明，剪裁得当，颇有章法。文字简洁洗练，述评结合，娓娓而谈，议论风发。如关于于慎行之藏书与戏曲爱好，史不著录，近代以来，郑振铎、孙楷第等先生之论亦属寥寥。作者钩深索隐，将散落于各处文献的相关资料一一搜集并加考论，累累如珠，精心结构，由此组织成一篇既严谨缜密又舒卷自如的论文，水到渠成地得出了于慎行是一代藏书大家和戏曲爱好者的结论。有理有据，令人信服。其他佳例，往往而是，兹不胪举。正是这种微观考证与宏观阐述的巧妙结合，使得本书一气呵成，是则处处可见其匠心。

要之，《于慎行研究》是一部具有学术深度和真知灼见的力作，该书刊行，于学术之推进，自有开拓之功，而见仁见智，补阙商疑，尤企盼于海内知音。是为序。二〇一六年四月。

（原载于范知欧《于慎行研究》卷首，人民出版社，2016年8月）

《孙星衍研究》序

焦桂美教授著《孙星衍研究》一书，约我写序，久拖未报。今将由上海古籍出版社出版，因就所知，介绍情况如下。

焦桂美 1997 年考上山东大学古籍整理研究所研究生，从我学习文献学，至今已二十年。这期间又于 2003 年从徐传武先生读博士研究生，2007 年从王学典先生做博士后，均圆满完成学业。现为山东理工大学文学院教授。

焦桂美是山东高密人，那是郑玄的家乡，也许是这个原因，桂美对中国传统经学、文献考据之学，兴趣浓厚。读研究生阶段，选题是"孙星衍研究"。她把《平津馆丛书》、《岱南阁丛书》线装本逐字逐句读一过，花费了很长时间，作了厚厚的笔记几大本，对乾嘉学派的治学内容、治学方法、努力方向和价值尺度，都有了真实而直观的认识，这种"翻书本"的治学方式，对她产生了长期的影响。读博士期间，选题是"南北朝经学史"。考虑到南北朝经学著作丰富，留传下来的却只有皇侃的《论语义疏》，几乎全军覆没，研究这一阶段的经学史，方法上就有独特之处。她把南北朝正史所谓"两史八书"全部细读一遍，摘出关于经学的内容，再上溯先秦两汉魏晋，下探唐五代两宋，旁及《文心雕龙》、

《颜氏家训》、《建康实录》、《弘明集》、《广弘明集》、严可均辑《全南北朝文》，马国翰、黄奭辑南北朝经注论说之残篇断简，与夫六朝墓志、敦煌遗编，循其轨迹，绎其条理，勒为一书，荣获全国百优博士论文。

《孙星衍研究》一书虽然以硕士论文为基础，但在十数年间，研究的深度和广度已大大提升了。在从事教学工作的同时，她陆续把《续修四库全书》中清代乾嘉学者的经学著作和相关的集部著作几乎看完了，不再孤立地研究孙星衍一个人的成果，而是作为乾嘉学派的一个代表人物进行考察，通过孙星衍认识乾嘉学派，也通过乾嘉学派认识孙星衍，从而对该项研究的成果水平有了新的提高。我曾集中看过一遍该书的初稿，发现其中引用了大量新鲜材料，对孙星衍的学术交往、学术渊源、清代学者对孙星衍所探讨的问题的看法，以及对孙星衍的评价，都有不少新的论述，努力把握孙星衍的学术与他所处的时代的关系，是本书的重要探索和成绩。可以肯定，该书不再是陈陈相因，而是富有新见解的一部精心之作。

近年，焦桂美应邀为山东大学尼山学堂讲授"中国经学史"这门课，授课效果良好，这是很不容易实现的。要讲好这门特殊的学术史课，没有扎扎实实的读书和思考功夫，是不可能的。中国的儒家治学，有义理、考据和事功三条道路，兼有其长，固千载难得一人，偏擅其一，亦足以自立于学林。桂美教授仍以考据为依归，相信她已经走出了自己的治学之路，是一位合格的教学科研工作者，在今后的学术道路上会一步一个脚印，取得更多的成果。是为序。

杜泽逊，2017 年 11 月 16 日
于山东大学儒学高等研究院校经处

（原载于焦桂美《孙星衍研究》卷首，上海古籍出版社，2017 年 12 月）

《海源阁研究论集》序

聊城大学丁延峰同志把近年自己撰写的关于聊城杨氏海源阁研究的论文结为一集，准备出版，居然有二十五篇之多，内容涉及海源阁藏书、抄书、刻书、编目，海源阁藏书的流散，海源阁四代主人的生平事迹及著述，海源阁藏珍本的鉴定等诸多方面，是迄今关于海源阁研究最集中全面也是最具开拓意义的一部论文集。

延峰是南京大学博士，师从著名目录版本学家徐有富先生，是程千帆先生的再传弟子。我的导师王绍曾先生与程先生为知交，书信往还甚多。程先生曾经为王师主编的《清史稿艺文志拾遗》作序，又为王师和我合辑的《渔洋读书记》题签。1978 年恢复研究生招生，程先生在南京大学讲授"校雠学"，由弟子徐有富、莫砺锋、张三夕随堂记录。1979 年 7 月程先生与陶芸女士结婚，殷孟伦先生邀二位来济南度蜜月，为研究生讲"校雠学"。研究生朱广祁、吴庆峰、徐超做了记录。根据这些记录整理成的《校雠学略说》，1981 年由山东大学油印成册。1983 年王绍曾师为山大研究生授课，又与王培元老师做了校订和统一体例工作，再次油印，16开本，162页，有王绍曾师小序。1985年我上研究生时，王师讲课仍用这本教材，所以我至今还宝藏一本。这本讲义后经徐有富先生大幅度增订改写，成为四卷本《校雠广义》，由齐鲁书社正式出版。我的文献学基础实际上是从学习《校雠学略说》这本小册子开始形成的。基于这一渊源，徐有富先生和王绍曾先生多年来保持着亲密的关系，出了新书要互相赠送，徐先生多次为王先生的著作撰写长篇评论，都有独到深入的分析，绝非泛泛之语。我的博士论文也是请徐先生写的评审意见，多承谬奖。徐先生的博士弟子南开大学副教授杨洪升曾随我作博士后研究，延峰是洪升的师弟，撰写博士论文之初曾奉徐先生之命来寒舍一叙，其后即结下文字之缘。

我对延峰印象最深的是他的痴迷于学术，其刻苦与坚韧确是异乎寻常的。为了追寻海源阁藏书的踪迹，他走南闯北。一次他和杨洪升住在首都体育馆招待所，那里住宿费低廉，每天到国家图书馆看书，如饥似渴，我因去北京办事，请二人等我。我们住在一起，他二人见了我就谈书，如数家珍。我从他们身上体会到程千帆先生和徐有富先生的学术传统。延峰、洪升都是山东人，他们身上也同样有极为鲜明的山东人吃苦勤奋的精神。治学需要才、学、识，但离不开勤奋。从他们二人身上我感到中国传统学术的未来大有希望。延峰治学还有一个特点，就是从不放过蛛丝马迹。有一次我谈到《沈氏研易楼善本书目》有海源阁藏书十种，这些书已捐归台北故宫博物院。延峰即据以深入考察，写成《台湾故宫博物院藏海源阁遗书考述》，使海源阁藏书的流散情况有了更多的线索。延峰善于捕捉学术信息，关于杨氏另一个重要藏书处肥城陶南山庄，过去学术界并非不知，但却不能道其详，延峰即根据零星资料撰写《杨氏陶南山庄记往》，详叙其始末，填补了一个学术空白。延峰为学实事求是，他曾撰写《关于〈订补海源阁书目五种〉的几个问题》，对王绍曾师主编的《订补海源阁书目五种》的疏误予以订正，文章投台湾《书目季刊》，《季刊》主编陈仕华先生是我的知交，陈先生把文章发给我，我看后立即回信，建议照登。我个人也写过类似的商榷文章，发表就多费周折。健康的学术批评本是推动学术发展的主要动力，可惜这样的风气近年不那么纯正了，不那么健康了，吹嘘有余，批评不足，劝百讽一，功用甚微。在这种情况下，延峰的精神就更觉可贵了。本集最后是《海源阁杨氏四世年谱》，我感到很有学术分量，可以说是对海源阁四代藏书史和家族历史的总结，同样具有填补学术空白的意义。

延峰回到家乡聊城大学当了一名教师，专心研究海源阁，今年又进入国家图书馆研究院从陈力先生作博士后研究，目的仍是研究海源阁藏书。这本论文集的出版仅仅是他研究海源阁的第一个脚印，今后他将有更多的收获奉献给学术界，跨出更大的步伐，踏出更深的脚印。延峰其勉之。己丑白露后一日滕州杜泽逊序于山东大学清济堂。

（原载丁延峰《海源阁研究论集》卷端，中国社会科学出版社，2010 年 9 月；《海源阁》，山东友谊出版社，2010 年 12 月）

《济南七十二名泉考疏证》序

　　济南以多泉闻名于世，宋代李格非尝撰《历下水记》，详述济南名泉数十处。其后记载渐繁，有"七十二名泉"之说，而以趵突泉为其首。吾友济南陈君明超，自幼喜乡园文物名胜古迹，二十年间读书不辍，于乡邦文献购藏不遗余力。世之藏书者多矣，而不必尽读；读书者多矣，而不必研究；研究者多矣，而不必实地考察。明超藏书甚丰，不乏秘本，得书即读之，山经地志，诗词小说，细大不捐，几愈千种，而于济南文史，尤所究心。即以泉水而论，考证所获，踏察所得，不下千处，较之所谓七十二名泉，其富且备者何如哉！若明超者，可谓好之能藏，藏而能读，读而能究，究而能验者也。尝于报章读明超文，喜其用笔洗练，能以纸面文献与实际考察结合，配以照片，可谓征实不诬，辄以不见其人为憾。后因山东省图书馆副馆长李勇慧女史之介，得交明超。明超出示藏书数种，供《山东文献集成》采择，余则以《集成》所收济南文献复印本报之。数年间，交往益多，收获益丰，真所谓良朋益友也。近者，明超来访，以所著《济南七十二名泉考疏证》相示。其书以清代王钟霖《济南七十二名泉考》钞本为纲，溯其历史，验其形状，明其变迁，补其阙疑，绘图摄影，历历如在眼前，一册在手，泉水之胜，可置掌中矣。书将刊行，属为弁言。乃述所知，以告读者。二零一三年十一月二十五日滕州杜泽逊序于历城向岚书室。

（原载于陈明超《济南七十二名泉考疏证》卷首，济南出版社，2014 年 5 月）

题《二乾书屋画跋》

　　画家张友宪先生以历年题画文字辑为一编，颜曰《二乾书屋画跋》，友生刘君元堂，持稿见示，嘱题简端。久闻先生擅人物、山水、花卉、树木，八十年代尝以《聊斋人物》为世人注目，又以芭蕉为程十发激赏。执教南京艺术学院，尝以教学笔记二十三篇辑为《是中至乐》一书刊行，蒙赐一册，内有《题跋》一篇，纵论古今，总结画跋之式为天地式、均衡式、相揖式、布空式、滴泉式、贯气式、随意式、长跋式等，且谓画跋随形就式，天上飞雁成行，地下碎石铺路。至其功用，则谓画之不足，题跋发之，题跋乃画之延伸。凡诗文之妙，绘画之理，游履故实，年月居所，无不形诸题跋。余读先生画跋，可谓跋从画来，画从心生，发乎性情，顺乎自然。如《题画聊斋人物》云："为画而画不成画，有感发泄劣亦佳。狂笔横扫嫌未足，恶墨如雨拼命洒。"又《题旧作》云："我为芭蕉写照，凡二十余年，自谓勾线乿墨，有异古人处多矣。"其坦荡飘逸，大都如是。昔人汇辑画跋、题画诗为专书者甚多，又有以书籍序跋与书画金石题跋总为一编者，其用不止领略文艺之理，考据家亦取资焉。尝阅陈援庵《吴渔山先

150

生年谱》，指某画为伪作，以其题款之某时某地，而其时渔山恰
不在其地也。今人论书画真伪，喜就风格言之，固是一法，而洞
微抉奥，题跋印鉴，殆不可忽。

余喜古书目录版本之学，尝奉绍曾师命辑《渔洋读书记》一册，
又率门生点校中国历代书目题跋十数种，日本学者书目题跋三种，
斋中书籍，亦多题识首尾，长短不拘，聊备记事。清人黄荛圃、
近世郑西谛、王献唐，题跋能见性灵，素所爱读。今观友宪先生
画跋，声气相连，图书金石书画固无疆界也。友宪先生以为然乎。
甲午清明后二日滕州杜泽逊序于山东大学向岚书室。

（原载于张友宪《二乾书屋画跋》，商务印书馆，2016 年 7 月）

《五里山房珍本丛书》序

　　前辈周晶先生以编辑《藏书家》杂志享誉海内外，而先生之收藏亦稍稍为友朋所知。昔年与辑《四库全书存目丛书》，益都李远《拙斋集》遍觅不得，及事毕，忽在济南古旧书店购得一册，与其子文渊《李静叔遗文》合订，喜不自胜。后知周晶先生亦藏一部，与其子文藻《岭南诗集》八卷、《李静叔遗文》一卷合印，益觉完备，盖此类小集最难保存也。辛卯初冬，余与徐泳访周先生，门生王晓娟女史随往。先生出示《二知轩诗钞》二册，钞本，不题撰人。即嘱晓娟拍照，回校查检，则不见著录。嗣经徐泳提示，其中小集见于《安邱县志》，渐知为清代王敞诗集。敞，光绪二年进士，山东安邱人。其集则未见流传，此乃孤本。晓娟特撰一文，投《藏书家》杂志。他如清初益都房可壮《偕园诗草》一卷，清胶州王大来《五亩宅居诗草》一卷，清即墨韩邻佐《南溪草堂家藏》一卷，清掖县女诗人翟柏舟《礼佛轩诗钞》一卷等，亦皆小集极罕秘者。至于张养浩《为政忠告》道光涿州卢坤芸叶轩本，系大板精刻；《述异记》文登于熙学旧藏，乃名家钞帙，亦藏弆家所宝爱，未可多得者也。

　　先生数十年节衣缩食，网罗甚富，尤爱小说别集，山左文献则用心最多者。尝于冷摊得《中国藏书家考略》，林靖若批注，朱墨盈幅。林氏任职于山东大学图书馆，其父业书济南，因得闻目录版本之学。余亦得《词林正韵》，有林氏手跋。询诸同事，则知之者鲜矣。先生供职齐鲁书社，志在流通，故藏书乐于公之同好。《考略》林批留余处甚久，尝商之出版社，因林氏后人无法联系，不能获得授权而中辍。近年辑印《山东文献集成》，影印珍本千三百余种，先生亦贡献善本若干，以襄盛举。余喜流略之学，与先生同好，蒙先生不弃，引为忘年交，时以佳册相贻，主持《藏书家》杂志，频频约稿，俾见知于方家，真良师也。齐鲁书社宫晓卫社长拟影印先生所藏山左文献之罕秘者三十四种为《五里山房珍本丛书》，嘱为序，因述书缘以报之。五里山房者，先生隐居济南五里山，林木佳胜，遂以名藏书之室云。甲午仲春滕州后学杜泽逊序于山东大学校经处。

　　（原载于《五里山房珍本丛书》卷首，齐鲁书社，2015 年 7 月）

《天津文献集成》序

　　天津为南北交汇之地，陆海连通之枢，至近代而经济文化臻其盛，文献积淀之丰，足为京畿劲旅。李国庆、王振良两先生倾心津沽文献，收集、整理与刊布甚富。近又有《天津文献集成》之辑，行将面世，嘱为序。余昔年尝与同人辑印《山东文献集成》四辑二百册，计影印山左先贤遗著刊本抄本稿本之罕传者一千三百余种，国庆、振良先生引为同道，幸何如之。

　　地方文献之辑集，唐丹阳进士殷璠以润州延陵人包融、储光羲；曲阿人余杭尉丁仙芝，缑氏主簿蔡隐丘，监察御史蔡希周，渭南尉蔡希寂，处士张彦雄、张潮，校书郎张晕，吏部常选周瑀，长洲尉谈戭；句容人忠王府仓曹参军殷遥，破石主簿樊光，横阳主簿沈如筠；江宁人右拾遗孙处玄，处士徐延寿；丹徒人江都主簿马侹，武进尉申堂构等十八人诗，次为《丹阳集》(《新唐书》卷六十《艺文志》"包融诗"下注，又计有功《唐诗纪事》卷十五"张晕"条)。宋熙宁中孔延之知越州军州事，以会稽山水人物著美前世，而纪录赋咏多所散佚，因博加搜采，旁及碑版石刻，自汉迄宋，凡得铭志歌诗等八百五篇，辑为《会稽掇英总集》二十卷(《四库全书总目》卷一八六）。明天启间黄冈樊维城官海盐知县，辑海盐历朝著作，自三国至元明凡四十二种，刻为丛书，名《盐邑志林》。殷璠撰集诗作，樊维城汇聚著述，皆系一地之作者，而孔延之网罗铭志歌诗，则以事关一地者为限，作者不必为会稽产也。清代以降，辑刻地方文献，成果如林，要不出此二途。

夫地方文献与地方史志恒相表里，府志有赖于县志，省志有赖于府州县志，全国一统志则有赖于省府州县志，分之则各志一方，合之则共为总志。辑《全唐诗》者，固不能不采《丹阳集》，纂《四库全书》者，亦不能不用《盐邑志林》，其理一也。地方文献之纂集，实为全国文献整理之分工，固不能以地方文献而轻视之也。京津冀地方文献之辑刊，规模较大者为光绪间王灏刻《畿辅丛书》，计一百八十二种四百二十九册一千三百六十八卷，又卷首五卷卷末一卷（据《续修四库全书总目提要》）。天津地方文献之编刊，则有民国间高凌雯辑刻、金钺校印之《天津诗人小集》十二种二十一卷。余近年承担国家清史项目《清人著述总目》、《清史艺文志》，于徐世昌《大清畿辅书征》尽加采集，藉知京津冀地区著述之富。友人夏艳女史嘱理《书征》，因与门生加以标点校勘，并注其传本，补其阙遗，成《订补大清畿辅书征》，问世有日。今国庆、振良两先生辑印《天津文献集成》，踵武前哲，后出转精。余固乐为之序，以述其功也。二〇一七年四月五日滕人杜泽逊于山东大学校经处。

（原载于《天津文献集成》第一册卷首，李国庆、王振良主编，天津古籍出版社，2017 年 7 月）

怀念顾廷龙先生

　　8月22日，图书馆界的泰斗、著名的版本学家、目录学家、古文字学家和书法家顾廷龙先生逝世了。作为受过先生教导的后生学子，我感到莫名的悲哀，并不由自主地回忆起受先生教诲的情景。

　　1992年1月11日我在北京琉璃厂购得一部清刻巾箱本《钦定四库全书附存目录》，共十卷四册，有某氏朱墨两色批注。后来弄清朱批均摘自《四库提要》，墨批则是批注者知见的四库存目书传本。《四库提要》共记录图书10254种，其中3461种收入《四库全书》，谓之"著录"，另外6793种则仅存书目，谓之"存目"。四库存目书数量几乎是著录书的两倍，由于《四库全书》未收入，流传渐稀，学者早已苦于难以访求。四库著录之书，又单独编有《四库全书简明目录》，存目书不在内，提要亦大大简化，是学者容易携带的本子。清代邵懿辰、莫友芝、朱学勤、孙诒让、王颂蔚、王懿荣等都曾在《四库简明目录》上标注他们所知见的版本，后来流行的邵懿辰撰、邵章续补的《增订四库简明目录标注》和莫友芝撰、傅增湘订补的《藏园订补邵亭知见书目》就是这些前辈成果的结晶。但前辈们大都只是留意四库著录书的版本，却较少留意存目书的传本。我虽有此感，却并没想到自己要去弥补。当我在书店发现这部《四库存目》单行本时，才知道存目书亦有单独的目录，虽然只记录书名、卷数、著者，却证明前人对存目书是早已重视了。另外其中有批注，从其中一张浮签用的是民国三十四年一月十四日的日历来看，是民国年间人士的标注。其中标注的条目不多，却给我极大的启发：前人亦有留意存目书传本的。于是我开始从事存目书传本资料的搜集，拟撰《四库存目标注》一书，以补前辈们的空缺。

俗话说"人外有人，天外有天"，我的一知半解其实前辈们早已想到了。1992年11月5日下午我带着王绍曾师的信到北京拜谒仰慕已久的顾老。在此之前，我曾在济南见过顾老，但那是在集体场合，轮不上我上前说话，因此还算不上正式认识。这次是专门拜访，心情完全不同。我不崇拜名人，也从不愿攀附门墙，但顾老不同，顾老在我心目中不是以名人面貌存在的，而是以一位宽厚长者、老师宿儒的面貌出现的，因为我的业师王绍曾先生与顾老是莫逆之交，从老师那里我久已对顾老有了一定认识。此时的顾老，早已从上海图书馆馆长的位置上退休，住在北京北苑航空研究院儿子家中，颐养天年。下午3时，我来到顾老家，顾老已午休过，正在看书，知道我来了，在客厅接待了我。顾老虽已年近九旬，仍然精神饱满，谈兴很浓，而且记忆很好。

谈及《四库存目标注》，顾老告诉我，他亦藏有一部《四库存目》，上面随手批注有版本，可惜在上海家中没带来。顾老鼓励我努力去做，他说《存目标注》很有意义，如果作成了，功德无量。谈话之间，顾老从卧室取出一部《郘亭知见传本书目》，那是傅增湘排印大字本，顾老在上面过录了两家批注，即朱学勤批注和陆树声批注。陆树声是陆心源次子，他的批注用绿色过录。朱学勤批则用另一种颜色过录（已记不清是什么颜色）。密行细字，上下皆满。顾老说是从上海带来准备给傅熹年先生参考的，傅熹年先生正整理其祖父傅增湘订补的《邵亭知见传本书目》。我告诉顾老，《藏园订补邵亭知见传本书目》已有即将出版的介绍文章发表，已整理完了。顾老说"那就算了"。

顾老还告诉我，去年台湾人士来访，问及今后古籍出版方向，顾老曾建议他们印三部书：一是四库底本，二是四库存目书，三是禁毁书，统谓之"四库外书"。顾老向台湾人士提的建议，现在《四库全书存目丛书》已出齐，《四库禁毁书丛刊》正在编集出版，只有四库底本尚未着手。顾老还谈及《清史稿·艺文志》、清代版本的研究、唐写卷子的鉴别等问题。

经此拜谒，我才知道顾老亦曾批注过《四库存目》，可惜没能见到。这件事告诉我，顾老十分重视四库存目之书。这给我以很大鼓舞，对自己选择的《四库存目标注》课题信心更大了。

过了近一年，1993年10月我忽然收到一个邮件，顾老寄来的，没有挂号，打开一看，是四本一函的《四库存目》，再看卷内，与我收藏的是同一版本，书名下偶有顾老批注的版本。书里夹了一封信，开头说："泽逊先生大鉴：久疏笺候，驰念良殷。近读《古籍简报》，欣悉先生从事存目版本甚勤，无任钦佩！鄙人昔曾从事于此，所见存目书即注于目下，当时燕京购书费拮据，有收有未收。收者均在今北大。未注版本者，因已收入丛书，容易找。后来芦沟之变，百事俱废。兹将批注本寄奉，想河海不捐细流，或愿一顾。"这信是10月17日写的。我感动得无法形容，除立即回信感谢外，马上把顾老批注过录下来了，准备收入拙作《四库存目标注》，并一一注明系顾老批注，其批注原本则带到北京当面奉还了。去年我去看顾老，顾老又拿出来给我看，里头还偶然留有我夹的批条，我要抽出来，顾老说："留着吧。"现在想来倍感凄怆。

从顾老把自己的批注本《四库存目》主动寄给我参考，联想到顾老准备把自己过录的朱学勤、陆树声两家批注《邵亭书目》借给傅熹年先生参考，老人的宽厚无私给我留下了永生难忘的印象，也为我的为人和治学树立了最好的榜样。

1994年9月至1997年11月，我应邀参加编纂《四库全书存目丛书》，在北大工作了三年多，这期间经常到北苑顾老家中拜访，从图书馆到古文献收集、整理与流布，到学林旧事，无所不谈。所遇疑难，往往就教于顾老。顾老常常就某一问题生发开来，一谈就是一组问题。这时所受教益最大，是课堂上永远不可能得到的。

有几次，顾老都谈及他在燕京大学图书馆主持采访图书的往事。1996年8月22日下午，顾老说，他在燕大毕业后留校，因为口音(苏州话)不能讲课，洪煨莲派他到图书馆，负责买古书。那时书店很多，大书店以外还有小书店。这些店每周送三次书，每次都很多。各店的书挂牌子。有两个助手帮助登记、查对。重复的书，如果版本不同亦收。当时有个购书委员会，由洪煨莲、顾颉刚、邓之诚、容庚、郭绍虞组成。他们主张不同，兴趣不同。于是顾老先把书分成若干类，再分别找他们审。小说笔记史料给邓之诚看，邓全要。金石拓片给容庚看，容庚说："这好!"全要。文学书给郭绍虞看，郭全要。洪、顾两先生面广。有一部可惜了，那就是《端方电稿》。当时奏稿刻了，电稿没刻，量很大。因为后来燕大钱少了，没买。过一段时间再找，找不到了。现在亦不知下落，可惜了。

1997年7月17日顾老又谈起燕大往事，说：不同类的书给不同专家看，可以各取所好，多买书。当时买到翁方纲之子翁树培的手稿，一元钱。

谈到《艺风老人日记》手稿，顾老说是后来买的，邓之诚先生与缪氏为亲戚，邓先生买的。

顾老在燕京大学图书馆主持采访古书，作出了重大贡献，现在北大了解图书馆的人都有这样的结论："燕京的书精。"我个人多次到北大图书馆查书，《四库全书存目丛书》亦大量采用过北大藏书作底本，发现燕大的书一部是一部，书品好，不残缺。这是采访者认真把关的结果。顾老在燕大期间，学术成果亦十分引人注目。1935 年，《吴窓斋先生年谱》附《著述目录、藏古器物目录》由哈佛燕京学社出版。1936 年，《古匋文香录》由北平研究院出版。1938 年，《章氏四当斋藏书目》由燕京大学图书馆出版。一批论文题跋亦陆续发表。这些著述均以功力深厚、体例严密受到学界广泛关注，在同行中树立起自己的学术形象。1939 年 5 月 25 日张元济先生致函顾廷龙云："先后获诵鸿著《窓斋年谱》、《章氏四当斋藏书目》，尤钦渊雅。近复承寄《燕京大学图书馆》第 130 期 1 册，大作《嘉靖本〈演繁露〉跋》纠讹正谬，攻错攸资，且感且佩。"叶景葵、张元济等先生在上海创办合众图书馆，请顾廷龙先生南下主持馆务，绝非轻率之举。顾老到上海后所作出的杰出贡献更充分证明了这一点。

顾老对小辈爱护备至，随时教诲。1995 年 10 月 29 日我看到南京图书馆的万历刻本《召对录》一卷（复制件），明申时行撰。前有申璋题记："先文定公遗书在清代为禁书，至不易得。顾君廷龙，旧姻也，于春间在北平书肆见先公《召对录》一卷，毛边纸，惜后阙二页，驰书告余，以法币 12 元得之，旋赠于怀弟珍藏。不几时，潘君承弼又得是卷，纸张不同，完好无阙。潘君为世交，知书乃余家先代宝物，承以见赠。因书之简端，藉志欣幸。时丙子夏六月大暑节，十二世孙璋敬识。"丙子为民国二十五年（1936年），此时顾老在燕大。我觉得这条记有顾、潘二老往事的跋文很有意思，就复印寄给顾老。12月2日顾老用毛笔、福寿笺纸写了满满两页回信。内云："承示申君一跋，此事恍然如目前。申先生与潘先生在苏州一银行共事。申君好收藏，尝得吴大澂画人物轴，龙编《愙斋年谱》时曾得一照片景印。愙斋能画山水人物花卉，写字则初作玉筋体，后学杨沂孙，再作金文。吴氏通信作金文者，我见致陈簠斋、潘祖荫、王广生、李眉生诸人。"由申璋藏画谈到吴大澂书画特点，开启人智，触类旁通。前辈博闻多识，多如此者。

随着资料的逐步搜集，《四库存目标注》已初具规模，约计200万字，我遵照黄永年先生的建议，开始清稿。我写了一条样稿，是繁体字横写的。顾老看了以后，认为体例很好，很满意。但他表示将来出版仍要竖排，"古书不能横排"。他说有些行文横排不好处理。我遵照顾老的建议，改成竖写。后来，在清稿过程中，我慢慢体会到顾老建议的优越性，竖排确实要方便些。

顾老早已为《四库存目标注》题了签。由于顾老对《四库存目》早有研究，并且把自己的批注本借给我参考。在三年多时光中，顾老又给予悉心指导。因此，我曾打算清稿之后再请顾老赐序。去年10月2日，《四库全书存目丛书》已竣工，我即将离开北京回山东大学，编委会同仁委托我去拜访顾老，对顾老给予《存目丛书》的支持和指导表示感谢，同时请顾老出席11月初的庆典。顾老表示10月中旬到上海，会议不能出席了。这一次我把《四库存目标注稿》十一册带给顾老过目，顾老看了，赞叹不已。顾老除建议竖排外，还建议翰林院印及进书木记可照原大影印，供读者参考。顾老还谈及各家《四库简明目录》的关系，并回忆起在燕京时到城里逛书摊的往事。他说有一次在头发胡同买到薛允叔手稿，讲法律的，那时没钱，到朴社借钱买下。然后写一篇介绍文章，用稿费还朴社。那时到琉璃厂、隆福寺要一天，回来晚了，西直门外没汽车，只好走回燕大。日本人来了，出入西直门都要下车搜身。

　　这是我最后一次聆听先生教诲。先生去了，再也不能向他请教，再也不能听先生讲过去的故事了。高山仰止，景行行止，虽不能至，心向往之。敬爱的顾廷龙先生将永远活在我心中，成为我人生的楷模。一九九八年八月。

　　　　　　　　　　　　　　（原载于《山东图书馆季刊》1998 年第 3 期）

怀念季羡林先生

——兼谈《四库全书存目丛书》之编纂

　　7月11日季羡林先生溘然长逝，一颗学术巨星陨落了。作为曾在季先生身边从事过学术工作的后生晚辈，我感到很悲痛。《齐鲁晚报》、《生活日报》、山东电视台生活频道、《山东画报》社的记者先后采访了我。我借机表达了对季先生的哀思，非常感谢。但是，即兴表达，难以准确，媒体所限，更不能全面。因此，翻检了若干旧材料之后，产生了专门写一篇怀念文章的愿望，希望借此完整地记录下我与季先生的交往以及我对季先生的了解和认识。

　　我与季先生的特殊联系起于一个重大古籍整理出版项目《四库全书存目丛书》。

　　清朝乾隆年间纪昀等奉敕编修了一部《四库全书》，收入古书3400多种，是当时最大的古籍丛书。当时从全国征集到的古书有一万多种，收入《四库全书》的只有大约三分之一，其余三分之二近七千种书则仅仅为各书写了一篇提要。在修《四库全书》过程中，还撰写了《四库全书总目》200卷，记载图书一万多种，各撰提要一篇。这一万多篇提要学术价值很高，其中三分之一是《四库全书》收的，三分之二就是上面说的《四库全书》未收的，仅仅保存了提要，叫作"四库存目"，意思是只存书目，不收其书。《四库存目》后来也有了单行本。当时认为凡列入《存目》的书价值要低一等，但今天看来就没那么简单了，顾炎武《天下郡国利病书》、李贽《藏书》、《续藏书》、汤显祖《玉茗堂集》等等都在《存目》中，可见也是十分重要的。当时是把元代及元代以前的书大部分收入了《四库全书》，而明清时期的著作，因时代晚而大部分入了《存目》。

1992年5月国务院第三次全国古籍整理出版规划会议在北京香山饭店召开，会上周绍良先生提议编印《四库全书存目丛书》，胡道静先生表示赞成，都认为《存目》的书十分重要，急需调查。当年10月北京大学东方文化研究会历史文化分会就向国务院古籍整理出版规划小组提出编纂出版《四库全书存目丛书》的方案，12月23日古籍整理规划小组组长匡亚明作了批复，同意立项，拨款二万元作为启动经费。1993年1月北大东方文化研究会历史文化分会成立了《四库全书存目丛书》编纂出版工作委员会，分会会长刘俊文教授任工委会主任，张忱石、张希清为副主任，委员有李致忠、张玉范、张力伟、杜泽逊、李弘祺、高明士、黄宽重、黄约瑟等。经过一段时间的筹备，到1994年9月才正式组成《四库全书存目丛书》编纂委员会，东方文化研究会会长季羡林先生任总编纂。从1993年至1997年10月底，《四库全书存目丛书》编纂出版完成，前后经历了五年，正式编纂前后也有四年。关于筹备、编纂、出版的过程，比较复杂，只能另文来谈。这里只能谈我如何参加工作，又如何与季先生相处的。

我1985年从山东大学中文系毕业，考取山大古籍所研究生班，1987年毕业留校。1988年撰写硕士论文《四库全书总目辨伪学发微》，指导教师是王绍曾先生。当时用十个月细细阅读了《四库全书总目》二百卷，摘出了一大批卡片。这是我与《四库》学结缘的开端。毕业留所后，所里命我作王绍曾先生的助手，参加王先生主持的《清史稿艺文志拾遗》编纂工作。该书由中华书局出版，所以我多次到中华书局分批送稿。1992年1月这次到中华，办完事到琉璃厂买旧书，发现一部《四库存目》木刻线装本，四册，上面有民国间无名氏批注，批注内容是《存目》各书的版本。我花大价钱买下。民国人的批注条数很少，我受启发，开始作《四库存目标注》。这之前，《四库全书》已收的3400多种书的传世版本，已有两部重要的版本标注：清代邵懿辰《四库简明目录标注》、清代莫友芝《邵亭知见传本书目》。两书都是从事古籍版本学的案头必备书。而与之相应的《四库存目》各书还没有人调查标注版本。不过要为近7000种古书调查标注版本，在旧时代是一生的事业。所以我要作《四库存目标注》，那是一生的宏愿，一时完不成，除了几位老师，也没对外人讲。

仅仅过了几个月，1992年5月国务院古籍整理出版规划会就召开了，周绍良、胡道静两位先生提出了《四库存目》各书的调查、出版建议。会议简报以及国务院《古籍整理出版情况简报》下发全国各有关单位。我看了这些材料就坐不住了，去问我的老师董治安先生。董先生建议写一篇关于《四库存目标注》的文字，寄给全国知名专家征求意见。我就写了《四库存目标注叙例》，寄给古籍规划小组秘书长傅璇琮先生等国内多位专家。傅先生很快回信表示充分肯定，并表示要向匡亚明先生汇报。后来这篇文字被登在当年11月20日出版的《古籍整理出版情况简报》第264期上。在此之前，10月6日傅璇琮先生曾来一函说："匡老上月与我商议，拟于今后数年内收集《四库存目》之今存者影印出版，此亦为一大工程，颇欲与你面谈。"所以，我在 10 月 19 日到了北京王府井大街中华书局。临行又草拟了《四库存目标注·易类书后》一文，谈了《存目》易类调查情况。傅璇琮、张忱石、许逸民、张力伟四位先生接待我，并谈了《四库全书存目丛书》筹备情况。傅先生请我作编委，专门负责调查传本。此后不久，关于编纂出版《四库全书存目丛书》的报告就递到匡亚明先生那里，报告中采用了我的一些意见。

基于这样一个背景，傅璇琮先生向北大东方文化研究会历史文化分会推荐了我。1993 年 2 月 22 日张忱石先生来函说："匡老认为此项目很有意义，但考虑到傅先生已任秘书长，太忙，顾不过来，不让傅先生挂帅。故刘俊文先生说以东方历史文化分会名义打报告，仍请傅先生指导。……刘先生非常乐意邀请你或贵研究所的同志一起来做这项工作。……刘先生说他只管募集资金，具体工作由你及我、张希清等来做。"北大历史系张希清先生也致函山大乔幼梅副校长，打听我的情况。乔校长经过了解，向北大正式回函，支持我参加项目，并对我进行了表扬。这是我不能忘怀的，因为当时乔校长还不知道我长得什么样。

1993 年 12 月 26 日，我到中华书局历史编辑室交《清史稿艺文志拾遗》子部、集部、丛部稿。历史编辑室主任张忱石先生正要给我写信，见我来了，立即电话通知北大张希清先生。刘俊文先生、张希清先生马上赶来，在张忱石办公室见面，这是第一次见到刘俊文先生。刘先生介绍了《存目丛书》筹备情况，并明确告诉我："你的《标注》是你的，你有知识产权，我们只印《存目丛书》，相互为用，请你不必顾虑。"我感到刘先生还是一个坦荡的人。从那时起，我对《存目丛书》传世版本的调查加快了，为影印《存目丛书》作准备。张忱石、张希清先生也请人查了《中国古籍善本书目》征求意见稿，把结果逐批提供给我，我查的范围要大得多，所以补充、订正颇多。例如，经部一次增补 299 种，删除 9 种。后来正式进入编纂阶段，罗琳学长负责编目室，又广泛邀请各图书馆代查，补充了更多线索。

1994 年 2 月 22 日张忱石先生来函，谓已确定季羡林先生任主编。这年 9 月 11 至 12 日《存目丛书》工委会在北京召开了工作座谈会，我应邀出席。11 日上午会议在北大临湖轩举行，正式宣布季先生为主编，季先生、周一良先生都讲了话。在这之前，《光明日报》于 7 月 29 日发表了邓广铭先生的文章《论〈四库全书存目丛书〉不宜印行》，9 月 2 日《光明日报》发表署名"杨素娥"的文章《论〈四库全书存目丛书〉亟宜印行》，反驳邓文。北大教授宿白先生则于《光明日报》9 月 9 日发表《建议改出〈四库存目选粹丛书〉》一文，支持邓先生意见。其他相关争论也有发表。邓先生认为《存目》的书大致可分为三类：第一类是为避免重复而入《存目》的；第二类是"伪冒品类的书籍"，或称"假冒伪劣的古籍"；第三类是"不符合四库纂修人员价值观念的书籍"。第一、二类自不宜收。第三类，邓先生认为"其中大多数也是应当弃而不收的"。邓先生认为"当我们正致力于弘扬传统文化的今天，更需要把国粹和国渣严格地加以区别"，"把《存目》中的全部加以印行，使文化'沉渣'全部'泛起'，那是纯粹的浪费"。宿先生的"选粹"说也正是以邓先生的观点为出发点的。

在这个背景下，临湖轩的会议，季先生、周一良先生的发言，也就有了针对性，重点谈《存目》书的价值问题。

季先生讲话开头就说："最近《光明日报》发表了三篇文章，我都看了一遍，仔细研究了一下。"他说："我们这个大工程开始以后，有两个可能，一个是根本没人理。我记得鲁迅先生几次在文章中讲到，一个人一生最痛苦的事情就是没人理。第二个可能就是大家都有响应，反对也好，赞成也好。""有的赞成我们的工作，有的不赞成我们的工作，我们认为都是积极的，对我们都有好处。有人有话讲出来最好，要是不讲出来，却在背后捣鬼，搞小动作，我是不赞成的。"针对"假冒伪劣"和"选粹"的问题，季先生说："什么叫'粹'？'粹'与'不粹'，'好'与'坏'，从语言学上讲是模糊语言。什么叫'好'，什么叫'粹'，一说就懂，一追问就糊涂，就讲不清楚。什么原因呢？因为'粹'这个东西，今天某些人认为'粹'，时代改变后可能会翻过来。这种例子，我们这个时代多得很，如过去四十多年，什么叫'粹'，什么叫'不粹'，翻了个个儿，所以很难说。有人举例说《存目》书有假冒伪劣，因而印《丛书》毫无价值。我也考虑这个问题。今天无论出版界、商界，假冒伪劣一定要坚决反对，严厉打击，毫不客气。但对过去的书恐怕就得区别一下。如《列子》就是部伪书，可《列子》今天照样有它的价值。它虽然不是春秋战国时代列御寇的书，但毕竟是六朝时代的书。我们明明知道《列子》是部伪书，但是还要研究，它已经存在了几百年上千年，它必然有它存在的意义和价值。所以，就是伪书在我们今天看来也有研究价值。不能说当时乾隆皇帝的四库馆臣说这部书是假的，我们就认为这是假的，就应该去掉。眼前的假冒伪劣与从前的应该加以区分，不能一视同仁。因此我认为这个'粹'我们选不出来。"季先生表示："周绍良先生以前讲过，我们现在就是给大家提供原始材料。我非常赞成这个意见。我们把《存目》书作为原始材料原封不动地贡献给全世界，首先是中国人民，这就是我们的贡献，而且是很大的贡献。'不着一字，尽得风流'。"季先生这些话非常深刻，非常实事求是，解除了大家的疑虑，指明了《存目丛书》编纂的方向，我觉得对古籍整理事业具有普遍的指导意义。

周一良先生用实例说明《存目》书的价值。他说："我觉得《存目》中还保存了许多不常见的书。我举一个自己亲身的体会。我以前研究过敦煌发现的一些书仪，那是唐朝的写信格式。我曾想唐朝以后是不是也有这种写信格式呢？我查了《四库全书》，《四库全书》中没有，但是在《存目》中却查到好几种。比如在子部类书这一类《存目》里，就有一本叫《新编事文类要启札青钱》。'青钱'的意思就是好东西，'启札青钱'就是信札里面优秀的，也就是说写信的一种范本。这跟我研究的唐朝的写信范本可以互相衔接，互相补充研究。"周先生就像季先生一样，治学范围广，方法角度独特，令人耳目一新。

这是我第一次见到季先生，也是第一次见到周先生。我清楚地记得周先生握着我的手问候："王绍曾先生好吗？"很热情，而讲起话来却很有威严，很有风度，气宇轩昂。季先生则只有"望之俨然"的份了，没有任何单独的接触。季先生在讲话中特别强调："原原本本地印出来，说来简单，其实也很不容易。《存目》分散在全中国和全世界好多图书馆，如果我们不集中力量搜求鉴定，也是做不成的。"这项"搜求鉴定"工作正是我从事的《四库存目标注》的任务，季先生对我所从事的工作有足够的学术认识。这是我印象深刻的一件事。

黄永年先生为这次会议赋诗二首，我久久不能忘怀，录在这里："木天旧业得传人，擘画经营说苦辛。莫羡乾嘉文物盛，临湖轩里自生春。""评量何必计瑕瑜，此亦书林一壮图。会见琳琅齐插架，应歌四库少遗珠。"作为一位历史学家和版本学家，黄先生用诗表达了自己的观点，这一观点与季先生、周先生可谓不谋而合。他们的看法令我这个文献学的初学者心服口服。这是我参加《四库全书存目丛书》的第一堂课。

临湖轩开会之后，我实际上已经开始参加《存目丛书》的各种事务。会后黄永年先生没有马上离开，刘俊文先生要我陪他。黄先生在盛唐饭店房间里看稿子，我就可以办别的事。9月16日，就是临湖轩会议后的第五天，刘先生要我拜访季先生，说已约好，并说尽量谈点业务。我知道"业务"是指《存目丛书》编纂。他还为我画了个季先生住处的地图，标出13公寓和"北招"的位置。我在17日下午三点五十分到季先生家，季先生边看报纸边等我。他起身握手，让我坐在他对面。他说他上午有空就去图书馆看书查资料，来回六里，他说这也是锻炼。他问我哪里人，我说"滕县"。又问哪里毕业，我说"滕县一中"他说："你认识李庆芝吗？"我说："那是一中的尖子，乒乓球名手，推荐北大。"季先生笑着说："那是我外孙媳。"他说李庆芝已留社科院工作，下去参加实践了，不在京。言下对下去实践并不满意。季先生又问："你对古文今译怎么看？"我说："通行读物如《论语》、《孟子》可以今译，但有些书如《说文》、《尔雅》、唐诗宋词，就不好译了。"先生好像很不同意今译，他说高校古委会的今译丛书送他一套，他看都没看。又说："《诗经》、《通鉴》怎么译？看不懂古文还搞什么历史？"接着又转了话题："听说你对《史记》版本很有研究。"我就告诉先生，近年在帮助王绍曾先生整理张元济先生遗稿《百衲本二十四史校勘记》，《史记》由我承担，发现《衲史》改字不少，《史记》改字不下二千处。季先生听后很不满意。先生问到我的《四库存目标注》，他认为"立了一大功，有益学术"。先生又问了一些山大的情况，他说认识关德栋先生。季先生鼓励我："冷板凳要坐下去，青出于蓝而胜于蓝。"得知施蛰存先生也在《光明日报》发表了关于《存目丛书》的文章，季先生说施比他大，是海派。四点半我告退了。我的感觉是季先生平易近人，而又不失威严，敢讲真话，实实在在。既让你感到不可怕，又让你在他面前不敢胡言乱语、放言无羁。近距离单独见季先生这是第一次，比起前几天临湖轩那一面，觉得亲近多了。

大约在拜访季先生后不久我又回到济南，为长期在北大参加工作做了必要的准备。我正式住到北京参加《存目丛书》编纂工作是 1994 年 10 月 19 日。这之前则主要在外地调查《存目》书传世版本。我到北京时，《丛书》工委会设在湖北宾馆 909 室，我与刘俊文先生住在那里，从北大借了部分工具书，我从家中带去一些工具书。对面是北京图书馆。工作比较顺利。10 月 20 日，也就是到京第二天，下午与刘俊文先生到西单广济寺，那是中国佛教协会所在地。《四库全书存目丛书》学术顾问周绍良先生是佛协副会长、图书馆长，他在广济寺西客厅安排一大桌素席。那个客厅很大，墙上有大壁画，分别是五台山、布达拉宫和云南的什么寺，代表大乘、藏传、小乘三大流派。泰国僧王来北京，就在这个客厅接待的。大餐桌是临时安置的。绍良先生安排素席，是受《存目丛书》工委会委托。邀请的老专家有张岱年、周一良、季羡林、侯仁之、冀淑英、刘乃和、朱天俊等。侯先生先到，带我看了广济寺建筑，还作了讲解。周一良先生向绍良先生介绍并夸奖了我。绍良先生向我介绍了他的家世，说一良先生与他为堂兄弟，一良先生为长房，他为三房。绍良先生还约我到他家看台湾《"中央图书馆"善本题跋真迹》。季先生在席间谈及他近来研究的成果。他说佛经的"律"不外传，他写过"佛教与商人"的论文，就用了不少律中的材料。他把僧人的旅途绘成地图，发现与商人的路线一致，原因是僧人需要商人的施舍，僧人对商人很尊重，僧人要放屁，要看看风向，到下风去放，以免熏着商人。

他还说论文不好发表，有妨碍。到晚上八点才回到湖北宾馆。这是我第三次见到季先生，只记得恭恭敬敬地聆听高论，甚至不记得是否握过手，是否单独说过话。

我在《存目丛书》编委会的职位是工作委员会委员、编委会常务编委、编目室副主任。后来改任总编室主任。共事的专家先后也有一大批，大都是北京的，《存目丛书》卷首已开列，这里不再细说了。工委会办公地点后来从湖北宾馆909室搬到北大东门外力学系的一个废弃的实验室里，很宽大。再后来又搬到北大西门外畅春园南部的一个院子里（原海淀医院），房子更多了，足有几十间，存放复印的书稿，比较方便。

季先生学术活动、社会活动多极了，他又乐于赞成各种学术事业，所以许多会议会请他出席、发言。据熟悉季先生的人介绍，季先生每天晚上八点多睡觉，第二天两三点钟就起床，是典型的早睡早起，符合中国传统日落而息的习惯，这也许对季先生的长寿是个重要因素。凌晨起来，就开灯写作。他在朗润园（北大未名湖后湖北岸）的住所是一楼门对门两套房子，东边这一套是书房，满满当当全是古今中外的书，南阳台封起来，玻璃窗户，在阳台的玻璃窗下安了张书桌，书桌旁边也有书架，先生坐在书桌前看书写文章，仿佛背靠着书山，令人肃然起敬。先生的灯光透过玻璃，照着前面平静的湖水，远近都能看到，被称为"朗润园的第一盏灯"。西边这一套则是会客和生活的地方，仍然有一间书房作会客室，书架上整齐摆放着一些线装书，估计是先生不常用的，却有很强的装饰性和标志性。先生工作一个大早晨，然后吃早饭，饭后一般八点到八点半会有车来接他，参加各种会议或作演讲。有一次东方文化研究会历史文化分会请季先生讲国学，大约一小时，我有幸聆听，是第一次听人专门讲国学，至今记忆犹新。午饭后先生会午休，下午三点后则为会客时间，同时也是看报纸杂志的时间。先生会收到来自各地赠阅的报刊、书籍，也有香港和国外的。在广泛而便捷地获取信息方面，先生具有很大的优越性，非常人可比。这是先生思想敏锐并紧跟时代步伐的一个重要原因。

我从1994年10月19日住到北京，到1997年11月初离开，大部分时间住在季先生家附近，先在力学系，后在畅春园，离季先生家都不远，有时到未名湖边散步，也到季先生家附近。但是到季先生家里却少之又少。季先生十分繁忙，而我在三年间逐页过目了《四库全书存目丛书》所收入的4500多种古书，这些古书足有200万页，我经常每天只睡五个小时。还要每月回济南一趟，为学生补课，为王绍曾先生和商务印书馆处理一些《百衲本二十四史校勘记》的业务，以及一些家务。我的忙碌一点都不比季先生差。再加上我们治学的范围有很大不同，"没事儿套近乎"，在我是不可能的。

不过，有事还是要去季先生家。大约在1995年，工委会要送一本《存目丛书》样书给某重要人物，我拿着书一大早到季先生家，季先生正在东边这套书房的阳台工作。他让我坐在一边等着，提起毛笔，签上名，把书交给我。他告诉我先别合上，墨还没干。我就捧着书往外走，季先生一直跟在后边。他知道我是骑自行车来的，而他家门外往东的路上施工开了个小沟，只有30公分宽。他怕我拿着书不好过，就替我拿着书，先让我把自行车推过去，然后把书递给我，挥挥手回去了。我感受很深，觉得事情是那样平平常常，朴实无华，却又令人久久不忘，回味无穷。好像季先生的为人就在这一举一动之中表现出来，就在这平平常常中创造了他不平凡的一生。

我觉得季先生在《四库全书存目丛书》编纂出版的过程中，

始终是一个精神支柱，始终是一位导师。他的高瞻远瞩和非凡毅力，是这部旷世丛书成功的重要条件。1994 年至 1995 年间，《存目丛书》的编纂出版遇到了多种困难，几乎干不下去了。后来季先生描述这一段困难叫"黑云压城城欲摧"。但季先生认为这是关系中华民族文化传承的大事，一定要坚持。1995 年 11 月 26 日在人民大会堂召开的《四库全书存目丛书》首发式暨专家鉴评会上，季先生讲话说："在座的山东大学的王绍曾教授，他是我的老学长，他讲过《存目》书第一有用，第二可以保存古籍，如果古籍不把它尽量整理出来，就有可能会丢掉。我很同意王老这个意见。《存目》书没有什么深奥大义，没有什么了不起，就是有用。过去两年我几乎每天到北大图书馆去一趟，去查书，主要就是查《四库全书》，当时要是有《存目丛书》，对我会有很大帮助，当时没有出。为什么查《四库全书》呢？就是因为《四库全书》把好多书都集中在一起。如果未集中，借的话一本借一上午，我要查一百本书，一百天就过去了，集中起来对我们使用很方便。第二利于保存，不能集中就会散失，王绍曾教授的文章也讲到这点。从世界各国来看，中华民族大概是丛书出版最多的民族，我们是一个伟大的民族，是一个有悠久文化的民族，而且有记录，不是只有埃及金字塔等。所以，我们编纂出版《存目丛书》就是为弘扬中华民族文化这个伟大的工程做一件小事，一件具体的事。"《齐鲁晚报》上说我在谈到季先生时提及最多的一句话是："季先生是个实实在在的人，实实在在地待人，实实在在地做学问。"我想这是我最大的体会。到底如何为《四库全书存目丛书》定位？王绍曾先生在《光明日报》1994 年 12 月 2 日发表过一篇《印行〈四库全书存目丛书〉之我见》，是针对邓先生而发的，季先生看了以后非常赞成，并结合自己的经历作了进一步阐发。这是季先生实事求是的一种表现，是宝贵的学术精神。

季先生偶尔也来编辑部看看，大约在 1996 年季先生来了，还有周绍良、刘乃和、冀淑英等几位先生。我的书桌后边是一排书架，上面摆放着一些从琉璃厂买来的古书。他们进来时我在审稿子，赶忙站起来。周先生笑着对我说："怎么样？收获不小吧！"季先生凑近书架，看看那些古书，说："这都是国宝"。是些什么书，季先生没看，但他有一种基本信念，那就是古书要保护，不可再生。

我们在极度的紧张忙碌中度过了三年，转眼到了 1997 年 10 月下旬，这时《存目丛书》已大体出齐，准备在月底开总结大会。刘俊文先生在一次工委会上公开说："杜泽逊是唯一的《四库存目》专家，没有他我们不知要犯多少错误。"我知道这部《丛书》是集体智慧的结晶，刘先生这样表扬我，我是不敢当的。刘先生安排我在 31 日的总结大会上代表工委会和编委会作一个总结发言，要求长一点。我在 10 月 29 日乘火车回济南接王绍曾师赴京参加庆典，路上用复印坏了的纸背草拟了一篇《编纂〈四库全书存目丛书〉的回顾》，准备发言。30 日陪王师进京，接着投入会议筹备。半夜以后又把讲话稿重抄了一遍，并自己念了一遍，掌握时间。10 月 31 日总结大会在北大光华楼报告厅举行，各地代表 150 余人。这天早晨我和另外一位同事把张岱年、季羡林、汤一介等先生接到会场，到会的还有王绍曾、杨明照、黄永年、吴小如、刘乃和、冀淑英、来新夏、朱天俊等知名学者。我的发言系统阐述了《存目》书的价值和《存目丛书》编纂程序，受到与会专家的热烈欢迎。黄永年先生在发言中，明确指出《四库全书存目丛书》是古籍整理的一大贡献，他说："还有一个成果，就是杜泽逊同志所撰《四库存目标注》，是目录学上一大贡献。"他指着台下的我说："希望快点出来。"11 月 1 日，在人民大会堂香港厅举行了隆重的庆典，季羡林、任继愈两位先生以及日本学者沟口雄三，美国学者李弘祺都发表了热情洋溢的讲话。季先生讲话开头说："今天我来参加这个庆典，感觉到非常兴奋，非常高兴！因为我今天看到一本一本的我们的书，今天整个的书在下面陈列出来了，真是洋洋大观。我感觉到我们在不太长的时间内给我们的中国人民，给我们世界关心中华民族的朋友们，给我们的后世子孙，做了一件非常有意义、非常有价值的工作。我作为总编纂，实际上没做什么事情，我曾经跟任继愈教授，我们几位写过几篇文章，为我们这个书助威，当啦啦队，我是啦啦队的队长。"还是那么朴朴实实。季先生说："我们这个《存目丛书》经过了阳关大道，也经过了独木小桥。在开始的时候就碰到很大的困难，舆论界的困难。我们不管什么原因而有人反对，而且是声势很大，'黑云压城城欲摧'，有那么一种气势。我们对这个'黑云压城城欲摧'的情况，我们抵挡住了，我们照样开展我们的工作，照样开展我们的编纂。结果呢，是'山重水复疑无路，柳暗花明又一村'。"当谈到这部书的价值时，季先生说："昨天小杜同志讲得很详细，就是好多书收藏在个人手中，有的是这个图书馆有一半，那个图书馆有一半，如果我们不努力，这一本书永远是分离的，我们给它拼凑起来了。好多书，如果我们不影印，再过十年二十年或者更多的年头，就完全丧失了。所以我就说，我们给我们的中国人民，给全世界关心中国文化的学者们，给我们的后世子孙，做了一件非常有意义的事情。"我想这是对《存目丛书》的历史定位吧。

庆典之后，我加班加点整理了季先生、任先生几位的发言录音，并保留至今。我不知道这些讲话录音是否得到保存，所以不厌其烦地加以摘引。11月2日我就离开北大，陪王绍曾师回山东大学，结束了在北大的学术生活。那之后，在"中国基本古籍库光盘工程"一次会议上曾与季先生见过面，还在勺园一块吃了饭，但没有单独说话。2001 年 10 月 15 日，山东大学百年校庆，季先生来了。上午庆典。下午蔡德贵教授召集了一个"季羡林学术研讨会"，季先生来到会上与大家见面、合影。我上前与季先生握握手，贴着他的耳朵说："季先生，我是小杜。"季先生微笑说："知道。"许多人争着与季先生合影，我就退到了一旁。这是最后一次见到季先生。我为什么要报名呢？是怕先生不认识我了，不记得我了。这是当时的心情。可是，季先生走后，蔡德贵教授主持研讨会，他说："上午校庆，季老来了，会前有一点时间，闲谈了几句，季老提到三个人。一个是周来祥先生，认为周先生的美学是山大的牌子。一个是关德栋先生，问关先生的满文是否有继承？我说不了解。第三个是杜泽逊，认为杜泽逊的古籍研究了不起，他是王绍曾先生的学生。"第二天上午，陈炎教授主持研讨会，轮到我发言，陈老师说："这就是季先生表扬的杜泽逊。"一时间流传的"季羡林表扬了山大的三个人"的说法，就是这么来的。我担心季先生会忘记我，哪里想到他老人家特别想着我？那次之后，转眼又八年了，闻知先生遽归道山，检阅旧文，追忆往昔，思之泫然。

2009 年 7 月 15 日于历城清济堂

（原载于《历史学家茶座》2009 年第 3 辑，总第 17 辑）

蒋维崧先生杂忆

　　郑训佐先生邀我参加纪念蒋维崧先生诞辰一百周年学术讨论会，以事不能应命，追忆往昔，勉成此篇，聊寄缅怀。

　　蒋维崧先生原在山东大学中文系任教授。1975 年担任《汉语大词典》副主编，主持山东省《汉语大词典》编写工作，遂调山东大学《汉语大词典》编写组工作。1983 年山东大学古籍整理研究所成立，《大词典》工作基本结束，又调任古籍所教授，直到 1987 年退休。古籍所后更名古典文献研究所，隶属文史哲研究院，2006 年先生去世，丧事即由文史哲研究院办理。先生退休期间，2001 年被山东大学特聘为博士生导师，招收文字学（书法学）博士研究生，招生单位为文学院，徐超教授为合作导师。

　　1985 年我从山大中文系毕业，考入山大古籍所研究生班，专业方向为中国古代文学专业古籍整理方向，共十人。蒋维崧先生没有开设课程，只应学生的要求讲过一次课。蒋先生把他的书法作品挂在教室前头，非常和蔼地问大家："讲什么呢？"我站起来说："请先生讲讲这几幅字吧。"先生指着几个条幅说："这是行书，这是楷书，这是金文。"又没话了。过了一会儿，指着金文说："写金文必须让人觉得是写的。"久闻先生不善于讲课，果然。

1987年，我毕业留古籍所从王绍曾先生编纂《清史稿艺文志拾遗》，后来王先生要我代他讲"目录版本校勘学"课，1999年文学院又让我为研究生讲"文献学"课。我曾就"文献学"讲授内容向先生请教。当时计划讲经、史、子、集、释、道几个方向的要籍，先生主张只讲经、史、子、集。后来明白先生的用意，释、道专门，没有能力讲。

我在参加王绍曾先生的项目过程中，曾有一次到医院看望正在住院治疗的蒋先生。我给先生说："以前老辈是先读书，后做学问。我们也读了书，都是数、理、化、政治之类。现在跟王先生干项目，学校还要求发表论文，岂不是本末颠倒了吗？"先生一听笑了。他说："精他一两部，然后学会查。"又说："过去有目录学课，再看看《四部丛刊》，就知道门径了。"

王绍曾先生让我合作编纂《渔洋读书记》，是山东省古籍规划项目。我遇到"连珠印"一词，问先生。先生说："把一方印的印文刻在不同的印上，大小一致，配套盖上，如串珠，叫连珠印。"过了一会，又说："有的人把字刻在一块印石上，用锯锯开一个缝。"有些印文，不知道王士禛记载的是全文，还是转述的，先生主张都不加引号，只加顿号。

我从事《四库存目标注》时，过录不少题跋，有的行草书不认识，问谁谁不知，只好问先生。有一则是台湾"中央图书馆"藏明天一阁旧藏明嘉靖刻本《革朝遗忠录》，《四库全书》进呈本，有赵式手跋，台湾友人蔡琳堂代为复印，行书，又模糊不清，难以辨识，请教先生。先生仔细端详，最后全都辨认出来了。这种情况有几次。我曾把《存目标注》写定清本给先生看。先生问：

"哪里出？"我说："上海古籍。"先生说："好。"

先生为人为学都十分谨慎，许多人拿东西给先生看。先生不认可时就只是微笑，认可则明确表态。1988年，内人程远芬到西南师大进修，听过徐无闻先生的课，徐先生的弟子李伟鹏兄也在班上。1989年结业，我去重庆旅游，与内人同回山东。临行，内人提出请伟鹏兄治印留念，于是到外边买了块石头，我设计文字："杜泽逊程远芬珍藏图书之印。"伟鹏兄花了一整天，刻了细朱文印，希望我们带给蒋先生看看。我回到济南，带着印拜访蒋先生，那时先生住山大新校（今中心校区）南院。先生拿着印看了看，又到窗口仔细看了看，说："满好满好。"又说："藏书印就是要细朱文的，不然的话，沾印泥过多，盖在旧字画上，弄不好会把字画沾下一块来。"先生说话时带着和蔼可亲的笑，好像还在眼前。我把蒋先生的意思写信告诉了李伟鹏兄。后来徐无闻先生师徒展览，出了一册集子，有书法、篆刻，寄了两本，一本要我转呈蒋先生。先生看了后说："徐先生他们都是规规矩矩的。"又说："现在搞展览，写一个大大的'龙'字，旁边挂的小楷，就看不到了。一边放大炮，一边拉小提琴，谁还听得到？"还有一次李伟鹏兄来信说《乔大壮印谱》出版了，要我找蒋先生设法买一部。我到蒋先生家，先生拿出一函线装的《乔大壮印谱》，白宣纸精印，边栏好像是绿的，有蒋先生题的字，在那个年代，实在是少见的珍品。出版社是山东大学出版社，先生说是北京印的，他也只有一部，其余是海外包的，帮不上忙。

1988年殷孟伦先生去世，古籍所要出挽幛，董治安先生到蒋先生家去，我跟着。蒋先生问："写什么呢？"先生常常没词儿，问别人。董先生想了想，说"教泽绵远"。蒋先生说："必须金文里有。"片刻后说："教泽攸长。"后来给殷正林先生提到这件事，正林先生说："可惜没留下来。"

我喜欢买些旧书，一次在济南古旧书店买到黄孝纾先生的《匋厂文稿》，线装二册，拿给先生看。前有金陵蒋国榜序，蒋先生笑着说："蒋驴子，当时不知其名。"先生又指着书中一篇婚颂说："我结婚时，黄先生写的婚颂。"我问存着吗，先生说："没有了。"

先生在生活上颇有讲究，八十年代听说他家有保姆，十分新鲜。又听说吃芹菜都要去了筋，一顿只吃一小点儿。一次先生住院，我们青年人轮流去侍候。吃饭了，他说："你告诉护士，我定的牛奶不要了。"我问先生吃什么，先生说："你去外边看看，有卖馄饨的，只买他的皮，不要馅。"我买回来，先生说："抽屉里有半只对虾，倒在电热杯里，作汤料，烧开了，下上馄饨皮，再加点盐，香油。"我把煮好的馄饨皮倒在饭盆里，先生尝尝，我问："怎么样？"先生说："马马虎虎。"和蔼的笑始终挂在脸上。先生待人非常和气，特别有修养。

1985年先生到杭州，是沙孟海先生请去的，结果生病了，吐血，古籍所派刘晓东老师去杭州接蒋先生回来，临行时，等待车送，先生说："我试试沙孟海给我的笔。"泡了泡，写了几个字。刘老师说："蒋先生遇这么大的事，不慌，真是。"回济南后，住省立医院，发现胃癌，动了手术。我们轮流侍候，一次轮到我，先生要喝水，说："拿过那个小壶，里面有凉开水。"我拿来，先生躺在那里，张开嘴，我就往嘴里倒。先生一笑，倒在脸上了。"你把壶嘴放我嘴里，我吸。"先生和气地说。我这才明白了，以前哪见过这阵势，一般只是用小勺，这办法真没见过。

还有一次住院，不知什么人送去了特色小吃，客人高谈阔论之后走了。我说："吃吧。"先生说："不吃。"我说："那怎么办？"先生说："端来我看看。"先生尝了一块，说："你也尝尝。"我也尝了一块。先生说："倒了吧。"我有些不解，先生说："家里一会儿送饭来，你我各一份。"我明白了，可还是觉得很特别。毕竟那时生活还不宽裕。多年来，我常常想起这件事。现在对于剩饭菜，也常常倒了，尽管并没有坏。不倒又怎么办呢？自己吃不了，又不能给别人吃。

1988 年，蒋先生访问日本。师母身体弱，但一直尽心尽力侍候。这次师母说："我就不送你了。"不几天师母跌倒，摔断了胯骨。周民老师命我用自行车推着师母，周老师扶着，到了山大校医院，后来去了花园庄结核病院，才知道师母结核病已不可疗救了。过了几天，听说师母去了。先生从日本回来，老伴已经不在了。

2011 年，山大校园竖起了蒋维崧先生半身雕像。那天举行落成典礼，我和刘晓东老师都去了。人们走了之后，我们在像前站了一会，刘老师吸着香烟，他是蒋先生在词典组时学校安排的蒋先生的助手，在学术和为人上深受影响。我对刘老师说："白色大理石，适合蒋先生，他是清雅一路。"刘老师说："是啊，是啊。"蒋先生国学修养极精博，尤其是语言文字和书法、篆刻，深受学界推许，而他的涵养，也同样是高不可及的。

2015 年 9 月 24 日晚

（原载于《山东大学学报》2015 年 10 月 28 日）

长伴蠹鱼老布衣

——记藏书家张景栻先生

　　济南张景栻先生，字亦轩，生于1913年，年近九十矣，而饮食起居如恒，精神矍铄，读书作文，孜孜不倦。先生精书法，擅楷隶，登门求字者踵系，未尝拒之门外，齐鲁书社影印《说文解字义证》，卷前书名即先生手笔。先生父讳鹤元，字韵皋，任军医垂二十年，工书法，能绘事，喜聚书，所藏医籍尤富，不乏稀见之本，尝仿日本丹波元胤《医籍考》撰《中国医籍总目提要》，旋以藏书毁于军阀混战而辍笔，遗稿亦于"文革"中散佚。今先生家中犹存其父校录清代祖承业《祖氏医案》四卷，堪称纪念之物。先生幼承庭训，亦喜购书，四五岁时，父为买得儿童读物中华书局出版《中华故事》，其中故事采自《廿四史》，原文加句读，上文下图，读之心喜，始得一二三集，甚爱惜，装于木匣，夜置枕边。后出至十二集，皆请父购买，仔细保存。此先生藏书之始。先生有表侄蔡新雨，字元瀚，长先生八岁，工诗古文，喜聚文学书籍，室名"抚壮室"，尝任《新鲁日报》编辑，著有《紫桐花馆诗草》、《饧口文存》。先生幼时随母到外祖家，时外祖父、母及舅父均已故去，先生郁郁寡欢，欲别去，舅母命到表侄房内玩耍，见书籍颇多，更有儿童读物，为新雨幼时所习者，则又恋恋不舍也。临行，新雨赠以中华书局出版《小朋友》增刊《凉风》、《明月》二本，阅而喜之，因自往教育图书社按期购买。又赴商务印书馆济南分馆预订全年《儿童世界》、《少年》杂志，是为先生收藏期刊杂志之始。先生表兄蔡春潭，清末曾任济南报馆主笔，常于报端发表言论，鼓吹革命，被捕入狱。辛亥革命后，知交及群众破狱拥出之，当时政府颁发蒙难勋章。春潭、新雨父子均喜林琴南所译外国小说，先生亦常借阅，久之则自购。商务印书馆存书已甚少，则求于冷摊旧市，后积至百又三种，且有一种兼收数本者，《巴黎茶花女遗事》、《黑奴吁天录》均有多种版本，先生均另加书衣，装于箱内，此先生有系统藏书之始。惜"文革"中尽佚毁，仅存一本。先生叔父讳鹏元，字霄程，在北京陆军部任办事员。同僚赠其民国元年石印《神州光复志演义》，后以转赠先生。先生读而善之。是书首章叙述满州之兴起迄明永历朝之覆灭，读之尤为感动。自是对晚明史发生兴趣，留意晚明史籍之收藏。初购《明季稗史汇编》、《荆驼逸史》、《痛史》、《明季南北略》等通行本，继则物色稀见本，旁及明清之际禁书，思欲汇集晚明史料，补修《续明史》，以明季弘光、隆武、永历各朝为正统，并仿裴松之注《三国志》例，逐条加注，以广异闻。由于资料屡聚屡散，而终成画饼。然于明季遗民之志节，先生深有感触。先生读书于济南市南城根街之师范附属小学，时南门内舜井街南首路西有旧书店曰"友竹山房"，主人吕川升，字小舟，外号吕狼子。先生课余常到友竹山房购书，以年少，未敢入室，仅于门口观览零本，偶见清人濮文暹《见在龛杂作存稿》，石印本，读之心喜，购之以归，此为先生收旧书之始，时十一岁。后先生又得濮氏《见在麗集》，刻本甚佳，并藏之。先生一生喜书，所到书店甚多，皆能记其名号里籍，唯与友竹山房吕氏交谊甚厚，数十年不衰，良有以也。济南大明湖畔有山东省立图书馆，藏书颇丰，日照王献唐先生主馆务。先生少时常到馆阅书，唯限于普通本。一日，同学沈其芳约至善本书室看印谱，方知善本书室在普通阅览室圆厅北，其地四周环水，通一小桥，楼下设长案联椅，壁上挂牌，标示书名，随指某书，馆员即上楼取来，供人阅览，真佳处也。先生自是常到善本室，渐知何者为善本，购买旧书亦稍稍择其善者。某日过市，见小学同学张汝桐为人代卖《稗海》一部，明刊后印，共八夹，索二十五元，乃取样本回家，请于父，父嘉其志，为购之，此先生收善本之始。其后世界书局之《十三经注疏》、《诸子集成》、《前四史》、《资治通鉴》，商务印书馆之《国学基本丛书》、《大学丛书》，父皆为整套订购，并戒之曰："汝年尚少，买书务求善本，是谓玩物丧志，潜心学业，读有用书，庶几玩物而不丧志。"先生自是广聚群书，新旧杂陈，手不释卷，数十年如一日。新旧古书以外，先生复留意购藏乡邦文献，积久成多，先生对地方人文历史亦因之了如指掌。

先生旧居济南市棋盘街，老屋十间，日积月累，图书充栋。1958年先生家南屋被街道办事处占为食堂，继之以北屋，先生被赶至街对过五间屋内，家具弃置道旁，任人拿去，图书堆置院中，惧雨，乃以每斤二分钱大批斥卖于故纸店。先生所收明版不少，时又逼公债，无可逃脱，既认购，则急催付款，万般无奈，遂请书贾贡世卿廉值代售，明版《唐类函》、《潜确类书》、《元白长庆集》、《稗海》等大部头书，及禁毁书若干均在其中。当时明版不以为贵，今日视之，亦属善本。1958年后，生活日窘，继续卖书。至"文革"，先生藏书几遭覆没之灾，自谓："丙午浩劫，首当其冲，街道办事处以破四旧为名，发动'群众'尽取所藏，于院中拉杂摧烧之，自午至暮，积灰数尺。复封闭房门，大索三日，尽将所余书籍碑帖书画，联车载去。于时几欲攀辕卧辙，为二少年挟持，臂为之伤。后辗转没入市博物馆及市图书馆。手稿及抄存资料更散失不可问。"（《山东藏书家史略序》）当时烬余书籍及书画碑帖被席卷而去者凡十三车，"文革"后奉命发还，仅得一车有半，且不尽旧物，故先生家中所存，又烬余之余也。

余生也晚，1991年始因王绍曾师之介得识先生。时绍曾师方率泽逊等纂辑《清史稿艺文志拾遗》，又与同人辑山左遗著为《山东文献书目》。先生开示家藏乡贤著述，以供采摭，计有明张梦鲤《交绣阁诗草》四卷《文》一卷清钞本、明毕自严《焚黄稿》一卷原稿本、明张嗣诚《丽光楼诗钞》一卷乾隆钞本、明黄培《即墨黄锦衣诗》一卷明钞本、明姜圻《莱阳嵯峨山人诗》一卷明钞本、清王士禛《陇蜀归来稿》一卷手稿本、清张重润《栖泌园诗稿》二卷乾隆钞本、清毕际有辑《婋节堂尺牍》二卷原稿本、清张学慎《贻谷堂诗钞》一卷乾隆钞本、清张顾撰、高凤翰评《病中吟》一卷手稿本、清张象恩《小乖崖稿》原稿本八册、清朱曾传撰、余正西补《腐毫集》二卷《补遗》一卷手稿本、清张心钤《戆斋诗草》二卷乾隆钞本、清方昂撰、周永年评《怀友录》一卷原稿本、清王守中《仓泉杂咏存稿》二卷同治五年稿本（存卷上）、清孙葆田《山渊阁选读古文词序目》一卷稿本等数十种，大都未刊孤帙，幸逃劫灰者。又昆明萧应椿，以父培元官济南知府、署山东按察使，因家济南，为史家周一良先生外祖父。一良先生自幼丧母，而于外家颇怀念，尝撰《记昆明萧氏事及其旧藏文物》一文（载《思想战线》2000年3期），记述甚详，而于应椿著述则未之及。亦轩先生藏有萧应椿《紫藤花馆诗集》二卷手书稿本。据一良先生引述《明湖客影

录》，应椿工诗，擅真行书，富藏书籍字画金石碑帖。若睹其《诗集》
遗稿，正不知感慨何如也。五十年代初，济南范之杰家藏书散出。
之杰字隽丞，前清翰林，1920年1月署湖北省高等审判厅厅长，
1921年10月任武昌关监督，购得宜都杨守敬观海堂旧藏日本卷子，
藏于济南家中。建国后，之杰居上海，任文史馆员，家中藏书为
侄辈偷卖，之杰未知也。其日本卷子先经友竹山房吕氏示齐鲁大
学栾调甫先生，调甫先生以叶德辉《书林清话》颇讥杨守敬"作
伪"(《书林清话》卷十《近人藏书侈宋刻之陋》："至宜都杨守
敬，本以贩鬻射利为事，故所刻《留真谱》及所著《日本访书志》
大都原翻杂出，鱼目混珠。盖彼将欲售其欺，必先有此二书，使
人取证，其用心固巧，而作伪益拙矣。"按：此系叶氏厚诬杨氏，
未可信也)，故仅留一二，其余百十数卷尽归亦轩先生所有。暇时
亦轩先生携《玉篇》谒王献唐先生，适调甫先生亦至，献唐先生
展阅之下，惊讶不已，谓影摹之工，过于毛钞，并讥调甫先生"没
古董眼"，促调甫先生携回加跋。调甫先生阅后，始悟叶氏之谬，
遂撰长跋以归亦轩先生。按此卷疑即《古逸丛书》据以影刻之底
本，亦轩先生尝出以示余，精裱长卷一轴，今阅十载，犹在眼前。
先生又尝出示《庄子》之《庚桑楚》、《外物》、《寓言》三轴，
《文馆词林》三轴，皆日本皮纸影写古抄本，《文馆词林》亦疑
为《古逸丛书》底本，《庄子》三篇则未刊。其余以日本人写佛经、
密宗仪规、日本古文书等居多。每卷多钤"杨守敬印"、"星吾
海外访得秘笈"等印记，《日本访书志》著录。此项卷子"文革"
中损失较小，现大都存于先生家中，先生与哲嗣张旻已别撰目录
以记之。

先生藏书中仍以两部校本为难得，一为顾千里校《说文解字
系传》，一为许印林校《蔡中郎集》。《说文系传》为海源阁故

物，乾隆四十七年汪启淑刊大字本，顾广圻手校。《楹书隅录初编》卷一著录云："大徐本自汲古阁毛氏镂版后，复经孙渊如、经约斋两先生据宋椠开雕，已可家置一编，而小徐《系传》则元以来传世绝鲜。国朝歙汪氏、石门马氏虽有刊本，又讹漏殊甚。寿阳相国春圃年丈督学江苏时假涧蘋居士影宋本并黄荛圃所藏宋椠残本（原注：即汪氏艺芸书舍本）重加校刻，于是学者于楚金之书始获见真面目矣。此本即涧蘋居士以影宋本手自契勘者。其云十一至二十，盖指补脱之卷言之，非所校止此。又间有称残本处，则以黄本参校者也。寿阳所刻固已精密，然此本为涧蘋手校，且合大徐、《韵会》互相稽考，尤极详审，亦读楚金书者所亟当探讨已，故并储之。"民国间海源阁书散出，王献唐先生得此书与黄丕烈手校《穆天子传》，因颜其室曰"顾黄书寮"。献唐先生《穆天子传跋》记其事云："十九年夏，聊城杨氏海源阁藏书散出，流落保定、天津市肆，济南敬古斋亦收购多帙。时晋军入济，余交卸离馆，将束装旋里，适过敬古斋，出视此书及顾千里校《说文系传》，展玩未久，炮声隐隐动天外，市语苍皇，瞬息万变。戏谓敬古斋主人，解职得一月修俸，备作资斧，世变甂匦，深恐书流域外，能倾囊相易乎？主人与余交久，慨然见许。挟书归寓，篝灯为《系传》校记。宵深人寂，万念怆动，数十里外，方且肉薄血飞也。"（《双行精舍书跋辑存续编》）此二书实为献唐先生藏书之双璧。建国后，路大荒先生劝献唐先生捐献二书，献唐先生不情愿，乃以《穆天子传》归周叔弢。亦轩先生闻之，嘱献唐先生《说文系传》割爱时勿让与他人，献唐先生即以《系传》让归亦轩先生。书去之日，亦轩先生复请献唐先生跋尾，以记因缘云。此书亦轩先生尝出示，海源阁木匣尚存，殊精雅。《蔡中郎集》十卷《外纪》一卷《外集》四卷附《列传》一卷《年表》一卷，

188

咸丰二年杨以增袁江节署刻本，为《海源阁丛书》之一。此本杨氏据黄丕烈、顾广圻校明刻本刊刻，莫友芝《邵亭知见传本书目》云"最精备"。许瀚即以杨氏刻本为底本，详加考校，校语甚夥，皆以签条夹于书中。原为日照丁懋五后人所藏，后归亦轩先生。其校语则有单本抄帙，齐鲁书社排印《杨刻蔡中郎集校勘记》一册是也。抄帙略脱，排印前尝经亦轩先生据原校本补足。《清史稿》称许瀚"博综经史及金石文字，训诂尤深，至校勘宋元明本书籍，精审不减黄丕烈、顾广圻"，故印林校本为世所重，不下黄、顾，今先生以顾校《说文系传》与许校《蔡中郎集》并储一室，亦可称双璧矣。先生蓄法书名画碑版亦富，以余疏于此道，未尝出示，故亦不之及。

先生一介布衣，居陋巷，中年丧妻，抚养六子女，衣食或有不继，而志节不稍移。闻明臣边华泉墓被掘，奔走呼吁，并购华泉祖母墓志藏之。又闻明臣赵世卿墓遭毁，亟购其墓志辇至家中。又尝架云梯登佛慧山，手拓宋人重镌大佛头记。齐鲁书社影印曲阜桂馥《说文解字义证》，先生为加句读，三月而成，且订正桂书讹误百余事，附识卷尾。尝见先生所读《诗切》、《八琼室金石补正》影印本，皆为订讹误，正句读，深服其精博。若先生者，真读书人之藏书，厕身当今社会，鲜有不讥其迂者，焉得皇甫士安复为立传乎。

（原载于《藏书家》第 4 辑，齐鲁书社，2001 年 9 月）

傅璇琮先生印象记

2016 年 1 月 23 日傅璇琮先生去世，这位一生勤于著述、积极贡献于古代文学和古代文献学事业的文化巨匠为自己的人生画上了圆满的句号。

我认识傅璇琮先生，是因为参与王绍曾先生主持的《清史稿艺文志拾遗》。王先生为出版事到北京中华书局，我陪着前往。在历史编辑室见到张忱石先生，过了一会儿，傅先生来了，站着给王先生说话，非常肯定地表示，《清史稿艺文志拾遗》是中华书局约稿，当然要予以出版。傅先生个子不高，非常精神。这是第一次见面，没有单独说话。这一次到北京，王先生还见过赵守俨先生，谈张元济先生《百衲本二十四史校勘记》稿本。这部一百七十余册的巨大稿本，中华书局点校《二十四史》时从商务印书馆借去，借条是历史编辑室主任赵守俨先生签的。八十年代，王先生发表论文，呼吁整理《百衲本二十四史校勘记》。赵先生坐不住了，发动中华书局同事找这部稿本。因为各史的点校者不同，《衲史校勘记》就分给不同的先生了。是不是都归还了，在那个年代，也不敢保证。最后大部分找到，归还了商务。有七种丢失，至今下落不明。赵先生吐字清晰，举止文雅。他说："王先生，你的心情就是我的心情，《衲史校勘记》一定要找全。"后来赵先生患病过世，没有看到《百衲本二十四史校勘记》最后整理出版。

真正与傅先生交往是从参与《四库全书存目丛书》编纂开始的。1992 年 5 月，国务院第三次全国古籍整理出版规划会议在香山饭店召开，匡亚明先生接任组长，傅璇琮先生当选秘书长，小组办公室设在王府井大街中华书局，傅先生是中华书局总编辑。可以说，那时傅先生成为我国古籍整理出版事业的领导者。这次会议上，周绍良先生提出《四库全书》存目之书应当搜集整理，出版一套《四库全书存目丛书》，与《四库全书》配套。胡道静先生表示赞成，并列举《存目》中的李卓吾等人著作，认为其中不乏重要著述。二位先生的发言刊登于会议简报，又刊于《国务院古籍整理出版情况简报》。据张忱石先生说，北大刘俊文教授来中华书局，和他谈及什么项目可做。张先生拿着简报说《四库全书存目丛书》可做。刘先生非常感兴趣，于是以北京大学东方文化研究会历史分会名义打报告给国务院古籍规划小组，这个报告经古籍小组改订，送匡亚明组长，获得批准立项，《四库全书存目丛书》成为国务院古籍整理出版重大项目。我在看到《古籍简报》周、胡二先生发言后，也有很特别的感受，因为当时我已经开始从事《四库存目标注》，也就是《四库存目》著录的 6793种古籍的存藏情况调查和版本著录。我看了《简报》就去找董治安先生。董先生参加了香山会议，他建议我写一篇东西，寄给傅璇琮、赵守俨、安平秋、章培恒、周勋初、黄永年六位先生。我就用文言文摹仿孙诒让《温州经籍志叙例》写了《四库存目标注叙例》，寄给六位先生。傅先生、赵先生都有回信。章先生则向岳麓书社推荐过这个项目，岳麓书社的领导来信约稿说是章先生推荐。傅先生回信中表示要向匡亚明先生推荐《四库存目标注》，并把《叙例》发表于 1992 年 11 月 20 日第 264 期《古籍简报》上。当年 12 月刘俊文、张忱石等先生提出影印《四库存目丛书》项目，报告中采用了我的《叙例》的有关内容和潘耒《类音》等实例，说明我的《叙例》受到了专家的关注。1993 年 1 月《四库全书存目丛书》编纂出版工作委员会成立，不久我被傅璇琮先生约到北京古籍小组，傅先生和张忱石、许逸民、张力伟诸先生接待我，在会议室讨论《存目丛书》方案，傅先生当时命我负责《四库存目》各书的调查工作，担任工委会委员。后来又一次到京，在中华书局张忱石先生办公室见到刘俊文、张忱石先生，进一步明确我的任务是调查《四库存目》各书的存藏和版本。刘先生当面说："你的《标注》是你的，你有知识产权，我们只印《四库全书存目丛书》，使用你的调查成果。"《存目丛书》到 1997 年 10 月底完工，我在北大工作前后四年，加上 1993 年筹备工作，前后五年，在《存目丛书》工作中担任工委会委员、编委会常务编委、总编室主任。在这个过程中与顾廷龙、季羡林、周一良、周绍良、冀淑英、刘乃和、昌彼得、黄永年、白化文、安平秋、杨忠、曹亦冰、张玉范等前辈建立了很好的学术关系，与罗琳、张建辉、刘蔷、李际宁、刘大军、刘玉才、顾歆艺、吴格、宋平生、辛德勇、陈秉仁、倪晓健、李国庆、白莉蓉、王清原、童正伦、石洪运、徐忆农、沈志宏、刘乃英等一大批师友建立了良好关系，为我承担的教育部项目《四库存目标注》最终完成创造了得天独厚的条件。业师王绍曾先生也多次到北京参加《存目丛书》的会议，发表意见，与学术界的老友见面，还在中央电视台晚间新闻的报导中数次露面，这为老师的晚年带来了荣耀和快乐。

在参加《四库全书存目丛书》初期，由于年轻无知，不了解北京学术界的人事关系，我曾无意间把傅先生的一封信给他人看过，给傅先生带来被动，这使我一直很内疚，并在给傅先生的信中表示歉意。傅先生在回信中表示我辈以学术为己任，其他不必介意。以后每次开会见面，先生都对我很关怀，很和气，多次通信，赐寄新著多种。中央领导李长春、刘云山同志看望先生，先生还特别给我寄了会见的照片并附信一封，使我体会到老一辈知识分子在受到中央隆遇之后的真实情感。这种情感在历史上历久弥笃，即使在今天，也丝毫不减。

我从事《四库全书》及《四库全书总目》研究始于1986年，那时在山大古籍所研究生班。在实习途中，从郑州买到一部《四库全书总目》，该书前面有1964年以"中华书局编辑部"名义写的《出版说明》，是我对《四库全书》及《四库总目》的入门，后来又读了郭伯恭的《四库全书纂修考》。多年以后才知道中华书局《四库全书总目》的《出版说明》出于傅先生之手。今天看，这是一篇很有分量的出版说明，当然个别问题还可以再考虑，如其中认为浙江刻本来自武英殿本，崔富章先生指出浙本来自文澜阁藏钞本。但总的看，这篇出版说明是阅读利用《四库全书总目》的指导性文章，也是撰写"出版说明"的范本之一。我在从事《四库存目标注》之初撰写的《叙例》，计划使用的底本是胡虔辑《四库全书附存目录》。寄给傅先生后，傅先生回信建议仍用中华书局影印浙本《四库全书总目》的"存目"部分作底本。我完全照办。只是根据胡虔的本子增加了若干浙本未有的条目。傅先生对后学毫无架子，回信非常及时，而且内容充实，多有启发，没有应付的成分，这是十分难能可贵的。

2013年我创办了《国学茶座》（季刊），这份刊物的开本和内容都与中华书局《文史知识》相近，而又深受《学林漫录》的影响。

《漫录》是傅先生创办的，也发表过王绍曾先生关于张元济先生校史处的回忆文章，是我喜欢的刊物。《国学茶座》每期封二介绍一位国学名家，内文配合发表学术传略。在第四期特别邀请刘石先生撰写了《汲古得修绠，绩学若灵光——傅璇琮先生印象》一文，封二刊登傅先生的照片和《唐代诗人丛考》书影、简介。在古代文学研究领域，傅先生以开拓创新精神引领学术界，而《唐代诗人丛考》又是傅先生较早显示其开拓创新能力的著作，所以与刘石先生商议用这本书作为傅先生的代表作。从这些点点滴滴可以看出，我们受傅璇琮先生的影响处处可见，这样有建树的学者，在傅先生同辈中还有若干位，他们代表一个时代，具有某些共同的学风，功力深厚，积极开拓，在经历了政治与经济的困难之后，重新站起来，无怨无悔，奋斗到最后一刻。"壮怀激烈"，也许可以形容他们吧。

2016 年 11 月 12 日草于校经处

（原载于《傅璇琮先生纪念集》，中华书局编辑部编，中华书局，2017 年 3 月）

王绍曾教授与古文献学研究

　　王绍曾先生，江苏江阴人，1910 年生，现为山东大学古籍整理研究所教授、古文献学专业硕士研究生导师。1930 年毕业于无锡国学专修学校，以优异成绩见知于唐文治、钱基博两位大师。同年入上海商务印书馆，协助海盐张元济先生校勘《百衲本二十四史》，亲炙于张氏之门。王先生早在 30 年代即已在目录版本学方面崭露头角，发表了有分量的论著：《目录学分类论》(《国专丛刊》第一种)，是国内最早的目录学专著之一。《二十四史版本沿革考》(《国专月刊》1935 年 1 卷 1—4 期)，是迄今为止探讨全史版本的唯一论文，1989 年被台湾《中国图书·文献学论集》(增订本)收录。《史通引书考初稿绪论》、《缪艺风著述目补》等论文，被《国风半月刊》、天津《大公报·图书副刊》发表，引起学术界的重视。

　　1963 年至 1982 年，王先生在山东大学图书馆从事古籍整理工作，所编《古籍目录版本校勘文选》，受到学术界的好评。

　　近 10 余年来，王先生的研究成果，大致有五个方面：(一)对目录版本校勘学遗产的挖掘整理研究。如《十八世纪我国著名目录学家周永年的生平及其主要成就)(《山东图书馆季刊》1981 年第 2 期)、《胡适校勘学方法论的再评价》(《学术月刊》1981

年第 8 期)，都有独到的见解，发人所未发。(二) 在国内首先研究总结张元济整理古文献的成就与经验。《试论张元济先生对近代文化事业和目录学的贡献》(《山东省图书馆学会会刊》1978 年)，是国内第一篇研究张元济的学术论文。《张元济先生在商务印书馆办的几件事》(《学林漫录》初集，1980 年) 发表后，当年即被《新华日报》文摘版转载。《近代出版家张元济》(商务印书馆 1984 年版) 一书，赢得国内外行家的赞誉，《读书》从 1985 年到 1987 年先后发表书评 3 篇，给予充分肯定。《张元济校史十五例》(《文献》1990 年第 2 期)、《百衲本二十四史校勘记必须得到重视》(《古籍整理研究学刊》1989 年第 6 期)，总结了张元济的校史义例和校勘全史的重要贡献。(三) 主编《清史稿艺文志拾遗》(中华书局约稿)。此项工作 1989 年已被全国高校古籍整理工作委员会列为重点资助项目。已完成的经史两部，增补达 19000 种以上，预计全书将增补清人著作 4 万种。(四) 挖掘整理山东地方文献。曾先后与其他同志合作编成《山左戏曲集成》、《山东藏书家考略》(均系齐鲁书社约稿)。尤为重要的是由他主编的《山东文献书目》(已由齐鲁书社发排)，著录了从先秦到近代有版本流传的山东先贤著作 4692 种，为整理山东省古籍提供了可靠的依据。(五) 主编《中国文化史知识丛书》。1988—1990 年已先后由山东教育出版社出版 26 种 (1991 年将出齐 30 种)，受到各层次读者的欢迎。《中国教育报》、《文汇读书周报》、《人民日报》(海外版) 都发表书评予以肯定。1988 年获山东省新闻出版局优秀图书奖，1989 年又获上海市第二届全国优秀图书评选金钥匙一等奖。

如今，王先生虽已年逾八旬，但仍孜孜矻矻，耕耘不止。1988 年被山东省科协授予 "优秀科技工作者" 光荣称号。

（原载于《文史哲》1991 年第 4 期）

从无锡国专到山东大学

——文献学家王绍曾先生采访记

　　王绍曾先生，字介人，号介庵，江苏省江阴市人，1910 年 (宣统二年) 生，1927 年以同等学历考入无锡国学专修学校。无锡国专为国学大师唐文治创办，唐氏自任校长，延请名师朱文熊、钱基博、陈柱、陈衍、顾实、冯振、陈天倪等授课，一时人才如唐兰、王蘧常、吴其昌、蒋天枢、钱仲联、吴则虞、朱星、周振甫、冯其庸等，皆出国专，蔚为海内名校。王绍曾先生在校期间打下了坚实的国学基础，以优异成绩毕业。1930 年，因唐文治校长之介，入上海商务印书馆校史处，协助海盐张元济先生从事《百衲本二十四史》校勘工作，从此终生受张氏影响，走上古籍整理研究之路。1932 年 "一·二八" 事变，日本飞机轰炸上海闸北，商务印书馆被炸，被迫停业。王绍曾先生离开上海，回到母校无锡国专，接替蒋天枢先生任图书馆主任。时蒋天枢先生考入清华研究院，准备北上。在国专图书馆期间，王绍曾先生撰写并发表了著名的《二十四史版本沿革考》(《国专月刊》第 1 卷 l—4 期连载，1934 年)、《史通引书考初稿绪论》(1935 年《国风半月刊》第六卷 1—2 期合刊) 等一批重要论文。同时兼授文言文写作课。1935 年，应民族资本家上海大中华橡胶厂创始人薛福基之邀，担任江阴尚仁职业学校校长。该校为我国早期职业学校之一，主要为大中华橡胶厂输送财会经营人才。抗战期间，王绍曾先生流亡后方，曾在新生活运动委员会及国立高级助产职业学校工作。因日寇轰炸频繁，为求安全起见，前往西康省西昌工作，任《宁远报》社经理，其间并创办《新宁远》月刊，任主编。全国解放后，经国务院参事周士观先生推荐，入华北革命大学政治研究院第三期学习，一年后由华东教育局分配到山东从事教育工作，先后担任济南工业学校、山东机械工业学院、济南工学院图书馆副主任及图书馆委员会主任委员。1960 年，王绍曾先生以五十岁高龄考取山东大学高亨教授的函授研究生。1963 年经高亨先生推荐，王绍曾先生调入山东大学图书馆工作。其间，在高亨先生指导下，王绍曾先生撰写了一部《商君书集释》，并已确定由中华书局出版。1966 年"文革"爆发，王先生被抄家，图书文稿被洗劫一空，数年心血，都成"广陵散"。1978 年，《中国古籍善本书目》编纂工作启动，王绍曾先生根据当时规定的"善本"标准，从山东大学古籍书库中清理出善本数百种，合原定善本共约 1200 种，逐一鉴定，记其行款、版式、刻工等，上报《中国古籍善本书目》编委会，同时编成《山东大学图书馆古籍善本书目》，送山东大学印刷厂印刷。因排版不合要求，由印刷厂重行排版，结果印刷厂竟将原稿丢失，终于未能印出。但这是山东大学第一部善本书目，其卡片目录保存下来，成为后来新编《山东大学图书馆古籍善本书目》的基础。1978 年，研究生恢复招生，山东大学殷孟伦、殷焕先、王仲荦三位教授的研究生均请王绍曾先生讲授"目录版本校勘学"课，先生编选了《古籍目录版本校勘文选》，油印成书。1979年，高校图书馆职称评定，王绍曾先生被评为研究馆员。1983年，山东大学古籍整理研究所成立，王绍曾先生调任该所教授。从此进入学术生涯中的金秋季节。在此之前的1981年，王绍曾先生身患癌症，作了切除手术，成功地度过了人生的一劫。他在手术后不久，即撰写了第一部专著《近代出版家张元济》，由商务印书馆出版，在学术界引起很大反响。王绍曾先生的主要学术成就，是在他70岁以后的二十多年创造的。20年间，可谓多头并进，全面开花。先后主持完成并出版《渔洋读书记》(青岛出版社)、《山东文献书目》(齐鲁书社)、《山东藏书家史略》(山东大学出版社)、《中国文化史知识丛书》(30种，山东教育出版社)、《清史稿艺文志拾遗》(中华书局)、《订补海源阁书目五种》(齐鲁书社)、《山左戏曲集成》(上海古籍出版社)。论文选集《目录版本校勘学论集》亦由上海古籍出版社刊行。此外又受商务印书馆委托主持整理张元济遗稿《百衲本二十四史校勘记》(商务印书馆出版)。正在进行的项目还有《缪荃孙研究三种》。以上这些研究，主要属于三个方面：一是清代文献研究，二是张元济研究，三是山东文献研究。在这三个领域，王绍曾先生都是权威学者之一。王绍曾先生的巨大成就，在近二十几年间，可以称得上中国图书文献学界的一大风景线。2002年，王绍曾先生主编的《清史稿艺文志拾遗》获国家教育部第三届人文社科优秀成果一等奖，在图书馆情报文献学学科，这是三届评奖中唯一的一等奖。这可以认为是对王绍曾先生整体成果的共同奖励。2006年，王绍曾先生主持整理的《百衲本二十四史校勘记》又获国家教育部第四届人文社科优秀成果二等奖。王绍曾先生今年已97岁高龄，虽然已不能再亲自从事学术研究与写作，但仍然通过报纸、电视及弟子们关心着学术界的一举一动。

杜泽逊问（下同）：王先生，您今年97岁，看您现在状态良好，活过一百岁不成问题。

王绍曾答（下同）：有可能。不过已成累赘了，每天要人侍候。（笑声）

问：您的长寿有无遗传因素？

答：有。我母亲活到八十多，养蚕为生，那时生活、医疗都不如现在。我弟弟也活得好好的，前不久他夫妇两个上了《江阴日报》头版（出示报纸大照片）。不过生命在于运动，适当锻炼，也是必不可少的。

问：您在无锡国专受哪位老师影响最大？

答：当然是钱基博先生。钱先生是上海光华大学文学院院长，兼任国专校务主任，每个星期都来国专授课。讲韩愈文、《文史通义》、目录学。我的毕业论文《目录学分类论》六万言，就是钱先生指导的。钱先生满意极了，打了100分，并建议国专列入《无锡国专学生丛刊》第一种予以出版。他还拿着我的论文到光华大学在老师中传阅，后来又在另一位同学俞振眉的论文中这样批示："吾自讲学大江南北以来，得三人焉：于目录学得王生绍曾，于《文史通义》得陶生存煦，于韩愈文得俞生振眉。"在以后的颠沛流离中，我和钱先生一直有联系，可惜信件全都丢失了。

问：无锡国专的学习方法和培养路子在今天还有没有借鉴意义？

答：当然很有借鉴意义。首先要延揽名师。唐老师影响大，能请到名师。其次是专心致志。那时吃饱饭不干别的，就是念书。

课程很专门，不像现在课程那么多，眼花缭乱，许多无用的课。

问：您在商务印书馆工作几年？有什么感受？

答：我在商务工作只有两年。那时海盐张元济先生校勘《百衲本二十四史》，商务印书馆专门在张先生家附近赁房子成立了"校史处"，向唐校长要人，唐老师就介绍我和另外两位同学钱钟夏、赵荣长进了商务印书馆校史处。唐老师与张元济先生是光绪壬辰科同科进士，后来又一起在总理各国事务衙门供职。张先生参加戊戌政变，六君子被逮前夕，唐老师得知信息，曾派人到张家送了一盒点心，里面有纸条，写着"三十六计"四个字，劝张先生"走为上计"。他们交情很深，这是唐老师的秘书陆景周告诉我的。临行，唐老师告诫我们，"务必以师礼待张先生"。我们到了上海，把行李放在钱钟夏亲戚家，到了张元济先生家。不一会儿，张先生出来了，中等身材，带着金丝边眼镜，目光炯炯，非常和蔼地与我们一一握手，交待了工作，让家人把我们送到老惠中旅馆，几天后我们来到校史处。校史处主任是汪诒年（汪康年之弟），副主任是蒋仲茀。汪先生年愈花甲，两耳失聪，全靠笔谈，但旧学根柢深厚。我们之后又来了朱仲青、吴让之，还有汪先生的弟弟，加上一个办事员，共十一二个人。伙食很好，午餐、晚餐都是七八个菜，大圆桌摆得满满的。校史处的任务有两个：一是校勘，二是描润。校勘要求很高，主要以宋元旧本校乾隆武英殿本，死校，所有不同都记在格子纸上，由张先生亲自裁断是非。任务抓得很紧，每天下班要填写工作日记，记下来校什么本子，几页。张先生每天覆核我们的校样，常常工作到午夜。校史处使用的各种版本包括宋元善本，都从东方图书馆涵芬楼借来，让我们大开眼界。描润，是在拍下来的底样上用白粉笔描去双影、黑眼、搭痕、溢墨，再用红笔弥补文字的断笔、缺笔、花淡笔。绝不允许损害文字。然后精修一遍，再用原本复校，送张先生总校，正确无误，才算定下来，再拍摄、制版。制版后还要修改、复校。最后付印。付印时张先生在每页上签名，记年月日，从无例外。《百衲本二十四史》的影印，是极复杂的学术活动，积累校勘记173册。张先生曾抽出精彩的条目出版了一本《校史随笔》。全部校勘记，直到前几年才由商务印书馆委托我，带领同人，工作了8年，整理问世。中华书局点校《二十四史》，借用校勘记，丢了7种40册，太可惜了。我在国专学会了目录学，在商务学会了版本学和校勘学，尤其后者，体会太深了。

问：在商务有什么业余生活吗？

答：我的家乡江阴县办了一份《大声报》，约我写稿子。我每天写一段，叫《沪滨闲话》，连载。后来又写《芙蓉江上馆随笔》《江阴民谚考释》，也是每天连载。长江在江阴一段，又叫"芙蓉江"，所以我取了一个堂号"芙蓉江上馆"。"一·二八"事变后，我离开上海，目睹生灵涂炭，写了《劫后花絮录》，也在《大声报》连载。当时我在江阴很有些名气。可惜这些报纸找不到了。

问：您在西昌有什么特殊经历？

答：西康省所属八县的政治中心是西昌，风景秀丽，但周围人烟稀少。狼群来了，四门大关，城上士兵荷枪实弹。当地住着彝族，当时称"猓猓"。猓猓有自己的文字，法国传教士为了和他们搞好关系，有时为他们的贵族抬轿子，免费为他们看病，法国人出版了第一部《猓猓字典》。可是我们自己对猓猓的了解远不及法国人。我当时写过一篇《猓猓及其文化》。另外，诸葛亮南征，也在这里打过大仗，彝族人用藤子编制的铠甲很坚固，诸葛亮用火烧，很惨，就是在这里。我写过一篇《诸葛武侯南征始末》，画了路线图。都发表在《新宁远》月刊上，现在也找不到了。我惊奇地发现那些少数民族偏远地区用的也是商务印书馆的教科书，商务影响太大了。

问：您在"文革"中有哪些见闻？

答：这就多了。我在"文革"中因为历史问题已有结论，所以只是受管制，并没有挨打。我与吴富恒校长、许思园教授等一块到山大农场劳动，主要是为果树浇水，挖水沟，活不重。回来时经过一个村子，不知为什么，小孩子拿土块向许思园身上掷。许先生老实，只能听之任之。吴校长对许思园说："你也太老实，就不能想个办法？"许先生说："我有什么办法？"吴校长说："买几块糖。"许先生照办，经过村子的时候，把糖给小孩子们吃，事情也就迎刃而解了。(放声大笑)

问：请您谈谈高亨先生。

答：晋生先生是国学大师，在古籍整理方面成就卓越。我1960年考上先生的函授研究生，已经50岁了。高先生长我10岁。高先生知道我早年追随唐文治、钱基博、张元济诸先生，所以不肯以师徒相处。他说我不需要再作他的研究生，问我愿不愿意到郑州大学中文系教先秦文学。我说当然愿意。但是我所在的济南工学院才成立不久，学校必不肯放。所以高先生又推荐我到山东大学中文系讲课，可是中文系书记不同意，高先生就介绍我到了山东大学图书馆。那是1963年的事。我调山大之前，高先生有一次在济南市中心医院住院治病，曾到工学院我的住处看我。当时我家住在一处建筑工人搭建的工房里，大门外搭个棚子做饭。高先生一脚跨进我家的房子，马上退出来。回来后告诉高师母："王先生生活怎么这样！"非常震惊。我在考上函授研究生后，听了高先生所有课程，名义上是函授，实际上是面授。当时高先生有一门文字学课，写成讲义《文字形义学概论》，山东人民出版社要出版，其中的古文字字形有千多个，想找个人写。我到他那里去，我说不妨试试，他很满意，全部古文字都由我写，花了一个月。高先生在序中说："我虽然略知文字，但拙于书法，本书中的篆文、籀文、古文及金石文、甲骨文均是王绍曾先生代为篆写。"书出之后，高先生要送我书，我站在身旁等先生签字，我说不能再称"先生"了，他就改称"仁弟"了。旧的习惯，老师称及门弟子为"仁弟"。我调入山大图书馆后，高先生命我作《商君书集释》，把他的手稿借我参考，并代为联系了中华书局出版。我利用在图书馆的机会搜集大量资料，写成了《集释》初稿。当时图书馆馆长不允许我写作，说我利用上班时间干私活。吴富恒校长在一次文科工作会议上特别规定我可以半天上班，半天写作，给了我方便。

还有件事也要说一下。有一次教授们在烟台开会。回来后高先生告诉我，黄公渚（孝纾）先生要把他的稿子全部交我整理。1964年"面向社教"，有人贴了黄先生的小字报，他认为丢不起人，自杀了。自杀前一天还来我家喝水，很渴，喝了许多水，我还借他一个铝锅，让他烧些东西吃。第二天自杀了。他的稿子没来得及交我，也就星散了。"文革"中，我被抄了家。当时我们被关在卫生间里，家被翻了个底朝天，书籍稿子全都抄走，从此杳无音信。我曾四处追寻，一无所获。《商君书集释》就这样丢失了。但是，晋生先生对我的关心爱护，他的为人为学，使我终生难忘，所以我说高先生称得上恩师。

问：您对70岁以后的学术成就有什么基本评价？

答：老友周一良先生写过一本回忆录，叫作《毕竟是书生》。我也有同感。从国专到商务，再回到国专，都是做学问。在西昌，也是文化工作。解放后一直在图书馆界。但是，抗战、内战、"文革"，历经劫难，事实上难以读书治学。我有幸活到"文革"以后，拨乱反正年代，有了读书治学的机会，所以一发不可收，在同事和学生的支持下，完成了《清史稿艺文志拾遗》、《订补海源阁书目五种》、《山东文献书目》、《山东藏书家史略》、《山左戏曲集成》，整理出《百衲本二十四史校勘记》，还出版了自选集《目录版本校勘学论集》。我感到最大的贡献是《清史稿艺文志拾遗》。北洋政府时修的《清史稿·艺文志》，仅著录清人著述9000余种，武作成《补编》也仅10000多种，两者合起来，只有两万种。我们用了近十年时间，搞了《拾遗》，收了54000种。三者相加，清人著述就著录到七万多种。清人著述的家底清理得越来越丰富了。现在国家重修《清史》，"艺文志"即《清人著述总目》交由山东大学来承担，就是因为有这个基础。我相信《清人著述总目》会更全，真正地反映有清一代著述的面貌，我有这个信心。只是我已年高，不能亲自去办了。学术研究就是这样一代一代推进的，这是历史的必然规律。

（原载于《山东社会科学》2007年第3期，总第139期）

百岁老人穆咏娟女士

　　我的师母穆咏娟女士今年将迎来百岁生日，这位满头银发、风采不减的老人，在山东大学已度过了 60 多个春秋。

　　穆咏娟女士，江苏无锡人，1914 年 7 月 13 日出生在一个从事纺织业的民族企业家的大家庭中，虽然自幼父母早逝，但还是先后就读上海启明教会女校和上海私立持志大学，受到良好的文化教育。1937 年抗战前夕一个偶然的机会，来到江阴尚仁中学任英文代课教师，该校校长正是她后来的夫君王绍曾先生。同年"八·一三"淞沪抗战全面爆发，不久上海被日军占领并长驱直入，形势非常紧迫。面对国破家亡，同年 11 月尚仁中学遣散学生，教师集体一路向西开始踏上逃亡之路。穆咏娟女士随队一路艰辛到达四川。为了生活，教师都自谋生路分头就业，穆女士先后供职于重庆中央助产学校和成都中国制药厂，任会计工作。在此期间经历了重庆的大轰炸，师母说，当时日军飞机日夜轮番来袭，一来就是十几架，分别四五架一字排开，炸弹燃烧弹呼啸而至，每次都是尸横遍地，惨不忍睹，她本人几次死里逃生。一次她同郭沫若夫人同在一防空洞躲避轰炸，还看到郭沫若先生冒着日军的轰炸雇了滑竿将夫人接走。当时国共合作全民抗战，记得曾经见到周恩来到单位走访进步人士。周恩来英俊潇洒，风度翩翩，给大家留下难忘的印象。一次聆听宋美龄演讲，内容好像是宣传抗战，倡导新生活运动。她们女士坐在第一排，记得当时宋美龄身穿藏蓝素花旗袍，仪态端庄，举止优雅，一口标准的普通话，至今印象深刻。后来为了躲避日军的轰炸，应王先生国专同学的邀请，夫妻来到美丽的邛海之滨西昌。那里是当时西康省的特殊地区，建有蒋介石行辕。他们夫妇在政府宣传科工作，绍曾先生创办了《新宁远》月刊、《宁远报》。当地属于彝族（当时叫"猓猓"）地区，周边人烟稀少，山峦起伏，植被和居住的少数民族仍处在原始状态。师母记得他们在去往西昌途中还看到老虎和豹子，当时经过一小镇，太阳刚刚落山，城门紧闭，百姓也紧闭门窗，如临大敌，一问才知今夜有狼群经过。果不其然，半夜狼群呼啸而至，持续半小时之久，令人毛骨悚然。

抗战胜利后，由于急于返乡，考虑到回来后的工作生活问题，绍曾先生报考了县长训练班，并被录取。后出任江苏金山县县长，十八个月后便辞去了县长职务。解放前夕在上海闲居，新中国成立之初经著名民主人士周仕观先生的推荐，进入华北人民革命大学政治研究院学习，一年后的1952年，夫妻来到泉城济南，共同在山东省工学院图书馆工作。1960年，绍曾先生在50岁时，考取山东大学中文系高亨先生的函授研究生，成为高亨先生的入室弟子。一次高先生到中心医院看病，顺便到解放桥的工学院宿舍看望绍曾先生夫妻。师母说："高先生前脚踏进我家门，又撤回去了，过于狭窄的简易平房，几乎没有立足之地。"高先生非常感慨。他哪里知道，绍曾先生和夫人在抗美援朝时捐献家族企业股票的红利（约合当时黄金18两），1952年又将自己的存款8

万元交给组织，支援国家建设，成了真正的"无产阶级"。1963 年，高亨先生考虑到绍曾先生在古籍学术方面的造诣，推荐先生来山大图书馆工作。因为绍曾先生早年毕业于著名的国学院校"无锡国学专修学校"，又在商务印书馆随国学大师张元济先生校勘《百衲本二十四史》，是古文献专家，所以在山大图书馆发挥着特殊作用。师母则一同调来山大图书馆，从事中文编目工作。由于早年师母因病耳聋，在各种运动中没有受过大的冲击，平时待人极为和善，在图书馆属于默默无闻、埋头工作的一位普通工作人员。但是出身和教养依然让她受人关注。在山大院里长大的一位同事说："那时王师母的发型特别严谨别致，皮肤白细，穿着整洁，一身富贵气，一看就不是普通人。"师母退休后主要任务是理家。1985 年我进入古籍所研究生班，才开始听绍曾先生的课，1987 年留所任教，所里安排我跟绍曾先生当助手，这才开始到府上去请教。2007 年绍曾先生以 97 岁高龄仙逝，师母悲痛异常，但终于挺过来了。在这二十几年间，我认识到师母作为一个平凡的人，却有着令人敬佩的非凡人格。

当抗战期间穆女士随尚仁中学同仁到达四川后，绍曾先生染上重病，几次病危，到处求医，而资金无着。那时他们并无恋爱关系，只是一般同事。但师母把自己的全部资金都拿出来为绍曾先生治病，终于度过了难关，恢复了健康。出身平民的绍曾先生和穆家大小姐还是存在"阶级差别"的，他们的感情建立，绍曾先生是主动一方，而决定权则握在师母手里。"老王对我殷勤得很"，师母笑着说。她认为绍曾先生勤奋严谨，为人正派，因而决定携手一生。"我们经历了抗战、内战、文革和大大小小的政治运动，走过来不容易"，师母对我这样说。的确如此，来到山东大学之后，绍曾先生由于在解放前担任旧职一事，一直生活在"严重历史问题"的阴影之中，连图书馆善本书都限制他看。1981年在上海《学术月刊》发表论文，还受到图书馆领导的严肃批评。师母回忆说："那个时期工资收入都不高，还要负担三个子女，一斤豆腐分两顿吃，算是改善。老王嫌我管家太紧，我就交给他管，结果半个多月钱就用完了，还得交给我管。"前些年我还偶尔见到师母打算盘，这是她几十年艰苦生活的延续。绍曾先生七十岁以后又患肠癌，做了手术，成功康复。随着改革开放，生活条件逐渐改善，而绍曾先生年纪越来越大，工作越来越紧，《清史稿艺文志拾遗》、《百衲本二十四史校勘记》等国家项目不断展开，师母则节衣缩食，为绍曾先生保驾护航。我经常在下午三点到府上去谈项目，请教问题。大约四点钟，师母端上来一个小碗，内有小半碗参汤，一个红枣。放了一会儿，师母说："喝了吧。"先生喝下，师母把碗端走了。少年夫妻老来伴，师母说："我和老王几十年没有红过脸，无论多么困难。"他们一生养育了三个子女，大都靠师母管教。这是一位典型的贤妻良母。同时，这位出身于民族企业家家庭的女性，有着强烈的爱国情怀。前些年旅居台湾的东吴大学教授丁原基女士带着即将赴美留学的儿子谷文扬来看望师母，师母讲述了往事，语重心长地告诉丁教授的儿子："年轻人要爱国。"去年"九·一八"这一天，我和内人看望师母，师母讲述了当年内迁的往事，不由得唱出了"九一八，九一八"，眼里冒着泪花，似乎回到了抗战时期背井离乡的艰难岁月。目睹了百年沧桑的穆咏娟女士，她的故事，就是一部中国近代史。我们祝愿这位爱国知识分子健康长寿。二〇一三年三月三十日。

（原载于《山东大学学报》2013年4月24日）

从师和治学

——也谈治学之道

治学之道，是指研究学问的门路，也就是如何才能成为一名专业学者。这个话题前人已经谈得很多了，而且言人人殊，几乎没有完全相同的。原因是什么？我想治学之道因人而异，因学科而异，因环境条件而异，是很难强求一律的。正是基于这样的原因，每个人谈的只能说是他自己的治学之道，对于别人，只能是一种借鉴。《庄子·田子方》记载了一段孔子的高足弟子颜回对孔子说的话："夫子步亦步，夫子趋亦趋，夫子驰亦驰。夫子奔逸绝尘，而回瞠若乎后矣。"意思是：先生走我也跟着走，先生小跑我也小跑，先生快跑我也快跑，都还跟得上，但是先生狂奔，烟尘远远地抛在身后，颜回我就只能眼睁睁地落在后边了。这是很有启发意义的一段话，亦步亦趋地跟着老师学习，可能是个好学生，但却很难成为像老师那样的学者，更不用说青出于蓝而胜于蓝了。基于上面的理由，我这里谈的治学之道，顶多只是一种参考，这是必须声明的。

我认为治学的前提是"立志"，有个成语"专心致志"，志是什么呢？是志向，没有志向还努力什么？一个学者，要从事科学研究工作，其目的是超越前人，要有创新或突破。如果没有创新，那么研究就是不成功的。所以每一位要从事研究工作的青年，都要立大志，要有所发明，有所创造。人类的进步正是以这些不断的发明创造为标志的，换句话说，发明和创造引领世界潮流。

有了志向，就要为之奋斗。我觉得顶重要的是"从师"。古今中外，学术界都很注重"师承"，他的老师是谁，老师的老师又是谁。人们至今还说"名师出高徒"。原因是，许多学问，没有老师的指点引导，难以掌握其中的关键，老师的作用绝不止于"传道授业解惑"，甚至更为重要的是传授治学的"门道"，也就是交给你一把钥匙。这种传授，有时候甚至像大人教小孩走路，一步一步地扶着、领着，又如教小孩写字，手把手地教。这些"低级"的东西，在书上往往没有，或者即使有也不详细，甚至无论如何详细，你也不可能完全领会。有时候人们把这种师生传授叫"熏陶"、"熏习"。衣服本来没有香味，用香熏了，就染上香味了，不是近距离，又如何"熏"呢？有些体会，非贴近老师不能获得。孔子的高足子夏曾说："君子有三变：望之俨然，即之也温，听其言也厉。"远远地看上去十分庄重，与他接近了才发现很温和，听他说话又十分严厉。这种感受，不从师是不可能有的。老师传授的不仅是学问及治学的方法，还教你如何做人，也许这是从师的又一关键所在。关于如何做人，老师的学术著作上不大表现，而做人对一个优秀学者来说也许是先决条件。这对于老师来说，也是个高要求，为人师表，名副其实，又岂是容易达到的？"上梁不正下梁歪"，这是老百姓常说的话。所以从师万不可轻率，要慎重选择既有学望又有德望的老师，作为自己的导师。否则贻误终生，还弄不清原因所在，那真是人生的悲哀啊！

　　从师，还要注意根据实际情形广泛汲取他人成功的经验。孔子说："三人行，必有我师焉。"清朝初年的大学者顾炎武专门写了一篇文章叫《广师》，列举了他所佩服的同时代的人物十位。这十人各有所长，如谓"独精三礼，卓然经师，吾不如张稷若"，张稷若即山东济阳人张尔岐。又谓"文章尔雅，宅心和厚，吾不如朱锡鬯"，朱锡鬯就是浙江秀水人朱彝尊。顾炎武发现并指出他们的优长，认为值得自己师法。

　　我个人非常幸运地获得了追随先师王绍曾先生学习古籍目录版本学的机会，在近二十年间，取得了一点成绩。我感到，真正受到先生启发的有两件事：一是参加先生主持的教育部古籍研究项目《清史稿艺文志拾遗》编纂工作，二是参加先生主持的《百衲本二十四史校勘记》整理工作。在《艺文志拾遗》中基本掌握了目录学，在《校勘记》中则基本掌握了校勘学，同时对稿本的认识大大加深。《清史稿艺文志拾遗》2000年中华书局出版，获教育部一等奖。《百衲本二十四史校勘记》2004年出齐，获教育部二等奖。

　　王绍曾先生之外，在目录版本学方面，我还受到顾廷龙、冀淑英、黄永年三位先生的深刻影响。1992年1月我在北京琉璃厂中国书店读者服务部购得一部《四库全书附存目录》，上有民国间某位学者的批注，其目的是为6793种存目书标注版本，但所批条目不多，应当是因为那时的条件太差。我敏感地认识到这是"四库学"的一大空白，又是版本目录学的一大选题。于是重金买下，从此开始从事《四库存目标注》。1993年申报教育部人文社科基金项目获得批准。同时北大季羡林先生主编《四库全书存目丛书》，我应邀参加。在参加《丛书》过程中，我担任总编室主任，先后过目《存目》书传世善本5000余种，一一作了详细的版本和文物特征记录，积累笔记百余万言，到 2005 年 10 月《存目标注》完成定稿，约三百万字，2007 年由上海古籍出版社出版，连索引共精装八册。回顾创始之初，经历了整整十五年。如果说我在版本目录学方面还称得上一位专业人员的话，那么《四库存目标注》就是我的代表作。在该书写作中，顾廷龙、冀淑英、黄永年三位老前辈给予了很多指导。在"七七事变"以前，顾先生即开始这项工作，但因时代原因，没有成功。这件事我当然不知道。当顾先生得知我从事该项目时，就把自己早年的批注本《四库存目》寄给我参考，还写信加以鼓励。冀先生在国家图书馆善本部工作一辈子，黄先生则是古籍版本鉴定的大专家。三位都是《存目丛书》的学术顾问，所以在 1992 年到 1997 年间，我与三位先生见面和通信的机会较多，向三位先生请教的问题也十分集中。三位先生对我的爱护溢于言表，指导和帮助也格外用心。由于三位先生在版本学方面都是第一流的专家，而且各具特色，因此我在版本学方面有很大的进步。

目录学、版本学、校勘学构成了古典文献学的核心部分，在 1997 年底《四库全书存目丛书》完成后，我感到自己的文献学知识结构达到一个较为理想的状态。两年后，因为文学院、历史文化学院先后约我为硕士生开设学位基础课"文献学"，就在一学期时间内撰写了一部《文献学概要》，约 40 万字，2001 年由中华书局出版，其后每年重印，是目前比较通行的文献学教材，被评为"十一五国家级教材"。回顾近二十年的治学过程，如果山大没有一位王绍曾先生，那么就不可能有"目录版本"这样一个极具特色的专业方向，自然也完全不可能进一步产生《四库存目标注》这样一个选题。没有顾、冀、黄诸先生的特别指导和提携，《存目标注》也难以达到应有水平。这是"从师"和"广师"的必要性。

接下来我要建议的是"因地制宜"。世间万事都带偶然性，可是偶然的机遇被你抓住，又带必然性。我上山大时喜欢中国古典文学，后来发现学习古典文学必须以音韵学、训诂学为基础，于是转而学习语言文字学，并进而发生浓厚兴趣。大学毕业考入山大古籍所研究生班，当时认为古籍整理主要是标点、校勘、注释，与传统语言文字学是一致的。两年毕业顺利留所工作，可是所里安排跟王绍曾先生从事古籍目录版本学研究，具体说就是参加王先生主持的《清史稿艺文志拾遗》编纂工作。那是 1987 年。这项工作持续了七八年才完成，每天上午、下午都坐班，地点在图书馆古籍部。山大图书馆收藏的古籍书目非常多，其基础是胶州张鉴祥（镜夫）"千目庐"旧藏。所谓"千目"，就是一千种目录学书籍。这些书目正是从事《清史稿艺文志拾遗》的基础。换句话说，王先生从事《拾遗》与山大图书馆的"特藏"密不可分。王先生还主持完成了《山东文献书目》、《山东藏书家史略》、《订补海源阁书目五种》、《山左戏曲集成》、《渔洋读书记》等山东文献方面的项目。王先生是江苏省江阴人，上世纪五十年代来到山东工作，把山东当成第二故乡，潜心研究山东的历史文献，并做出了突出成就。如果不是在山东，从事山东文献研究首先会碰到资料困难。但是，在山东从事学术工作的人很多，却不一定会从事山东地方文史研究。王先生作为一名从外省来山东工作的学者，他的选择带有明显的"因地制宜"的特色。清代文献、山东文献、张元济研究，构成王绍曾先生古典文献学成就的主体，不难发现，"因地制宜"是王先生治学方法中不可忽视的一个方面。作为王先生的学生，我近年从事的主要是两大项目：一是国家清史项目《清人著述总目》（即新修《清史》艺文志），二是山东省政府特批重大项目《山东文献集成》。这两个项目规模都非常大，但从渊源上不难看出，都不过是王先生研究工作的继续。小时候有一首振聋发聩的革命歌曲，现在人们不再唱了，可是其中的两句我依然不能忘怀："鱼儿离不开水，瓜儿离不开秧。""因地制宜"的"地"，就是"水"和"秧"，"鱼"和"瓜"就是成果，"因地制宜"就是如何利用现实条件取得应有的成果。我想，来山东工作对王绍曾先生来说是偶然的，但他的目录版本学修养，是他在山东这块土地上生根、发芽、结果的内因。有的同学一进大学、一考上研究生，就为将来的工作忧虑。我想无论将来干什么，都需要有深厚的学术根柢，抓紧点滴时间努力学习，也许是对未来工作的最大帮助吧。

治学之道还有勤奋、刻苦、持之以恒，都是十分重要的，限于篇幅，就不再面面俱到了。

（原载于《山东大学报》2008 年 7 月 2 日）

《微湖山堂丛稿》自序

　　本集收入我的论文、札记140篇，是1986年以来撰写的学术性单篇文字的总结。

　　我1981年从滕县一中考入山东大学中文系，1985年大学毕业，又考取本校古籍整理研究所研究生班。研究生班招生简章上写的是董治安等指导小组，入学后，指导老师除董先生外，还有王绍曾、霍旭东、刘聿鑫、刘晓东、宫庆山、周民、林瑞娥、徐传武、王培元、任重等先生。短期授过课的还有殷孟伦、蒋维崧、刘敦愿、徐鸿修、张知寒、周立升、吴福熙、张雪庵、颜学孔等先生。陈新先生以及朱正义、林开甲等先生指导过古籍整理工作。副所长霍旭东先生实际主持所里的工作，像大家长一样，管着研究生班的学习与生活。1987年毕业留所，奉命做王绍曾先生的助手，参加王先生主持的国家项目《清史稿艺文志拾遗》，从此走上文献学的道路。1988年，我们那个研究生班毕业的同学按所里原先的计划一齐回校参加论文答辩，获得硕士学位。我的硕士论文《四库全书总目辨伪学发微》是王绍曾先生指导的。本来的计划是写一本《四库提要发微》，但当我花了十个月读完《四库提要》，做完十个部分的卡片的时候，离答辩已经不远了，只写了"辨伪"部分，获得了学位。其余九部分卡片一直捆着，至今没打开过。

王先生的《清史稿艺文志拾遗》编纂工作组，先在山大图书馆古籍部，后期移到山大古籍所资料室，实行坐班制，王先生亲自坐班。直到1993年才完成，正式出版则在2000年。中间看清样，编索引，又遇到出版大困难，历时颇久。参加这项工作的最大好处，是把山大的书目几乎摸了个遍，有的书目反复使用，十分熟悉。山大的书目很丰富，有一大部分是民国间胶州藏书家张鉴祥（镜夫）先生"千目庐"的旧藏，除了常见的骨干书目外，还有些稀见的书目。书目之外，清代人物传记资料也使用较多，因为要查人物生平、字号方面的信息，以便排序，以便区别同姓名的人物。

王先生虽然年纪大了（1910年生），但精力过人，同时进行着《山东文献书目》（主编）、《山东藏书家史略》（与沙嘉孙合作）、《中国文化史知识丛书》（与罗青合作）、《渔洋读书记》（与我合作纂辑）、《海源阁书目五种》（与崔国光等合作）、《山左戏曲集成》（与宫庆山合作）等多个项目，与外地的学者顾廷龙、周一良、冀淑英、钱仲联、程千帆、王伊同、苏莹辉、沈燮元、赵守俨、白化文、朱天骏以及年轻一辈的黄沛荣、林庆彰、丁原基、王国良、吴格等先生时有书信往还。王先生头发、眉毛都是白的，操一口江阴话，对一些外面的学术信息会饶有兴趣地介绍、评论，眼睛微闭，轻轻地摇着头，很有风度。古籍部主任张长华先生则致力于搜罗各种书目，有正式出版的，更多则是非正式出版的，还有海外的，不断扩充"千目庐"的规模。记得北大的陈捷女士来山大看书数日，发现不少书目别处不多见，逐一过目，作了记录，还把北大的书目编成一份目录，复印赠送给我们。在那样的氛围里，我觉得成长很快。当时王先生让我额外做的工作还有两件，一是与他合作编辑《渔洋读书记》，从王士禛的文集、笔记及各家书目中搜集王士禛书跋六百多篇，加以校点，交青岛出版社出版。二是为他主编的《版本手册》写"版本目录举要"部分一百多篇，重要的书目题跋几乎都看过，各撰一篇提要，王先生大都作了批改。后来《版本手册》中辍，这些提要又改成词条收入了《世界百科名著大辞典》。我的目录学基础就是在研讨《四库全书总目》、参编《清史稿艺文志拾遗》、撰写版本目录要籍提要、纂辑《渔洋读书记》的过程中逐渐形成的。

王绍曾先生早年毕业于无锡国专，毕业后到商务印书馆协助张元济先生校勘《百衲本二十四史》。张元济先生在商务的古籍整理出版工作很多，贡献巨大，《百衲本二十四史》是代表成果之一，其间形成了一百数十册的稿本《百衲本二十四史校勘记》，在张先生生前，仅摘录一小部分撰成《校史随笔》一册出版，大部分手稿在建国后被中华书局借去，供点校《二十四史》参考。文革后，经王绍曾先生呼吁，这批《校勘记》手稿大都归还商务，其中七种丢失。商务印书馆就把这批手稿交王绍曾先生整理，因为他是商务"校史处"的唯一健在者。王先生主持《百衲本二十四史校勘记》整理工作历时八年，参加整理者有：杜泽逊、王承略、刘心明、程远芬、李士彪、赵统、邵玉江、傅根清、刘祥柏、王培元、徐超等。我是王先生的助手，一趟趟把原稿背回济南，再把整理件和原稿送回北京。我清楚地分辨出张元济、汪诒年、蒋仲茀、胡文楷、王绍曾等先生的手迹，为王先生撰写前言和说明提供参考意见。在这个过程中，我对二十四史的版本源流逐步熟悉起来，可以随口列举，并说出它们的特点。对校勘古书的方法和程序，也了然于胸。

1992年1月，在去中华书局送交《清史稿艺文志拾遗》部分

稿件的时候，我抽空去琉璃厂逛书店，买到《四库全书附存目录》
清刻本一部四册，上有近人批注版本，虽然条目无多，但明确启
发我，这位学者是在标注《四库存目》各书的版本。从那之后，
我开始从事《四库存目标注》，这是清代邵懿辰《四库简明目录
标注》、莫友芝《邵亭知见传本书目》的继续。不同的是，他们
标注的是《四库全书》已收的部分，即《四库简明目录》部分，
而我标注的是《四库全书》未收的另一部分，即《四库存目》部分。
"存目"的书是"著录"书的两倍，有6793种，标注的工作量极
大，在过去可以耗费一生。不过我碰到了好机会。1992年5月国
务院第三次古籍整理出版规划会议在香山饭店召开，会上周绍良
先生提议编纂出版《四库全书存目丛书》，胡道静先生表示赞成。
1992年12月北大教授刘俊文先生、中华书局历史编辑室主任张
忱石先生等以东方文化研究会历史文化分会的名义向国务院古籍
整理出版规划领导小组提出编纂出版《四库全书存目丛书》的方案。
1993年1月成立《四库全书存目丛书》编纂出版工作委员会。不
久，傅璇琮先生介绍我加入工委会。原因是，在国务院规划会后，
我给傅先生写信，寄去了《四库存目标注叙例》，同时还给赵守俨、
安平秋、黄永年、章培恒、周勋初先生写了信，寄去了《叙例》，《叙
例》被傅先生发在《古籍整理出版情况简报》1992年11月20日
第264期上。傅先生知道我对《四库存目》各书版本的调查研究
工作，是辑印《四库全书存目丛书》的前提条件。那之后，直到
1997年10月31日，我参加《四库全书存目丛书》编纂工作多年。
该丛书由季羡林先生主编，刘俊文先生任工委会主任，我后来担
任总编室主任、常务编委、工委会委员。在这个过程中过目《四
库存目》书5000余种，作了百余万字的记录。北大工作结束后，
又用了几年的时间，到2005年10月才完成了《四库存目标注》，

2007年初才由上海古籍出版社正式出版。我觉得参加《存目丛书》这项工作使我的版本学水平大幅度提高。

1999年开始我为山大中文系、历史系、哲学系研究生讲文献学，讲义《文献学概要》于2001年由中华书局出版，以后几年每年重印，成为通行教材。这部教材之所以能在短时间内写出来，主要是那时候在目录、版本、校勘以及藏书史各领域积累了大量的素材，也形成了较完备的知识体系，新的体会也较多，甚至可以说是一吐为快，所以这部教材带有浓厚的个人色彩，与一般通行教科书有所不同。我觉得在讲个人体会这个问题上，我受黄永年先生的影响较大，1986年我们研究生班到西安实习，听黄先生讲过课，他特别强调大学课堂上要讲教师的个人体会，在《古籍整理概论》等书中也同样强调这一点。我赞成黄先生的意见，并且爱读黄先生的书，与黄先生多有书信往来。据贾二强先生说，黄先生对我多有表扬。

2002年国家清史纂修工程开始，2004年8月我申报的项目《清人著述总目》签订合同。我组织人力，用了八年才初步完成这项庞大的目录学工程。利用海内外公私目录700余种，加上各大馆的卡片目录、电子书目，共抄制清人著述条目卡片130万条。合并剔重，取长补短，分类排纂，经过无数的考订，终于形成了一部规模空前的断代著述分类目录，著录清人著述227000余种。同时还受清史委员会委托，编出《清史·艺文志》，也于2012年完成初稿。

在从事《清人著述总目》、《清史·艺文志》编纂工作的同时，我和王学典教授还主持编纂出版了《山东文献集成》，影印山东先贤遗著稿本、抄本、稀见刻本等1300余种，精装200册，在地方文献丛书编纂方面做出了贡献，受到学术界广泛关注。

2012年1月，山东大学正式决定合组原文史哲研究院、儒学高等研究院、儒学研究中心、《文史哲》编辑部四个单位为新的山东大学儒学高等研究院，仍请许嘉璐先生任院长，任命王学典教授为执行副院长，主持日常工作。学典院长是一个学本位的领导，新院合组伊始，即在全校征集儒学研究项目，我因为清史项目、《山东文献集成》基本完工，就申报了《十三经注疏汇校》项目，获学术委员会通过，列为重大项目，因此从2012年3、4月份，我和门生又开始致力于《十三经注疏汇校》工作。这个项目在清代阮元《十三经注疏校勘记》之后，增加了许多珍贵的宋元善本作为校本，以《尚书注疏》而论，宋刊单疏本、八行本、魏县尉宅本、蒙古刊平水本、明永乐本等稀见善本，都是阮元没校过的。阮元校过的十行本、闽本、监本、毛本，我们也重新详校，订正某些误校，补充某些漏校。对于清人及近人的校勘成果，也广泛采集。为今后整理通行本《十三经注疏》创造良好的条件，也为经学研究提供一份较为丰富的文本资料。目前《尚书注疏汇校》已经接近尾声，《十三经注疏汇校》的模式初见端倪。这项工作在版本学、校勘学和经学史上具有较大的意义，我们的收获也更加丰富了。

回顾二十七年间的学术工作，我在四库学方面得益于早年研读《四库全书总目》，值得欣慰的成果是作为骨干参与了《四库全书存目丛书》的编纂工作，并撰写了《四库存目标注》；在清代文献研究领域，得益于参加王绍曾先生主持的《清史稿艺文志拾遗》，值得欣慰的成果是《清人著述总目》、《清史·艺文志》；在校勘学方面，得益于参加整理张元济先生《百衲本二十四史校勘记》，值得欣慰的工作是主持《十三经注疏汇校》；在山东文献研究领域，得益于王绍曾先生主编的《山东文献书目》以及其他山东文献整理研究成果，值得欣慰的成果是作为骨干参与编纂的《山东文献集成》。多年来发表的论文，都离不开这几个领域。从学科上讲，则是目录学、版本学、校勘学、藏书史、地方文献几个学科。从方法上讲，属于考据学。至于深层次的学术根柢，则是从大学时期开始下过功夫的传统小学，在这方面受到刘晓东先生的深刻影响。以上这些特点，在这本《丛稿》中都有所表现。

今年农历三月二十七日是我五十岁生日，以前有友人表示愿意为我出版文集，我都谢绝了。孔夫子说五十知天命，我体会就是对于人是怎么来的，又如何去，看得明白一些了，有些事情不太在意了，知道哪些东西应当上心，哪些东西并不重要。因此，对自己的成果有时会回头看，有了编一本自选集的意愿。于是陆陆续续拟定选目，命门生李振聚拣出有关杂志、集刊，复印成帙。我在校经之余，经过较长时间的分类编辑，才成为今天的模样。当初的稿子今天不一定都满意，但不可能一一修改，还是存其原貌为好。《四库提要举正》是陆续发表的，现在合为一篇，竟有639条。《尚书注疏汇校札记》是从日记中选出的。《清人著述总目考异》，则是两年前的旧稿，并未发表过。这些篇目都比较长，收入本书占篇幅不少，单独出版则不够字数，所以这本选集是文集、札记的汇编，取名《丛稿》是合适的。至于我的堂号"微湖山堂"，是因为我的家乡滕州市望冢乡陈楼村，西去微山湖不远，小时候曾随学校到湖边植树，爱其风光旖旎，以后读书多了，知道宋国微子启葬于微山岛，湖山皆由此得名，因以"微湖山堂"为斋号，并以此命名这本选集为《微湖山堂丛稿》。收入本集的文章有六篇是与王绍曾先生以及学友孙齐、崔晓新、何灿、张学谦、李寒光、班龙门合写的，已在各篇注明。附录的两篇采访记是孙璎珞、施顺玉、何淑苹、郑谊慧四位友人努力的结果，在此特表敬意。

王学典教授提议这部《丛稿》收入《山东大学文史哲研究专刊》

付上海古籍出版社出版，我感到非常荣幸，在此表示由衷的感谢。友生江曦、何灿、赵晨、邵妍、张学谦、李寒光、苑磊、茹莉君、班龙门、郭冲、许艺光、王晓娟、刘晓丽、李杨、吴玉珊、王宁、刘娇娇、李钰、郭伟黎以及内人程远芬、儿子杜以恒参加了录入编校工作，在此并致谢忱。书中的错误还请读者惠予指教。

2013 年 7 月 16 日滕州杜泽逊序于
山东大学儒学高等研究院校经处
（原载于杜泽逊《微湖山堂丛稿》卷首，上海古籍出版社，2014 年 12 月）

附　记

　　本书清样承李振聚、沈畅、刘晓丽、姚文昌、韩悦、王篤堃、黄腾、赵兵兵、孙云霄、杨胜祥诸君子校雠，姚君文昌、赵君兵兵之力尤多。专此申谢。

滕人杜泽逊

二〇一八年六月一日